LIEBE IHN und LEIDE

Von H.C. Scherf

Bibliografische Information der Deutschen Nationalbibliothek:
Die Deutsche Nationalbibliothek verzeichnet diese Publikation in der
Deutschen Nationalbibliografie; detaillierte bibliografische Daten sind im
Internet über http://dnb.dnb.de abrufbar.

Covergestaltung: Rade Rokvic

Herstellung und Verlag:
BoD – Books on Demand, Norderstedt
ISBN: 978-3-7448-7302-4

H.C. SCHERF

LIEBE IHN
— und —
LEIDE

Inhaltsverzeichnis

1. Kapitel

Der bohrende Schmerz, den der ungewohnte Konsum von Alkohol in seinem Kopf hervorrief, riss Jan Hellmann aus dem einer Ohnmacht ähnelnden Schlaf. Die Erinnerung an den gestrigen Abend traf ihn schonungslos. Er schloss die Augen. Verzweifelt versuchte er, zurück in die Traumwelt zu fliehen, von der er glaubte, dass sie ihn vor der Realität schützte. Die zitternden Hände spürten den Schweißfilm, der in Sekundenschnelle entstanden war. Dass er noch angekleidet auf dem Teppich lag, zeigte ihm deutlich das Ausmaß des gestrigen Kontrollverlustes. Jackett, Oberhemd - verteilt auf dem Boden. Eine Hand schützte die Augen, damit die Sonne, die ihre Strahlen durch einen Spalt der Bäume presste, ihn nicht blendete. Brutal erinnerte sie ihn daran, dass alles, was er gestern Abend mit Whiskey verdrängen wollte, doch geschah. Wo blieb das Schnurren von Hercules, das Anstupsen seiner Nase. Den Namen verpasste er dem Kater in Anlehnung an den Sohn des Göttervaters Zeus. Er besaß ebenfalls diesen kräftigen Körperbau. Jan stemmte den schmerzenden Körper auf, suchte die frische Luft des Gartens. Die Terrassentür glitt auf. Der Wahnsinn, der ihm ins Auge sprang, schaukelte, vom Wind bewegt, zwischen den Bäumen. Sein Magen reagierte prompt.

Die Gedanken wühlten durch das Geäst der Erinnerungen. Sie verharrten an der Stelle, an dem der Horror seinen Anfang fand ...

Das laue Lüftchen, das durch die goldfarbigen Blätter der umstehenden Bäume strich, versprach einen sonnigen Spätherbsttag. Der Laubsauger lärmte mittlerweile eine Stunde. Er verdarb allen Besuchern, die ihr Gesicht den letzten Strahlen der untergehenden Herbstsonne zuwandten, die ersehnte Erholung. Bei Gesprächen wurden Gäste an entfernt stehenden Nebentischen notgedrungen in intimste Geheimnisse eingeweiht. Jan Hellmann trommelte ungeduldig mit den Fingerspitzen auf die Kante der Kaffeetasse. Er wünschte dem Mann, der auftragsgemäß nur seine Arbeit ausführte, einen Riesenpickel an den Hintern. Aus reiner Boshaftigkeit aber zu kurze Arme, um daran kratzen zu können. Matteo steckte den Kopf durch das winzige Fenster der Eisküche.

»Du bisse eine Verbrecher. Du wirst bestimmt bezahlt von Konkurrenz, dass du vertreibst meine Gäste. Ich werde heute noch beten zur Madonna, dass sie dir über Nacht lässt die Zähne ausfallen. Deine Zehnägel sollen dir wachsen eine halbe Meter, damit dir kein Schuh mehr passt ... du ... du bist eine Caca Cazzo.«

Seine frommen Wünsche in Richtung des Arbeiters nahm der mit Gleichmut auf. Mit einer müden Handbewegung winkte er ab.

»Wenn ich nur ein Wort verstehe, Matteo, haue ich dir was aufs Maul.«

»Komm doch her, wenn du hast Mut. Ich habe dich nämlich genannt eine Arschgeige.«

Matteo schüttelte die Faust, warf mit Getöse das Fenster zu. Die Aufmerksamkeit galt wieder der Eismaschine. Seine Frau

Alessia, die als Inhaberin den Café-Betrieb organisierte, stand mit verschränkten Armen in der Eingangstür. Sie amüsierte diese Frotzeleien. Ihre Stammgäste wussten, dass die meisten Äußerungen Matteos nur zur Erheiterung der Anwesenden beitragen sollten.

»Alessia, hast du deinem Göttergatten beim Aufstehen einen Kuss verweigert? Dann wundert mich nichts mehr.«

Klaus Recker, der hier täglich nach der Fahrradtour seinen Morgen-Tee trank, hielt Alessia mit der Frage auf, die Richtung Theke verschwinden wollte.

»Wenn es mal so einfach wäre, Klaus. Inter Mailand hat gestern gegen Neapel verloren ... da liegt der Hund begraben. Dann kannst du den Kerl nicht mehr genießen. Werde den bald gegen zwei jüngere Exemplare eintauschen.«

»Habe ich gehört, Weib«, schallte es aus der Eisküche. Der Applaus der Gäste begleitete den Dialog. Alle hier amüsierte es, dass diese Beiden einen ständigen Streit zur Erheiterung des Publikums lieferten. Nichts auf der Welt würde diese liebenswerten Menschen trennen können. Man erzählte, dass sie bereits im Sandkasten ewige Treue schworen. Ihre Hochzeit wurde mit dem Segen eines korrupten Dorfgeistlichen schon in der Kita besiegelt. Matteos Eltern, so sagte es zumindest ein sich hartnäckig haltendes Gerücht, mussten einst zwölf Euganeo Berico-Schinken sowie vier Milchkühe von Padua nach Asiago liefern. Erst danach durften sie für ihren Jungen um die Hand Alessias anhalten. Dafür nahmen die den Rotzlappen in ihrer Familie auf ... das sagte zumindest ein Gerücht.

Alessias Eltern überschrieben ihnen vor etwa vierzig Jahren das bestens eingeführte Eiscafé. Als das junge Paar nach Recklinghausen übersiedelte, musste Matteo die Verehrer scharenweise abwehren. Die umschwirrten den Laden - besser gesagt Alessia - wie Motten das Licht. Der Umsatz stieg, da die italienische Schönheit zumindest die männliche Kundschaft magisch anzog.

Die Ehefrauen prüften sofort den Grund der Schwärmerei. Die Friseurbetriebe der Umgebung freute das Geld in den Kassen, da einige Damen vorübergehend bei der Haarfarbe auf tiefschwarz wechselten. Alessia bedauerte es, zur Zielscheibe schlimmster Neidattacken geworden zu sein. Matteo streute Berichte über angebliche Gräueltaten unters Volk. Die wollte er an Nebenbuhlern in der italienischen Heimat begangen haben, die glaubten, ihm seine Angebetete ausspannen zu können. Er lebte fortan als *Pate Matteo*, aber es kehrte zumindest Ruhe ein. Zwischenmenschliche Beziehungen erreichten in den Schlafzimmern der Bewohner wieder normales Niveau.

Sie saß einfach da am Nebentisch, zeigte Jan Hellmann den Rücken, vertieft in ein Gespräch mit ihrer männlichen Begleitung. Jojo Moyes zog Jan mit ihrem Roman *Ein ganzes halbes Jahr* in ihre Erzählwelt, fesselte ihn. Die samtweiche Stimme dieser Frau riss ihn zurück in die Gegenwart. Dieser Klang. Jan lauschte fasziniert ... etwas berührte die Sinne. Es sorgte dafür, dass er Zeilen mehrfach las ... er verstand deren Bedeutung nicht mehr. Moyes schrieb ungewöhnlich lange Schachtelsätze, die Jan normalerweise liebte. Jetzt entstanden durch diese Ablenkung unverständliche Zusammenhänge. Er gab auf, legte das Lesezeichen zwischen die Buchseiten. Die Erkenntnis schockierte ihn, dass er wie ein schäbiger Voyeur dem Gespräch des Pärchens zu folgen versuchte. Jan drehte den Kopf in die Richtung, aus der ihn die Wortfetzen erreichten. Eifersucht auf die Bedienung wuchs. Sie durfte das Gesicht sehen, das für ihn noch hinter langen blonden Locken verborgen blieb, die weit über die Schultern fielen. Sein Gesichtsfeld beschränkte sich auf den Rücken, den der auberginefarbene Stoff eines Veloursmantels bedeckte. Leger lag ein langer, schiefergrauer Schal darüber, der farblich perfekt zum restlichen Outfit passte. Er konnte sich nicht erklären, warum er genau in diesem Augenblick über seine Kleidung nachdachte. Wie schäbig musste sie neben dieser eleganten Erscheinung wirken. Es gab bisher keinen Grund für ihn, seine Jeans mit Kapuzenpullover als unpassend für einen Besuch in seinem Stammcafé anzusehen. Jeder kannte und akzeptierte ihn so.

Seine Gedanken wirbelten durcheinander. Sie versuchten, dem Wesen neben ihm ein Gesicht zu geben. Immer mehr verwischten die Konturen. Nichts, was vor seinen Augen auftauchte, schien dem gleichzukommen, was zur Stimme passte. Sie musste doch spüren, wie er sie analysierte, wie er versuchte, ein Bild zu schaffen. *Warum drehte sie sich nicht um?* Seine Hände umfassten das Buch, damit sie sich nicht unerlaubt auf diese verlockenden Schultern legten. Eine lange vergessene Unruhe nahm von ihm Besitz.

Bitte, dreh dich doch ein einziges Mal um!

Erst der Zufall kam ihm zu Hilfe, als zwei Gäste ihren Tisch verließen. Das spiegelnde Café-Fenster offenbarte endlich dieses Gesicht. Ein Engel war herabgestiegen, hatte sich unter die Lebenden begeben. Nur dieser unverschämt gut aussehende Kerl daneben durfte ihm Gesellschaft leisten. *Bitte,* fuhr es Jan durch den Kopf, *bitte lass es ein Verwandter sein.*

Jeden Millimeter ihres Gesichtes scannte Jan für die Ewigkeit auf seine Festplatte ... minutenlang. Viel zu spät bemerkte er, dass sie den Blick längst in der Scheibe erwiderte. Er betete dafür, dass sein Spiegelbild die Verlegenheitsröte nicht zeigte. Sie flüsterte mit ihrem Begleiter. Es wäre für Jan eine Erlösung gewesen, hätte sich in diesem Augenblick ein Loch vor ihm aufgetan, in das er hätte kriechen, sich verstecken können. Aus purer Verzweiflung schlug er sein Buch auf. Er las irritiert in Texten, die er zuvor schon überflogen hatte. Alessia stand in der Eingangstür. Sie lächelte in ihrer unnachahmlichen Art.

Konnte sie in seinen Gedanken lesen?

Als der Engel den Tisch verließ, blieb ein Geruch von Sandelholz zurück. Das Zauberwesen hakte sich, glockenhell lachend, bei ihrem Begleiter ein. Ihr Kopf lag an seiner Schulter, während beide Richtung Parkplatz verschwanden. *Das ist einfach nicht fair!* Keine Bewegung ihres Körpers blieb Jans Augen verborgen, auch nicht das leichte Hinken. Neben einem schnittigen Sportwagen verharrten beide, bevor sie ihn mit einem Wangenkuss verabschiedete. Der Sportwagen verließ den Parkplatz. Sie schlenderte aufreizend langsam zu einem BMW, der sie dann endgültig Jans Blicken entzog. Die spiegelnde Frontscheibe ließ es nicht zu, ihr Gesicht zu erkennen. Lange nachdem der Sportwagen das Gelände verlassen hatte, parkte der BMW immer noch an der gleichen Stelle. Ein Gefühl, beobachtet zu werden, verunsicherte Jan. Dazu kam, dass Alessia ihn ebenfalls weiter ansah. Er suchte den Blickkontakt, rätselte, was sie ihm sagen wollte. Sie näherte sich seinem Tisch. Aus dem Augenwinkel bemerkte er, dass die Parkbox plötzlich verlassen war. Alessia kam geradewegs auf ihn zu. Sie ließ wie zufällig die Hand über seine Schulter gleiten, nahm aber am Nebentisch Platz. Dort begrüßte sie ein Pärchen, das ihr einen ausführlichen Bericht des letzten Arztbesuchs lieferte. Geduldig hörte sie zu. Ihre Augen brannten in Jans Rücken. Er fühlte es deutlich.

2. Kapitel

Die Höhle im Sauerland faszinierte Jan seit der Kindheit, da sie etwas so ungemein Geheimnisvolles für einen neugierigen Jungen lieferte. Damit folgte er dem Bestreben der meisten Kinder, sich in engen Behältnissen zu verkriechen. Es diente vermutlich dem Schutz vor unbekannten Gefahren, die einem Heranwachsenden stets Angst einflößten. Begierig war er damals den Ausführungen des Führers gefolgt, der alles über die Entstehung und Beschaffenheit dieses Naturwunders zu berichten wusste. Mama Hellmann wunderte sich schon lange nicht mehr darüber, wie gierig ihr Sohn vor allem Dinge aufnahm, die sich außerhalb des Alltäglichen bewegten. Dunkle Geheimnisse, enge Räume zogen ihn magisch an. Eine Ausnahme bildete nur der modrige Keller in ihrem Mietshaus. Der jagte ihm höllische Angst ein. In den meisten Fällen fiel ja auch die Wahl auf ihn, den Jüngsten, wenn es hieß, Kohlen aus dem Keller zu holen. Seine größeren Geschwister verstanden es routiniert, ihm diese *verantwortungsvolle Aufgabe,* wie sie es nannten, anzuvertrauen. Mama drückte ihm den verbeulten Blecheimer in die Hand, den bereits viele Tonnen Eierkohle füllten. Ihr strenger Blick duldete keinen Widerspruch. Mutter Hellmann behauptete, dass die Ratten keinerlei Interesse an seinem ausgemergelten Körper besaßen. Trotzdem stieß er vorsichtshalber den Blecheimer die steile Steintreppe hinunter. Die Viecher sollten mehr Angst vor ihm, als er vor ihnen bekommen. Heute war er davon überzeugt, dass sich das Rattenpack über diese Aktion amüsierte, ihm die lange Nase zeigte.

Die Autorenlesung in diesem Ambiente wäre für jeden Schriftsteller ein absolutes Highlight gewesen. Durch die Vermittlung eines befreundeten Landrates erhielt Jan Hellmann die Chance, hier und heute aus dem letzten Krimi lesen zu dürfen. Die Holzbänke füllten sich. Unbeeindruckt baute er auf einem dekorierten Tisch Bücher auf, die er nach der Lesung signiert anbieten wollte. Geschätzte einhundertsechzig Zuhörer waren angekündigt, Grund genug, nervös zu werden. Noch nie trug er bei seinen Lesungen in einem derart außergewöhnlichen Rahmen vor. Bis auf den letzten Platz gefüllt, trat eine gespenstische Ruhe ein, die nur ab und zu ein leichtes Hüsteln unterbrach. Eine unterstützende Beschallung fehlte, da in dieser Grotte eine bemerkenswerte Akustik herrschte. Die dezent beleuchteten Wände zauberten Schattengebilde, die nicht nur im Publikum Ehrfurcht erzeugten. Der aufflammende Spot lenkte die Aufmerksamkeit auf den Autor, der noch prüfend über die Besucher sah. Seine ersten Worte durchschnitten die Stille der Grotte.

Schon die Atmosphäre des Gewölbes trug dazu bei, dass die meisten Zuhörer konzentriert und gebannt dem Vortrag lauschten. Ein spannungsgeladener Krimi, wie geschaffen für diese Umgebung. Einzelne Besucher saßen mit geöffnetem Mund bewegungslos auf ihren Stühlen, wurden zu Figuren der Handlung. Jan beherrschte die Technik, seine Zuhörer durch eine antrainierte Sprechweise in Stimmung zu versetzen.

Er bat zur Pause. Es dauerte einen Moment, bis die Gäste ihre Starre verloren. Er war es mittlerweile gewohnt, dass es für ihn in der Folgezeit keine Entspannung gab. Viele Zuhörer nutzten die Gelegenheit, entweder Fragen zu stellen oder schon jetzt ein Buch zu erwerben. Eine Traube von Menschen umlagerte den Tisch, an dem er signierte.

Jan Hellmann genoss es, wenn er seinem Publikum so nah sein durfte. Es waren die Augenblicke, die er über alles schätzte. Dazu gehörte die Zeit des Schreibens, in der seine intimsten Gedanken zu Geschichten, zu Büchern anwuchsen. Aber auch, wenn er die Wertschätzung der Menschen erhielt, die ihre Erwartungen erfüllt sahen, für die geleistete Arbeit zahlten. Mediale Aufmerksamkeit dagegen verabscheute er. Journalisten gegenüber blieb er verschlossen. Sie widmeten ihm nur wenig Beachtung, da er ohne Publikumsverlag veröffentlichte, also keinen vollwertigen Schriftsteller für sie darstellte. Kaum eine Presse-Rezension fiel positiv aus, wenn sie denn überhaupt den Weg in die Medien fand. Ausnahme bildete seinerzeit nur die unerwartete Trennung des Traumpaares. Erfundene Gerüchte schufen reißerische Headlines, traten Jans Privatleben mit Füßen. Er zog sich völlig aus der Öffentlichkeit zurück.

»Was darf ich hineinschreiben?«

Die Frage stellte er routinemäßig, da das nächste Buch bereits angereicht wurde.

»Schreiben Sie nur *für Sandra*, das würde mich freuen.«

Das Gemurmel seiner Umgebung verschwamm. Noch bevor Jan den Kopf hob, nahm er den Duft von Sandelholz wahr. Die sanfte, etwas rauchige Stimme ließ ihn innehalten. Augen, deren intensives Grün er heute zum ersten Mal aus der Nähe betrachtete, funkelten ihn auf eine geheimnisvolle Weise an.

Sein Puls raste. Reflexartig verkrampften die Finger um den Stift. Jan war nicht imstande, auch nur einen Buchstaben zu Papier zu bringen.

»Was machen Sie ...?«

»Schreiben Sie ins Buch nur *für Sandra*. Das reicht, Herr Hellmann«, wiederholte sie ihren Wunsch, ohne auf seine Frage einzugehen. Jans Hände zitterten. Das signierte Buch klappte sie auf, blies flüchtig über die Widmung, als wollte sie Tinte trocknen. Sie verschwand mit einem gehauchten *Danke* in der Menge der Besucher. Die nächste Leserin wartete geduldig, bis er sie ansah.

Die Pause war beendet. Jan saß hinter dem Manuskript. Die Augen glitten suchend über die Besucherreihen. Helens Räuspern holte ihn zurück in die Gegenwart. Sie saß geduldig abseits, begleitete ihn auf seinen Lesungen. In dem Augenblick bemerkte er, dass das Publikum gespannt auf ihn wartete. Die Konzentration fiel ihm schwer, denn schemenhaft schoben sich diese unglaublichen Augen vor die Zeilen des Buches. Noch niemals zuvor sehnte er das Ende einer Lesung derart herbei. Der Besucherstrom, der ihn anschließend in Gespräche verwickelte, nahm ihm jede Gelegenheit, nach Sandra zu suchen. Der Himmel hatte sie verschluckt.

»Fühlst du dich nicht gut? Du warst ja nach der Pause total neben der Spur.«

Jan bemerkte Helens erwartungsvollen Blick, die neben ihm auf dem Beifahrersitz auf eine Antwort wartete. Er suchte nach einer Begründung.

»Hallo ... Erde an Jan Hellmann. Ich rede mit dir!«

»Das ist nicht mit zwei Worten zu erklären. Ich weiß es selbst nicht genau.«

»Dann schilder mir doch die Dinge, die du ungenau zu wissen glaubst. Es besteht immerhin die Möglichkeit, dass ich es trotzdem verstehe.«

Die Mittelstreifen der Autobahn jagten wie drohende Pfeile auf den Wagen zu, während sie durch die Nacht fuhren. Krampfhaft überlegte er, was genau ihn aus der Fassung gebracht hatte. Wie sollte er Helen das erklären? Er beschloss, ihr von seiner ersten Begegnung zu berichten. Am Ende hatte sich ein breites Grinsen auf Helens Gesicht eingenistet. Sie verfolgte die vorbeifliegende Landschaft, ein leises Glucksen konnte sie nicht verhindern. Mit großen Augen sah er sie an. Sie konnte ihr Lachen nicht mehr zurückhalten.

»Was ist ...?«

»Mensch Jan. Du willst mich auf den Arm nehmen. Du weißt nicht, was mit dir los ist? Na ja, eigentlich ist das doch nicht so abwegig ... ich meine damit, deine Ahnungslosigkeit. Schließlich lebst du ja schon einige Jahre in deinem Kokon, ohne Partnerin. Da rosten die Sinne ein.«

Bei Helen schien sich das Grinsen eingefressen zu haben, was ihn noch mehr verunsicherte. Es machte ihn sogar wütend. Seine Frage klang ruppiger als beabsichtigt.

»Was, um Himmels willen, willst du mir denn die ganze Zeit sagen? Du redest in Rätseln.«

»Das ist nur für dich eingefleischten Single ein Rätsel. Jeder normale Hetero würde sagen, dass du dich in eine Frau verguckt hast, die du noch gar nicht richtig kennst. Der

Volksmund bezeichnet das als Liebe auf den ersten Blick. Schon davon gehört, Herr Schriftsteller? Wenn ich zuhause Martin davon erzähle, wird der seine Freude haben.«

»Was soll der Unsinn. Ich kenne die Frau doch nun wirklich nicht. Da reimst du dir Dinge zusammen, die aus einem meiner schlechteren Bücher stammen könnten. Ich bin nicht verliebt ... basta ... aus.«

»Also doch, ich habe recht.«

»Womit?«

»Damit, dass du verknallt bist. Wenn jemand das derart vehement zurückweist, dann steckt mehr hinter als bloßes Interesse. Ha, ha. Das muss ja eine wahre Granate, eine Madonna gewesen sein, sonst hättest du doch niemals einen Blick gewagt. Für dich spielen Frauen doch nur in deinen Romanen eine Rolle. Ich finde das richtig gut.«

»Du findest was gut?«

Langsam zog Ärger in ihm auf. Wie konnte Helen so sicher sein, was in ihm vorging, wenn er selber es nicht einmal erklären konnte?

»Ich hatte schon befürchtet, dass Claudia, als sie dich vor fünf Jahren verließ, auch deine Gefühle mit in die Umzugskartons gepackt hatte. Scheinbar sind ja doch noch Reste liegengeblieben. Das ist doch nicht normal, dass ein Mann in deinem Alter völlig alleine lebt ... ich meine ... du hattest ja seit damals nicht einmal eine flüchtige Beziehung. Man kann doch nicht nur über Frauen, über Beziehungen schreiben, ohne sie zu erleben, ... ich meine ...«

»Meine, was du willst. Aber ich habe kein Interesse daran, mich erneut enttäuschen zu lassen. Ich lebe gut so und kann alleine über mein Leben entscheiden. Ich lasse mich nie wieder fremdbestimmen. Dieses ewige Sich-anpassen-müssen ist nichts mehr für mich. Ich habe meine Bücher und ein ruhiges Zuhause ... das reicht mir. Du hast mit Martin das große Los gezogen und er mit dir. Aber wo gibt es das heute noch? Die Menschen reagieren doch nur noch aggressiv aufeinander, wenn sie eine Weile zusammenleben ... sieh dich doch um. Eine Scheidung folgt der nächsten. Ich wenigstens kann tun und lassen, was ich möchte. Ich kann mit den Fingern essen, kann mir die Filme ansehen, die ich bevorzuge ... ich kann sogar furzen, wann mir danach ist, oder den Abfall stehen lassen. Außerdem kann ich ...«

»Ist ja gut jetzt. Bist du fertig mit deiner miesen Darstellung des menschlichen Zusammenlebens? Glaubst du wirklich, dass die Beziehungen alle derart negativ verlaufen, wie du es erleben musstest? Andere ...«

»Moment ... Moment ... meine Beziehung ist nicht negativ verlaufen ... nur das Ende, meine Liebe. Nur das Ende. Wir haben uns geliebt ... und ich liebe sie immer noch.«

Mit offenem Mund saß Helen neben ihm, sah ihn verständnislos an. Sie suchte nach Worten, die passten, Jan aber nicht verletzen durften.

»Du bist ein ewiger Träumer. Wenn Claudia dich wirklich so innig geliebt hätte, wie du es gerne darstellst, wäre sie nicht ohne Erklärung abgehauen. Diese Liebe ist mir etwas zu einseitig. Aber das Thema hatten wir bereits mehrfach. Ich habe dir dazu meine Meinung gegeigt. Ich lasse den Mann nicht einfach sitzen, der mir alles bedeutet, der mich bis zur Selbstaufgabe liebt. Das ist unehrenhaft, ja unmoralisch.«

Über mehrere Kilometer schwiegen sie. Jeder hing den eigenen Gedanken nach. Erst als der Wagen vor Helens Haustür stoppte, versuchte er es erneut. Er sah auf das Lenkrad, als er die Worte herauspresste.

»Was soll ich denn tun? Ich kann sie einfach nicht vergessen. Die Zeit war ... sie war so schön.«

Lange sah sie ihn an. Er spürte, dass sie erneut nach den passenden Worten suchte. Helen berührte seine Hand, die den Schaltknauf umklammerte. Sie sprach leise.

»Jan, du darfst ja auch auf diese für dich schöne Zeit zurückblicken. Die kann dir Niemand mehr nehmen. Doch du lebst nun in der Gegenwart. Und in dieser spielt Claudia nicht mehr in deinem Team. Sie sah einfach andere Ziele für den Rest ihres Lebens. Das musst du ihr zugestehen und endlich akzeptieren. Verlasse deine Traumwelt, steige herab zu uns Menschen. Ich persönlich finde es toll, dass du so positiv über sie sprichst, aber du musst endlich die Augen öffnen. Du kannst nicht für den Rest deines Lebens trauern, denn das Dasein ist für uns alle zeitlich begrenzt. Wenn du morgen vor unseren Herrn treten müsstest und er würde dich fragen, ob du schon gelebt hast ... was willst du ihm antworten? Ja, zumindest bis vor fünf Jahren. Der wird ganz schön sauer reagieren. Der wird dich sofort wieder zurückschicken, damit du dein Leben ordentlich zu Ende bringst. Da geht noch was, da existiert noch Zukunft. Nur davon hast du mittlerweile weniger als an Vergangenheit. Willst du weiterhin nur in deinen Träumen leben, die du immer und immer wieder aus dem Unterbewusstsein an die Oberfläche kramst? Wer immer nur am Gewesenen festhält, verpasst das Leben, die Zukunft. Verdammt, werde endlich erwachsen!«

Die letzten Worte kamen lauter, als sie beabsichtigte. Sie riss die Beifahrertür auf, schleuderte sie ungewöhnlich heftig zu. Die Gedanken quälten ihn noch lange nachdem sich die Haustür hinter Helen schloss.

»Wie war deine Lesung? Alles gut gelaufen?«

Jan hatte nicht bemerkt, dass Alessia schon eine Weile hinter ihm stand, während er an seinem Stammplatz den Gedanken nachhing. Wieder legte sie die Hände auf seine Schultern, beugte sich etwas herunter.

»Ach Alessia. Eigentlich schon, aber ...«

»Oh Gott, der Herr Schriftsteller befindet sich wieder in einer anderen Dimension, seiner Traumwelt. Gegen welches Unrecht kämpfst du heute? Musst du zum tausendsten Mal die Welt retten? Was ist passiert? Aber warte noch einen Augenblick. Gleich kommt die Aushilfe, danach habe ich etwas Zeit für dich.«

Ein flüchtiger Betrachter hätte annehmen können, dass Jan versuchte, seinen Latte macchiato unter Hypnose zu setzen. Erst Alessia, die sich endlich setzte, riss ihn aus den Gedanken.

»Also? Leg los.«

Sie lächelte ihn erwartungsvoll an. Jetzt war es an ihm, die passenden Worte zu suchen, obwohl er bei ihr keine Probleme bei deren Wahl befürchten musste. Sie kannte sein Inneres besser, als er selbst.

»Ich weiß nicht, was mit mir los ist. Alles um mich herum ist plötzlich ... es ist verändert. Schwer zu beschreiben.«

Sie rührte in ihrem Tee, lächelte wortlos. Oft diskutierten sie tiefgründige Themen, zu denen sie immer wohlüberlegte Ansichten beitrug. Sie sah Dinge viel pragmatischer mit den Augen des Außenstehenden. Einige Betrachtungen, die er in seinen Büchern beschrieb, stammten aus ihrem Mund. Sie besaß neben ihrem attraktiven Äußeren eine interessante Weltklugheit, die auf ihn immer wieder aufs Neue eine gewisse Faszination ausübte. Gerade in diesem Augenblick fiel Jan besonders auf, wie aufregend dunkel ihre Pupillen waren, die unablässig auf ihn gerichtet waren. Sie konnten verzaubern, waren sinnlich. Er beneidete Matteo einmal mehr.

»Jan, du wolltest mir etwas erzählen. Das soll doch kein Gedankenraten werden, oder?«

»Entschuldige, Alessia, ich war gerade woanders.«

»Unübersehbar. Ich will nicht wissen, wo ... erzähl jetzt endlich.«

»Du erinnerst dich bestimmt an einen Nachmittag der vorletzten Woche? Am Nebentisch saß ein Pärchen, das ...«

Alessia zeigte ein schelmisches Blitzen in den Augen, als sie ihn unterbrach.

»Die elegante Dame mit den langen blonden Locken, die von einem verdammt gut aussehenden Mann begleitet wurde? Meinst du die Schönheit, die dann in einem schwarzen BMW verschwand?«

Alessia genoss Jans Verwunderung, was sein offenstehender Mund bewies.

»Wieso weißt du das noch so genau? Die waren doch nur einmal ...?«

Ihr glockenhelles Lachen verunsicherte ihn noch mehr, zumal sie ihm zusätzlich ihre Hand auf den Arm legte. Sie beugte sich zu ihm, sah ihm direkt in die Augen.

»Du sitzt schon seit Jahren fast tagtäglich hier, gehörst schon zum Inventar, zur Familie. Glaubst du nicht, dass mir das auffallen könnte, wenn du dich verändert zeigst? Ich bin auch nicht die Einzige, der deine Unruhe ins Auge fiel - andere Stammgäste machten sich lustig darüber. Der einsame Wolf, der alleinlebende, erfolgreiche Schriftsteller aus der Nachbarschaft, zeigte plötzlich eine nie zuvor beobachtete Unsicherheit. Das konntest du nicht verbergen.«

»Aber da war doch keine ...«

Alessia wischte diesen zaghaften Einwand mit einer Handbewegung fort.

»Dein Gesicht, die Körpersprache, zeigten genau das Gegenteil. Ich hörte deine Hormone bis zur Cafétür trommeln. Ich habe dir doch vor Jahren schon klarmachen wollen, dass du noch nicht tot bist. Da steckt noch viel Leben in dir. Du mit deiner ewigen Show, die vorgespielte Ablehnung gegenüber Frauen. Pah. Keine neuen Beziehungen, wie toll das Alleinsein ist. Alles nur Selbstsuggestion. Claudia muss irgendwann einmal Geschichte sein. Aber das will ich nicht schon wieder aufwärmen. Erzähl, was hat dieses geheimnisvolle Wesen mit deinem Problem zu tun?«

Sie lehnte sich in ihrem Stuhl zurück, sah Jan erwartungsvoll an. Eine leichte Verärgerung darüber, dass hinter seinem Rücken über ihn gesprochen wurde, blieb bei ihm zurück.

»Du wusstest ja, dass ich gestern zur Höhlenlesung im Sauerland war, nicht wahr? Nun ja ... als ich in der Pause signierte, war sie da ... sie stand einfach vor mir.«

»Wer?«

»Worüber sprechen wir denn die ganze Zeit? Die Blonde natürlich.«

»So so.«

»Mehr als *so so* sagst du nicht dazu? Kannst du vielleicht mal in ganzen Sätzen antworten?«

Das Gespräch lief heute anders, als er es bei ihr gewohnt war. Alessia zeigte ein kurzes Blinzeln, die Hände fuhren durch ihr Haar, das Lächeln wirkte ... es wirkte plötzlich unecht, gequält. Lange musste er auf eine Antwort warten. Schließlich gab sie sich einen Ruck. Ihr Blick glitt an ihm vorbei über die wenigen besetzten Tische, während sie mit leicht spöttischem Unterton antwortete.

»Nun, was soll ich dazu sagen? Du wirst einen neuen Fan dazugewonnen haben. Schließlich bist du oft genug in den Medien. Jeder hier kennt dich. Warum sollte dich da eine deiner Verehrerinnen nicht bei einer Lesung besuchen? Außerdem bist du, trotz deiner immerhin schon zweiundfünfzig Jahre, noch immer ein gut aussehender Mann. Dein leicht ergrautes Haar, deine sportliche Figur, dein gepflegtes Outfit, vor allem dein Erfolg ... mehr als genug Gründe, warum es Frauen versuchen. Du könntest an jedem Finger eine

Verehrerin haben, wenn du nur wolltest. Vielleicht ist aber gerade deine bekannt strikte Ablehnung von Beziehungen der Grund, warum diese Frau an dich herantritt. Das reizt sicher immens. Hast du dich denn mit ihr verabredet?«

Die Frage schob Alessia mit einem unerklärlichen Unterton, mehr zaghaft hinterher. Sie sah ihm jetzt erwartungsvoll in die Augen. Es wirkte auf ihn, als wollte sie die Antwort gar nicht hören. So hatte er sie noch nie erlebt. Sie spielte mit einer Haarsträhne, die keck über das Gesicht fiel. Mit der anderen Hand verbog sie die Getränkekarte. Jan irritierte diese nie gesehene Angespanntheit.

»Nein, natürlich nicht. So plötzlich, wie sie erschien, ist sie auch wieder verschwunden. Dazu war keine Gelegenheit, selbst wenn ich es gewollt hätte. Sie bleibt ein Phantom.«

»Dann wirst du mit dieser Ungewissheit noch weiter leben müssen. Da wird sich doch wohl keine Stalkerin entwickeln, die dir das Leben schwermacht?«

Bevor er auf diese wie auch immer gemeinte Bemerkung eingehen konnte, erhob sie sich. Ihre Fingerspitzen fuhren wie beiläufig durch sein Haar. Im Weggehen vernahm Jan die geflüsterten Worte, als wollte sie verhindern, dass sie ein Außenstehender hörte.

»Pass gut auf dich auf Jan.«

3. Kapitel

Das Panoramafenster des Büros ließ die Aussicht über das Ruhrtal zu, das sich wie ein grünes Band durch Essens Süden schlängelte. Victor Heuers gepflegte Hände lagen zusammengelegt hinter dem Rücken, er genoss die Fernsicht. Seine blaugrauen Augen, die neben dem schulterlangen, braunen Haar sein männlich schönes Gesicht dominierten, verfolgten die weißen Boote, die den Baldeneysee durchkreuzten. Der grandiose Ausblick half ihm immer wieder, sich zu konzentrieren, wenn ihn ein Fall besonders beschäftigte. Seinen sportlich schlanken Körper umschmeichelte heute ein dunkelgrauer Zweireiher, den er, wie übrigens die gesamte Kleidung, maßschneidern ließ.

Die moderne Büroausstattung war farblich exakt auf die Wände abgestimmt, deren Marmorputz ein leichtes Rosa durchschimmern ließ. Eine penible Ordnung sprang jedem Besucher zuerst ins Auge. Lediglich ein einzelner Aktenordner lag aufgeschlagen auf dem Designer-Schreibtisch. Der ebenfalls weiße iMac fügte sich perfekt in die Umgebung ein, sodass zwar eine Sterilität entstand, die dennoch nicht kalt wirkte. Eine Bürogestaltung, bis ins Detail durchdacht.

Das Sirren der Telefonanlage riss Victor aus seinen Gedanken. Noch während er die Verbindung zum Sekretariat aufbaute, öffnete sich bereits die Tür.

»Besuch für Sie ...«

»Schon drin, Frau Schwanke, danke.«

Sandra steuerte geradewegs auf Victor zu, schlang die Arme um seinen Hals. Obwohl der Kuss auf die Wange keinerlei

Spuren ihres kräftigen Lippenstiftes hinterließ, tupfte er mit einem Taschentuch nach. Er fasste seine Schwester an beiden Schultern, schob sie einige Zentimeter zurück, betrachtete jedes Detail ihrer Kleidung.

»Und? Wo liege ich auf der Wertungsskala?«

»Perfekt, wie immer. Dein Haar passt hervorragend zum Hosenanzug. Stammt das alles aus Karins Boutique-Schatzkiste? Ich finde, dass sie die geilsten Klamotten in Rüttenscheid anbietet. Was führt dich zu mir? Gab es etwa einen Termin, den ich vergessen habe?«

»Nein, nein, Vic ... ich wollte nur kurz Bericht erstatten. Da ist doch die Sache mit dem Schriftsteller aus Recklinghausen. Du erinnerst dich noch an ihn?«

Victor legte einen Arm um Sandras Schulter, schob sie zum Fenster.

»Aber selbstverständlich. Dieser Typ aus dem Eiscafé, den du anschließend in der Grotte besuchen wolltest. Wie hieß er noch? Hellmann ... Jan Hellmann. Jetzt hab ich´s. Was hast du erreichen können?«

Sandra legte ihren Kopf gegen Vics Schulter, setzte sich kurz darauf auf die Fensterbank. Mit gestreckten Beinen, den Rücken an die Scheibe gelehnt, ruhte ihr Blick auf ihrem Bruder.

»Im Grunde befinde ich mich ja noch in Phase eins. Vanessa meint, ich darf bei diesem Hellmann nichts überstürzen, das wäre eine harte Nuss. Seitdem sie sich entschlossen hat, neben den Sachbüchern nun zusätzlich Belletristik zu verlegen, ist sie kaum noch zu stoppen. Sie hat sich auf diesen Hellmann eingeschossen. Das ist ja schon manisch bei ihr. Es gibt so viele junge, schreibende Talente, doch sie will unbedingt diesen sturen Einzelgänger unter Vertrag bekommen. Sie erwartet mit ihm als Referenzautoren einen schnelleren Zulauf an bekannten Namen. Frage mich nur, wovon sie den Vorschuss bezahlen will, falls der Deal wirklich klappt? Schließlich hat der Typ irre Verkaufszahlen.«

Victor beobachtete wieder die vorbeigleitenden Segelboote, die Hände in den Hosentaschen vergraben.

»Hörst du mir überhaupt zu?«

Sandra stieß ihm den Zeigefinger vor die Brust, sah ihn fragend an. Bevor er antworten konnte, öffnete sich die Bürotür schwungvoll, und gab den Blick auf einen kurzhaarigen, zum molligen neigenden Mann frei. Die schreiend gelbe Krawatte stand im krassen Gegensatz zum eleganten, blauen Anzug, sie zog den Blick magisch an. Nur kurz hielt er inne, bevor er mit vorgestreckten Armen auf Sandra zustürmte. Auf beiden Wangen deutete er, begleitet von einem wohligen Summen, einen Kuss an.

»Nein, welch nette Überraschung. Dass ich die liebe Sandra hier finde, macht den Tag gleich noch angenehmer. Guten Morgen, Vic.«

Schwungvoll drehte er sich Victor zu. Seine Hand glitt über dessen Gesicht. Er zog Victors Kopf sanft heran. Sandra beeindruckte diese Zärtlichkeit immer wieder, mit der die Männer ihre Zuneigung ausdrückten. Kurz legten sie ihre Lippen aufeinander, sahen sich in die Augen. Vic hielt die Hüften seines Partners umfasst.

»Guten Morgen Danny. Mich hat das Schwesterherz ebenfalls mit ihrem Kommen überrascht. Ist aber auch halb geschäftlich. Da geht es um einen möglichen Autoren-Vertrag, den wir dann wohl ausarbeiten müssen. Der Bursche scheint sich noch dagegen zu wehren. Doch wer meine Schwester Sandra kennt, weiß, dass es keinen Zweck hat.«

»Was erzählst du denn da, Vic. Ich mach nur meinen Job. Ich versuche, neue Kunden für den Verlag zu gewinnen. Doch bedenke dabei, dass ich Lektorin bin, das erledige ich nur Vanessa zuliebe.«

Sandra schlug mit ihrer kleinen Faust gegen Vics Brust.

»Lass das Sandra, du machst hier womöglich noch was kaputt.«

Spielerisch schlug Danny nach Sandra. Alle drei brachen in lautstarkes Gelächter aus.

Sandra ließ den beiden Zeit, sich über das Tagesprogramm in der Kanzlei auszutauschen. Schweigend beobachtete sie ihren Bruder. Alte Bilder sah Sie vor ihren Augen auftauchen.

Die Liebe zwischen Danny, wie er von fast allen gerufen wurde, und Victor führte damals zum weiteren Zerwürfnis innerhalb der Familie. Bis in seine Studentenzeit hinein wusste Victor nicht recht, wie er mit seiner sexuellen Ausrichtung leben sollte. Mädchen waren die liebsten Spielgenossinnen, was dazu führte, dass er bereits in der Kita gehänselt, in der Schule sogar gemoppt wurde. Mama belächelte nur, dass er in der Puppenküche, die sie ihm trotz Papas Protest kaufte, das Essen für seine Plüschtiere zubereitete. Papa vertrat die klare Grundeinstellung, dass Jungs auf den Bolzplatz, also an die frische Luft gehörten. Diese Diskussionen wurden selbst dann noch gebetsmühlenartig fortgesetzt, als Sandra vier Jahre später geboren wurde.

Sie erinnerte sich an zunehmend ausufernde Streitereien zwischen ihren Eltern bei Tisch. Vic nahm sie dann bei der Hand, und sie verschwanden lachend im Kinderzimmer. Die Puppen warteten auf sie. An einem Sommertag auf Sylt kam es schließlich zur Eskalation. Für den Abend hatte Papa einen Geschäftsfreund in das Hörnumer Ferienhaus eingeladen, der in Kampen einquartiert war. Der kleine Sohn der Schreibers, der sich in Vics Alter befand, spielte vor dem Abendessen mit den Kindern. Als Mama zum Essen rief, gesellten sich alle an den Tisch der Erwachsenen.

»Was ... was soll das denn werden? Bist du jetzt ganz von Sinnen? Victor, du ziehst sofort dieses Kleid aus! In zwei Minuten will ich dich mit korrekter Kleidung am Tisch sitzen sehen. Rauf mit dir!«

»Aber Rolf, warum regst du dich so auf? Die Kinder haben doch nur gespielt und sich verkleidet, lass ihn doch in Ruhe.«

Mama legte schützend den Arm um Vic. Papa war nicht mehr zu bremsen, sprang auf. Heftig riss er Vic los. Er trug ihn unter dem Arm haltend die Treppe zum Kinderzimmer hoch. Sein Geschrei drang bis zum Tisch herunter.

»Du verdammtes, schwules Balg willst mich vor meinem Besuch bis auf die Knochen blamieren? Muss denn die gesamte Welt mitkriegen, was die Natur an dir versaubeutelt hat? Warum konntest du nicht ein normales Kind werden, auf das ein Vater stolz sein darf? Du machst mich unmöglich, und sorgst dafür, dass alle über mich lachen. Zieh ... jetzt sofort ... diese verdammten Sachen aus ... du, du ... Bastard!«

Bis ins Esszimmer hörten alle das Reißen der Textilen, die Papa ihm wütend vom Leib zerrte. Fest legte Dr. Schreiber seine Hand auf Mamas Arm, die nach oben stürmen wollte. Stumm schüttelte er den Kopf, hielt sie zurück. Mit Tränen in den Augen drückte sie beide Hände auf die Ohren. Sie blickte hilfesuchend in die Runde.

»Lassen Sie Ihren Mann jetzt in Ruhe, Frau Heuer. Er wird sich beruhigen. Aber im Augenblick ist er für logische Argumente nicht empfänglich. Ich habe schon in den letzten Monaten mit ihm über sein Problem gesprochen. Er vertritt da veraltete, radikale Ansichten. Doch glauben Sie mir eines. Es mag in Ihren Ohren seltsam klingen, aber er liebt diesen Jungen abgöttisch ... trotz alledem. Allerdings braucht es seine Zeit, bis er akzeptiert, dass Victor anders ist. Die Erkenntnis, einen homosexuellen Sohn großzuziehen, hat ihn verletzt. Ich bleibe da dran, das versichere ich Ihnen, gnädige Frau. Geben Sie ihm Zeit. Das ist das Beste, was Sie für Ihren Sohn tun können. Bitte.«

An diesem Abend wuchs in Victor ein Selbstbewusstsein, das Vater noch beeindrucken sollte.

»Sandra? Hallo Sandra, wo treibst du dich im Augenblick rum?«

Victor schüttelte sie an der Schulter und sah ihr fragend in die Augen.

»Oh, entschuldigt bitte. Ich habe gerade eine Zeitreise hinter mir. Was habe ich verpasst?«

»Hatte Danny davon berichtet, dass ihr versucht, diesen Jan Hellmann unter Vertrag zu bekommen. Er vertritt die Meinung, dass du allmählich in die Offensive gehen solltest. Das geheimnisvolle Versteckspielen muss ja irgendwann ein Ende haben. Der Köder ist gelegt, der Fisch muss ihn aber sehen können, um anzubeißen. Da muss ich ihm recht geben. Jetzt ist es an der Zeit, dass du dem Zufall ein bisschen unter die Arme greifst. Zeige dich in deiner vollen Pracht.«

Sandra furchte die Brauen. Sie verließ die Fensterbank, sah beide an.

»Habt ihr zwei etwas geraucht? Wofür haltet ihr mich eigentlich? Das kann doch nicht wahr sein, dass mich mein eigener Bruder zur Prostitution überreden will. Soll ich etwa mit dem verbohrten Single schlafen, damit Vanessa ihren verdammten Vertrag bekommt? Schminkt euch das ab. Das ist nicht Bestandteil meines Arbeitsvertrages.«

»Hoh hoh, Brauner ... ruhig. Davon war nicht die Rede. Aber so, wie du mir seine Reaktion geschildert hast, scheint er doch Interesse entwickelt zu haben. Das könntest du geschickt ausnutzen. Sympathie zwischen den Parteien ist doch schon das halbe Geschäft. Habe ich recht, Danny? Und ein bisschen Sex ... was soll's? Daran stirbt doch keiner.«

Der Angesprochene nickte stumm. Aus Sandras Agen fuhren Blitze. Grinsend ergänzte er Vics Bemerkung.

»Da könntest du ansetzen. Beim Cappuccino zu zweit, schummriges Licht, untergehende Sonne, dezente Musik im Hintergrund, tiefer Blick in die Augen ... Genau so würde ich es machen, das klappt auf jeden Fall.«

»Hört ihr jetzt endlich damit auf, mich verkuppeln zu wollen? Das mag bei euch Wirkung zeigen, bei mir nicht. Ich kann das nicht ... ich meine ... Zuneigung heucheln. Bei mir ist das echt, sonst lass ich die Finger davon.«

Die Männer standen mit einem breiten Grinsen vor ihr. Sie schwiegen vielsagend.

»Ach, ihr seid einfach nur doof.«

Mit diesen Worten stürmte Sandra hinkend Richtung Tür, in der sie fast Frau Schwanke über den Haufen lief, die mit drei Tassen Kaffee auf einem Tablett das Büro betrat.

»Das würde ich lassen, Frau Schwanke, die Verrückten haben heute mit Sicherheit bereits was Stärkeres intus.«

4. Kapitel

Sandra konnte ein Stolpern über die letzte Stufe der Wendeltreppe im letzten Moment verhindern, als die Eingangstür von innen geöffnet wurde. Ein Besucher trat freundlich lächelnd beiseite, bat sie herein. Vanessa Kahl gelang es seinerzeit, die Büroräume trotz der erstklassigen Lage in Essen-Rüttenscheid relativ günstig anzumieten. Eine geschwungene Außentreppe führte den Besucher in die lichtdurchfluteten Räume in der ersten Etage direkt in einen kreisrunden Empfangsraum. Von hier zweigten Durchgänge in die Fachbereiche ab. Ceren, die türkischstämmige Praktikantin, die Sandra ihr vermittelte, sah von ihrer Schreibarbeit auf. Sie grüßte mit einem knappen »High«.

»Gut, dass Sie kommen, Frau Heuer. Frau Kahl hat nach Ihnen gefragt. Sie ist, glaube ich, in ihrem Büro.«

»Danke Ceren. Könnte ich einen Tee haben? Du weißt, diesen leckeren Cay.«

»Aber gerne, Frau Heuer. Ich bringe Ihnen den in Ihr Zimmer.«

Sandra befreite sich noch im Foyer von den hochhackigen Schuhen, fasste sie an den Riemchen, und warf sie sich mit einem befreienden »Aah« über die Schulter. Ceren registrierte dies mit einem verhaltenen Kichern, während sie in die Küche eilte. Der hohe Flor der Auslegeware lud förmlich zum Barfußgehen ein, sodass es häufiger vorkam, dass Mitarbeiter ohne Schuhwerk am Schreibtisch saßen. Nur das Knarren der Bürotür verriet, dass Jemand Sandras Büro betrat, während sie ihren Mantel an die Garderobe hängte. Als sie sich dem Eingang zuwandte, bemerkte sie die zierliche Gestalt Vanessas. Schulter und Kopf an den Türpfosten gelehnt, beobachtete sie Sandra mit einem unergründlichen Lächeln. Eine Strähne ihres langen, bereits ergrauten Haars hielt sie mit den Fingerspitzen einer Hand vor den Mund. Wie so oft vermochte Sandra nicht einzuschätzen, was sich genau in dem Augenblick in diesem Kopf abspielte. Hinter dieser Stirn verbarg sich das Wissen von mindestens drei Studienfächern. Die Lebenserfahrung von achtundfünfzig Lebensjahren kam ergänzend hinzu.

»Sag es Vanessa, lass es bitte raus. Du machst mich wahnsinnig, wenn du schweigend mit mir kommunizierst.«

Immer noch wortlos näherte sich Vanessa. Sie setzte sich auf die Schreibtischkante, ohne den Blick von Sandra abzuwenden.

»Also noch nichts.«

Sandra verdrehte die Augen.

»Was meinst du damit: Noch nichts?«

»Ich spreche von deinem Unternehmen Hellmann. Das weißt du genau. Hat er abgelehnt, oder hast du ihn immer noch nicht gefragt? Da muss doch allmählich was passieren.«

Ceren sorgte mit ihrem Erscheinen dafür, dass Sandra eine kurze Denkpause erhielt. Noch während sie den Zucker im Cay verrührte, spürte sie, dass die wasserblauen Augen Vanessas unentwegt auf ihr ruhten, eine Antwort einforderten.

»Ja, ich weiß, ich habe dir versprochen, dass ich ihn anspreche. Aber du musst den Kerl erleben. Der ... der behandelt Frauen wie ... ja, wie soll ich das beschreiben? Er sieht in ihnen völlig normale Menschen.«

»Hallo? Habe ich da was verpasst? Wie soll er ...?«

Sandra legte die Hände hinter den Kopf, blickte verzweifelt zur Decke.

»Ich meine, dass er auf Annäherungsversuche und Anmache von Leserinnen nicht anspringt. Er ignoriert sie einfach. Er ist immer freundlich, ja. Er verteilt seine Autogramme, aber mehr auch nicht. Du solltest die Tussis mal sehen, wie sie den anschmachten. Was macht er? Er lächelt nur. Danach kümmert er sich um die Nächste. Das ist doch bescheuert. Vanessa ... der ist schwul. Da kenne ich mich aus.«

Vanessa war wortlos diesem Ausbruch gefolgt. Ihre Augen hatte sie geschlossen, die Lippen zusammengepresst. Sandra wusste, dass ihre Partnerin kurz vor einer Eruption stand. Sie zog die Schultern zusammen, und schlürfte den Tee geräuschvoll. Sie spürte intuitiv, dass Vanessa um Haltung bemüht war.

»Oh Gott, hätte ich doch Ceren mit dieser Aufgabe betraut. Die Kleine hätte mir bestimmt bessere Ergebnisse geliefert.«

»Aber ich ...«

»Halt jetzt die Klappe, verdammt. Hast du mir nicht noch vor Tagen erzählt, wie Hellmann auf dich abgefahren ist? Warst du es nicht, die mir verkaufen wollte, dass er in der Grotte völlig konfus war, nachdem du bei ihm warst? War es nicht meine Sandra, die behauptete, dass es nur eine Frage der Zeit ist, bis sie den Typen unter Vertrag hat? War das alles Wunschdenken?«

Die eintretende Stille dröhnte in den Ohren. Sandra versuchte, dem strengen Blick Vanessas zu entkommen, indem sie ein Wandfoto fixierte. Das zeigte ihren Kakadu Anubis, den sie nach dem ägyptischen Gott der Totenriten benannt hatte. Er gab ihr immer Sicherheit.

»Vanessa, ich ...«

»Du sollst ruhig sein, habe ich gesagt! Willst du wissen, was ich glaube? Willst du das wirklich wissen? Ich sag es dir. Du hast dich in den Kerl verknallt ... ja, richtiggehend verliebt. Das war nicht geplant, meine Liebe. So, jetzt darfst du reden.«

Sandra sprang auf, kam um den Schreibtisch herum. Nur wenige Zentimeter vor Vanessas Gesicht, blieb sie stehen. Ihre Augen waren Schlitze, schossen Blitze ab. Ihre Partnerin erwiderte ihren Blick ohne jede Regung und Unsicherheit. Wie ein Fisch, der auf dem Trockenen um sein Leben kämpfte, rang Sandra nach Luft, ohne auch nur ein verständliches Wort heraus zu bekommen. Wutschnaubend drehte sie ab. Sie lief wie ein wilder Stier durch das Büro.

»Siehst du, recht habe ich damit. Verfluchter Mist. Hast du jetzt Skrupel? Befürchtest du, dass er dahinter kommt, warum du dich ihm genähert hast? Verdammt, du machst alles kaputt. Ich habe an dich geglaubt. Jede Wette hätte ich gehalten, dass du immun gegen diesen Typ Mann bist. Vor allem, nachdem, was du hinter dir hast.«

Sandra riss es herum. Sie stürzte auf Vanessa zu, die schützend die Hände vorstreckte.

»Verzeih mir, Sandra. Das hätte ich nicht sagen sollen. Ich versprach dir, nie über deine Familiengeheimnisse zu reden. Ich hatte nicht bedacht, wie groß die Ähnlichkeit dieses Jan

Hellmann mit deinem Vater ist. Entschuldige bitte, es wird nie wieder vorkommen, das garantiere ich.«

Der Tag im Verlag verlief weiter ohne Störungen. Vanessa und Sandra verabredeten einen Nachmittagstermin, an dem Vic teilnehmen sollte. Unmengen an ungelesenen Manuskripten, die auf ein Lektorat warteten, bildeten einen Riesenstapel auf dem Schreibtisch. Die Verärgerung über Vanessas Bemerkung schmerzte, ließ nicht nach. Ihr Selbstbewusstsein war beschädigt worden. Aber jetzt hieß es, die trockene Arbeit zu erledigen.

Kurz nachdem Sandra mit dem Techniker-Kollegen die Formatierung eines Sachbuches durchgesprochen hatte, erschien Vics gebräuntes Gesicht in der Türfüllung. Die Joggingkleidung zeigte, dass er direkt aus dem Fitnessstudio zur Besprechung kam, was ihm hier niemand übel nahm. Er machte sogar darin eine vortreffliche Figur. Ceren tauchte Augenblicke später ebenfalls im Eingang auf. Sie himmelte ihn an. Jeder hier wusste, dass sie von ihm besessen war. Sie war überglücklich, wenn sie ihm einen Gefallen tun durfte.

»Für Sie auch einen Cay, Herr Heuer?«

»Aber sicher, mein Engel. Danke der Nachfrage.«

Lachend legte er die Arme um Ceren, drehte sich mit ihr im Kreis. Das führte dazu, dass ihre Gesichtsfarbe ins Tomatenrote wechselte. Geschickt duckte sie unter seinem Arm weg, verschwand kichernd in der Küche. Sandra konnte sich ein Lächeln nicht verkneifen und schüttelte den Kopf. Vic hatte es als Kind schon verstanden, Menschen für sich einzunehmen.

»Musst du dieses Mädel immer in Verlegenheit bringen? Du weißt doch genau, dass sie dich vergöttert.«

»Soll ich sie deshalb ignorieren? Ich mag sie - sie ist noch so ... so unverdorben. Wäre sie ein Mann, wüsste ich nicht, was passieren würde.«

»Hört, hört, seltsame Töne eines Mannes, der dem Partner ewige Treue schwor. Ich sollte ein Wort mit Daniel reden. Seine Position zu solchen Lebenseinstellungen würde mich interessieren.«

»Das würdest du tatsächlich tun? Meine eigene Schwester, die ich einst großgezogen, für die ich auf dem Schulhof oft mein Leben riskierte? Ein Wesen, welches das gleiche Blut in den Adern spürt?«

Victor näherte sich mit in die Seiten gestützten Armen dem Schreibtisch - den Kopf gesenkt.

»Probt ihr hier ein Theaterstück? Oder ist das ein Familienstreit in Lightversion?«

Vanessa betrat gleichzeitig mit Ceren den Raum. Beide bekamen den letzten Teil der Flachserei mit. Victor wirbelte herum. Er griff sich Vanessa, die laut kreischend die Begrüßung genoss. Sie kannte diesen Junganwalt lange, bevor er sie mit Sandra bekannt machte. Sie mochte die Unbeschwertheit, mit der er durch den harten Berufsalltag ging. Und sie war froh darüber, dass er ihr seine Schwester als Lektorin empfohlen hatte. Ein Kuss auf Vics Stirn beendete die Begrüßungszeremonie. Er setzte sie grinsend auf den Boden ab. Mit einer tiefen Verbeugung, die selbst einen Musketier hätte vor Neid erblassen lassen, nahm er das Cay-Glas aus

Cerens Hand. Sie erwiderte diese Geste mit einem Knicks, drehte sich um die Achse und verschwand lachend in der Diele.

»Bei passender Gelegenheit muss ich dieses Kind aufklären. Sie sollte nicht ihre Energie an Männer verschwenden, die ihr wahres Glück in einer gleichgeschlechtlichen Beziehung gefunden haben. Das ist nicht fair. Das muss ich mir unbedingt in den Terminer schreiben.«

Sandra schnappte sich einen Notizblock, und täuschte das Schreiben einer Notiz vor. Vanessa hakte sich bei Vic ein.

»Dann werde ich ihr aber auch berichten müssen, dass ihr großes Vorbild im Bereich Männerabwehr sich unsterblich verliebt hat.«

Der Kugelschreiber verfehlte Vanessa nur um Zentimeter.

»Hört, hört. Das sind ja tolle Neuigkeiten. Hat diese Raubkatze endlich ihren Dompteur gefunden? Das muss ja jetzt fix gegangen sein, denn heute Morgen hat sie noch kein Wort davon erwähnt.«

»Das ist frei erfunden, nicht ein Wort davon entspricht der Wahrheit. Diese Frau hat beim Aufwachen geschworen, heute bestimmte Personen aus ihrem Freundeskreis zu löschen. Den ersten Schritt dazu hat sie gerade getan. Ich werde mir gleich den Arbeitsvertrag durchsehen, wie die Kündigungsfristen vereinbart wurden.«

Sandras Augen waren zu Schlitzen zusammengezogen, ihre Mundwinkel zuckten. Sie fixierte starr das abstrakte Wandbild eines jungen Künstlers mit dem Titel »In the Morning«. Vanessa stieß Vic den Ellbogen in die Seite. Beide warteten ab, bis sich Sandra feixend den beiden zudrehte.

»Wäre es möglich, dass wir jetzt endlich zum eigentlichen Grund unseres Treffens zurückkehren? Diese Farce ufert sonst aus. Mich würde interessieren, was wir diesem eingebildeten Typen anbieten können, falls er überhaupt ...?«

Victor zog zwei Stühle heran, schloss die Tür. Er holte Unterlagen aus der Mappe, die er beim Eintreten auf dem Besprechungstisch abgelegt hatte. Hitzig debattierten die drei über wesentliche Vertragsbestandteile, Tantiemen und angemessene Vorauszahlungen.

5. Kapitel

Viele Augenpaare verfolgten Jan Hellmann. Obwohl er es kannte, von den Stammgästen begrüßt zu werden, war heute etwas anders. Einige Manuskriptseiten hatte er in die Zeitung eingerollt, um die Formulierungen in aller Ruhe ein weiteres Mal durchzugehen. Dabei wollte er einen Cappuccino genießen. Alessia zeigte ihm ihren Rücken, während sie intensiv mit einem Gast sprach, der wenige Meter von ihm entfernt saß. Als sie den Tisch verließ, winkte sie ihm zu. Er nahm die Geste kaum wahr. Die Sicht auf die Besucherin war frei. Ein Gesicht, von langen blonden Locken eingerahmt, ließ ihn erstarren.

Sandra rührte scheinbar gedankenverloren in ihrer Tasse. Sie wusste, dass sie von ihm beobachtet wurde. Wie zufällig hob sie den Kopf. Ihre Blicke trafen sich. Ein freundliches Nicken, bevor sie sich abwandt. Sie kramte in ihrer Handtasche, ohne zu wissen, wonach sie suchte.

Alessia half ihr, ohne sich dessen bewusst zu sein, indem sie ihr den bestellten Amarena-Becher brachte. Noch einen kurzen Augenblick sprachen die beiden Frauen miteinander, bevor Alessia an Jans Tisch wechselte.

»Na, mein Lieber? Cappuccino wie immer?«

Sie wollte die gewohnte Bestellung holen, als Jan sie am Arm zurückhielt. Irritiert sah sie auf seine Hand. Mit einem leichten Unterton der Verärgerung fragte sie.

»Kein Cappuccino? Was darf ich dem Herrn denn alternativ bringen?«

»Was ist los mit dir? Was will die Frau hier? Und vor allem ... woher kennst du sie überhaupt?«

Mit einem energischen Ruck befreite sie ihren Arm, den er immer noch fest umklammert hielt.

»Was mit mir los ist? Das sollte ich dich fragen. Ich werde doch noch ein paar Worte mit neuen Gästen reden können, oder hat der Herr was dagegen? Soll es jetzt ein Cappuccino sein, oder was anderes?«

Erstaunt über diese ungewohnte Aggressivität, zog er erschrocken seine Hand zurück. Er sah fragend zu dem Tisch der Blonden herüber. Sandra tauchte ihren Löffel in den Eisbecher. Sie schien das zu genießen. Jan sah zu Alessia auf, die noch immer auf seine Bestellung wartete. Ihr Blick verriet Ungeduld und Verärgerung. Noch nie zuvor war sie ihm mit dieser Kälte begegnet.

»Cappuccino.« Ein »Bitte« schob er betonend hinterher. Ohne jede weitere Bemerkung entfernte sich Alessia. Jan griff nach der Zeitung. Er begann damit, die Headlines zu lesen, ohne das Geschriebene zu begreifen. Seine Gedanken kreisten unablässig um den Vorfall, suchten die Logik. Er fand aber keine logische Erklärung für Alessias Verhalten. Ihr Blick brannte wie Feuer auf seinem Gesicht. Er spürte, dass sie ihn unentwegt anstarrte. Etwas in seinem Inneren warnte ihn davor, von der Zeitung aufzusehen. Das Klappern der Kaffeetasse, die ihm von einer Bedienung auf den Tisch gestellt wurde, holte ihn aus seinen Gedanken. Er bedankte sich bei der jungen Dame. Jan bemerkte, dass Alessia mit verschränkten Armen im Eingang stand. Sie sah unentwegt herüber. Als er fragend die

Schultern hob, drehte sie sich um, verschwand hinter der Eistheke.

Noch immer bannte ihn Sandras Blick, dem er jetzt nicht mehr ausweichen wollte. Er musste jetzt und hier Klarheit schaffen, damit diese Verwirrtheit ein Ende fand. Sandras Körper straffte sich, als Jan ihren Tisch ansteuerte. Erwartungsvoll sah sie hoch, als er nach Worten suchend vor ihr stand.

»Was machen Sie ...?«

»Nehmen Sie doch Platz, Herr Hellmann«, unterbrach sie ihn. »Ich hatte gehofft, Sie hier zu treffen.«

Sandra wies mit einer Handbewegung auf den gegenüberstehenden Stuhl. Ein einladendes Lächeln begleitete diese Bewegung. Immer noch konsterniert, drehte sich Jan um, holte wie in Trance Tasse und Zeitung. In Gedanken versuchte er, einen Sinn hinter dem Geschehen zu entdecken.

»Ich halte Sie doch hoffentlich nicht von der Arbeit ab?«

Sandras Augen ruhten auf den Manuskriptseiten, während sie weiter in ihrem Eis stocherte. Eine Amarenakirsche fiel ihr dabei vom Löffel. Sie rollte über die Zeitung, zog eine blutrote Spur, was sie mit einer entschuldigenden Geste begleitete.

»Oh, verdammt, ist mir das peinlich. Das war nicht meine Absicht.«

»Ist ja nichts passiert. Keine Ursache«, antwortete Jan grinsend.

Er tupfte mit einer Zeitungsecke den Saft vom Manuskriptblatt. Sandra rieb ebenfalls mit ihrer Serviette über die Lippen, was Jans Blick ungewollt fesselte.

»Ist da noch etwas, was ich übersehen habe«, riss sie ihn aus seinen Gedanken. Diese prachtvoll geformten Lippen hätte er noch stundenlang betrachten können. Er wurde sich der peinlichen Situation schlagartig bewusst.

»Aber nein, da ist alles perfekt, Frau ... wie heißen Sie eigentlich? Meinen Namen kennen Sie ja bereits, aber wir wurden uns noch nicht vorgestellt.«

»Entschuldigung. Natürlich, Herr Hellmann ... Sie haben ja recht. Wie unhöflich von mir. Mein Name ist Heuer, Sandra Heuer.«

Ihre Hand verharrte eine Zeit lang in der Luft, bevor Jan sie irritiert ergriff, doch schließlich vergaß, loszulassen.

»Entschuldigung, kann ich meine Hand jetzt zurückhaben, Herr Hellmann?«

Die Verlegenheitsröte konnte er nicht verhindern, als er seinen Arm zurückzog. Sandra ergriff ihren Löffel, schabte die letzten Eisreste aus dem Glas. Wortlos beobachtete er sie dabei. Er überlegte, wie er das Gespräch in Gang setzen konnte. Sandra kam ihm zuvor.

»Ich sagte ja bereits, dass ich hoffte, Sie hier anzutreffen. Also zufällig sitzen wir beide nicht hier.«

Sie schob den geleerten Becher zur Tischmitte. Die Hände legte sie in ihrem Schoß zusammen, sah Jan geradeheraus an. Während er auf eine Erklärung wartete, bewunderte er die wieder einmal ausgesucht schicke Kleidung seiner Tischnachbarin. Ein Schimmer von Rosé schien in dem weißen Stoff ihres Hosenanzugs verarbeitet worden zu sein. Ein rotes Seidentuch deckte den Hals teilweise ab. Jan tat die Frage sofort als sexistisch ab, ob sie einen BH unter der Jacke trug. Dennoch kam sie ihm spontan in den Sinn. Positiv fiel ihm die Tatsache auf, dass sie nur sparsam Make-up benutzte. Ihre Worte zerrten ihn zurück in die Gegenwart.

»Ihren letzten Roman »Im Visier« habe ich in zwei Nächten gelesen und ...«

»Wie fanden Sie ihn?« Jan unterbrach sie schnell und stützte sein Kinn mit dem Daumen ab.

»Am Anfang ging es flott los. Das erforderte schon gute Nerven. Reichlich blutig. Na ja, auf den folgenden Seiten wurde es ja dann ruhiger. Ich versuchte mir das erste Opfer, diese Kathrin, vorzustellen.«

»Was meinen Sie damit? Ich meine mit ... ich versuchte? War sie nicht ausreichend dargestellt?«

»Doch, doch, das war es nicht. Was ich sagen will, ist ... ich konnte zu ihr keine Verbindung aufbauen. Sie war mir zu klischeehaft aufgebaut. Sie besaß keine spezielle Persönlichkeit. Da fehlte mir jegliche Empathie.«

»Das ist ein interessanter Gesichtspunkt, Frau Heuer. Ich war der Meinung, dass sie für ihre kurze Rolle ausreichend beschrieben wurde. Aber gut, das habe ich mir notiert.«

Jan tippte an die Stirn, schlug die Beine übereinander. Das Gespräch nahm eine Wendung, mit der er gut leben konnte. Seine Anspannung löste sich auf angenehme Weise und machte Neugierde Platz.

»Sind Sie erklärte Krimileserin, oder interessieren Sie auch andere Genres? Ich frage deshalb, weil ich vor Jahren mit Liebesdramen begonnen habe.«

Sandra zögerte ihre Antwort etwas hinaus, denn sie spürte, dass dieses Gespräch in die gefährliche Phase eintauchte. Mehrfach hatte sie sich den Augenblick vorgestellt, die Worte zurechtgelegt, doch nichts schien ihr angemessen.

»Das variiert von Fall zu Fall, Herr Hellmann. Je nachdem, was ich gerade als Material auf den Tisch bekomme.«

Jan zog die Brauen zusammen, machte aus seiner Verwunderung keinen Hehl.

»Material? So bezeichnen Sie Bücher? Das ist für mich aber sehr befremdend. Sie sollten Literatur eher genießen, anstatt sie zu sezieren. Sehen Sie her, Frau Heuer. Das ist Material. Das ist ein Teil meiner Manuskripte, die noch bearbeitet werden müssen.«

Jan hielt seine ausgedruckten Blätter hoch.

»Oh, Sie arbeiten ja wieder an einem neuen Buch? Gibt es schon einen Arbeitstitel? Wann, schätzen Sie, ist die Veröffentlichung geplant?«

Sandra hoffte, etwas Zeit zu gewinnen. Sie glaubte, Vertrauen aufbauen zu können, bevor sie die Bombe platzen ließ. Der richtige Augenblick würde kommen ... unweigerlich. Jan stopfte die Manuskripte zurück in die Zeitung, legte diese auf den Tisch.

»Mal abgesehen davon, dass Sie eine äußerst kritische Leserin meiner Bücher sind ... was beschäftigt Sie sonst noch ... Musik, Theater, Politik? Sie werden ja nicht nur lesen.«

Sandra erhob sich für einen kurzen Moment, um ihr Sitzkissen zu richten. Zeit, sie brauchte Zeit. Die Hände zerdrückten ihre Serviette, die sie immer noch umklammert hielt. Nach einem tiefen Atemzug nahm sie alle Kraft zusammen, ließ die berühmte Katze aus dem Sack.

»Sie liegen mit Ihrer Einschätzung, dass ich eine kritische Leserin bin, nicht verkehrt. Ich muss gestehen, dass wir dieses Leseinteresse nicht auf fertige Werke eingrenzen dürfen. Ich lese vorzugsweise unfertige Bücher.«

Hier legte sie eine Pause ein, beobachtete Jan Hellmanns Reaktion. Die blieb aus. Interessiert hörte er zu, ohne scheinbar eine Ahnung davon zu haben, worauf Sandra hinauswollte.

»Ich lektoriere derzeit Sachbücher, wobei ich nicht unerwähnt lassen will, dass ich auch schon Belletristik auf dem Tisch hatte.«

Jans anfängliches Lächeln erstarb augenblicklich. Seine Lippen, die Augen formten sich zu Schlitzen. Sandra bemerkte mit Erschrecken, wie sich sein Körper versteifte.

»Sie wollen mir erklären, dass Sie ... dass Sie aus rein beruflichem Interesse, nicht nur zufällig mit mir an diesem Tisch sitzen? Das Ganze ist ein abgekartetes Spiel, bei dem ich eine Rolle in Ihrem Verlag übernehmen soll? Haben Sie tatsächlich geglaubt, dass Sie mich auf so perfide Art in einen Vertrag bekommen können?«

Jan Hellmann beugte sich vor. Er starrte Sandra an.

»Liebe Frau Heuer, Sie hätten vorher Ihre Schulaufgaben machen sollen. Jeder in der Branche weiß, dass ich absolut autark arbeite. Sie wären nicht die Erste, die mir einen großartigen, profitablen Vertrag unterjubeln will. Privat, aber auch beruflich bevorzuge ich die Selbstbestimmung. Ich wiederhole das noch einmal für Sie. Mein Name ist mittlerweile bekannt genug. Jeder Krimifan kennt mich. Das war verdammt harte Arbeit, bis ich dahin kam. Aber ich habe es ohne Hilfe eines Verlages geschafft. Die wollten meine Manuskripte nicht einmal lesen, haben die ungelesen entsorgt. Wie hieß es? *Es tut uns leid, Ihnen mitteilen zu müssen, dass wir ihre Arbeit nach einer intensiven Durchsicht nicht annehmen können. Leider trifft es nicht das Genre, welches wir verlegen. Wir wünschen Ihnen für die Zukunft ... usw. blah, blah ...* irgendwie in dieser Richtung jedenfalls.

Sicher muss ich Geld in die Hand nehmen, um das Lektorat und den Coverdesigner zu bezahlen. Aber dann, Frau Lektorin, bestimme ich den Preis und meinen Verdienst selbst. Ich benötige keinen Verlag, der mir Krumen für meine Arbeit hinwirft, der mir erzählt, dass er ja auch das gesamte finanzielle Risiko trägt. Meine Bücher bergen mittlerweile kein Risiko mehr! Buchhandlungen stellen meine Bücher auch ohne Schmiergelder in die vorderen Regale. Jetzt können Sie mich für arrogant, für selbstgerecht halten, das interessiert mich nicht. Ich werde mein eigener Herr bleiben.«

»Aber Herr Hellmann, ich ...«

»Es tut mir leid, Frau Heuer, ich hatte für einen kurzen Augenblick gehofft, dass ... ach egal. Einen erfolgreichen Tag noch.«

Jan winkte beim Aufstehen die Bedienung heran. Er bezahlte für sein Getränk, an dem er nicht einmal genippt hatte. Sandra Heuer starrte auf ihre Hände, die sie zu Fäusten geschlossen hatte. Diese Aufgabe war noch viel schwieriger, als sie sich in den schlimmsten Träumen ausgemalt hatte. Sie biss auf die

Lippen, sah noch lange dem Mann hinterher, den sie glaubte, leicht einfangen zu können. Wie viel leichter wäre es für sie, wenn sie ihn für diese Abfuhr hassen könnte. Sie war aber lange genug im Verlagsgeschäft tätig, um seine Einstellung sogar nachvollziehen zu können.

Jan bemerkte in seiner Erregung nicht, dass Alessias Blicke seine überstürzte Flucht verfolgten. Ein unergründliches Lächeln umspielte ihre Lippen.

6. Kapitel

»Das ist ein richtiges Arschloch!«

Vanessa hatte Sandra noch nie derart aufgebracht erlebt. Während sie sich in Ihrem Büro-Sessel zurückgelehnt, die Fingerspitzen gegeneinandergedrückt hatte, tobte Sandra mit hochrotem Kopf durch den Raum. Sie hatte das Treffen mit Hellmann ausführlich beschrieben. Es endete mit diesem Résumé. Vanessa blieb verborgen, dass es nur Theater war.

»Warum sagst du nichts? Was bildet sich dieser Kerl ein? Hält er sich für Hemingways Reinkarnation?«

Vanessa schmunzelte, stellte sich an das Fenster.

»Nein, er ist kein Hemingway. Aber seine Umsätze sind um ein Vielfaches höher. Das darfst du nicht unterschätzen. Wenn wir erfolgreiche Autoren vertreten, sogar an ihnen verdienen wollen, müssen wir auch mal die Zähne in die Tischkante schlagen. Wir müssen sie hofieren. Du nimmst das viel zu persönlich.«

Sie drehte sich vom Fenster ab. Sie sah auf Sandra, die mit aufgerissenen Augen und offenstehendem Mund der Reaktion ihrer Partnerin folgte.

»Ich würde sagen, dass wir bei dieser Aktion auf Granit gestoßen sind. Wir sollten die Sache ruhen lassen. Es gibt noch andere erfolgreiche Autoren, die wir ansprechen können. Den Versuch war es wert.«

Vanessa wollte sich abwenden, als beide das Summen von Sandras Smartphone vernahmen. Ohne einen Blick auf das Display zu richten, drückte Sandra mit rollenden Augen den Anrufknopf, schrie ungehalten hinein.

»Was gibt´s, bin in einer Besprechung?«

Sie wich zurück, saß mit offenem Mund auf der Schreibtischkante. Sandra starrte Vanessa mit aufgerissenen Augen an. Stumm hörte sie zu. Vanessa beobachtete sie besorgt, formte mit den Lippen die Frage, wer anrief. Noch während Sandra konzentriert lauschte, ging sie auf ihre protestierende Freundin zu, bugsierte sie aus dem Raum. Aufatmend lehnte sie sich von innen dagegen.

»Woher haben Sie diese Telefonnummer?«

»Aber Frau Heuer, ich bitte Sie. Sie betreiben als freie Lektorin doch eine Website. Wenn ich das nicht herausfinden könnte, hätte ich meinen Beruf verfehlt.«

Sandra strich durch das Haar, suchte nach passenden Antworten, wurde aber von Jan Hellmann erneut überrascht.

»Ich möchte mich für meinen gestrigen Auftritt entschuldigen. Ich habe einfach überreagiert. Ich möchte das unbedingt wieder gutmachen. Darf ich ...?«

Jetzt war es Sandra, die ihn unterbrach. Sie hatte allmählich ihre Fassung zurückgewonnen und setzte sich auf die Fensterbank. Eine Hand strich eine Haarsträhne aus der feuchten Stirn, mit der anderen umklammerte sie immer noch krampfhaft das Telefon. Die Worte kamen aus einer tiefen, inneren Überzeugung.

»Sie müssen sich nicht für eine Reaktion entschuldigen, die ich provoziert habe. Ich muss das bei Ihnen tun. Es war unüberlegt von mir, wie ich es angefangen habe. Die Wahrheit hätte von Anfang an auf den Tisch gehört. Es sollte nach Zufall aussehen ... das war Ihnen gegenüber unfair.«

»Nun lassen sie uns nicht stundenlang nach Schuld suchen, sondern eher nach Versöhnung. Übrigens wäre die Ansprache ja ungünstig gewesen, da ihr ... ihr Freund dabei war. Sie konnten ...«

Ungewohnt hastig fiel sie ihm mit einer gestotterten Erklärung ins Wort.

»Nein ... nein, das war nicht mein Freund. Mein Bruder Victor wollte mich an diesem Tag begleiten, da wir uns seit seinem Kurzurlaub nicht mehr gesehen haben.«

In der eintretenden Stille überlegten beide, wie sie das Gespräch erneut aufnehmen sollten. Jan konnte die Erleichterung kaum verbergen, als er den Faden aufs Neue aufgriff.

»Ihr Bruder ... nun ja, ich nahm an, da sie äußerst intim ... ich meine, sehr vertraut ...«

»Oh, nein, da gibt es niemanden zur Zeit ... aber das dürfte ja ...«

Hastig versuchte Jan Hellmann, diese etwas peinliche Situation zu entschärfen.

»Sie haben vollkommen recht, Frau Heuer. Das geht mich nichts an. Also, zurück zum Anfang. Gerne würde ich Sie, quasi als Friedensangebot, zu meinem Lieblingsitaliener in die Recklinghäuser City einladen. Wäre Ihnen morgen Abend, so gegen neunzehn Uhr recht? Ich hole Sie von zuhause ab.«

Sandra überlegte nur kurz, obwohl ihr dieser reizende Überfall den Atem raubte.

»Also gut, rauchen wir die Friedenspfeife. Ich wohne ...«

»Frau Heuer, das hatten wir doch schon.«

»Oh ja, meine Website. Ich vergaß. Dann bis morgen, Herr Hellmann.«

Dass sie die Verbindung abrupt unterbrach, überraschte sie selber. Fassungslos sah sie auf ihr Telefon. Sie bemerkte erst im letzten Augenblick, dass Ceren nach mehrfachem, zaghaften Anklopfen mit einem Manuskriptstapel den Raum betreten hatte. Verwundert zuckte sie zurück, als Sandra sie spontan umklammerte, mit ihr jubelnd durch den Raum hüpfte. Erst Vanessas Erscheinen beendete ihren Freudentanz. Sie schleuderte einen letzten Schrei an die Zimmerecke.

»Komm rein, Vanessa, ich muss dir etwas Unglaubliches berichten.«

Ein dumpfes Brummen lenkte Sandras Blick zur Einfahrt des Garagenhofes, in der ein roter Ford Mustang ausrollte. Der Schatten, den sie hinter dem Lenkrad erst nur schemenhaft erkennen konnte, entpuppte sich beim Aussteigen als Jan Hellmann. Winkend stand er neben den Oldtimer, sah zum Fenster des obersten Stockwerkes, hinter dessen Scheibe die Silhouette von Sandra erkennbar war. Sie winkte zurück, bevor Sie ihre kurze Jacke vom Bett raffte, die sie über dem schulterfreien Kleid tragen wollte.

Gedanken an das letzte Date tauchten auf, zu dem sie ein Mann zuhause abgeholte. Die Geschichte mit Martin entpuppte sich schnell als Reinfall. Die Tischgespräche befassten sich damals fast ausschließlich mit den glorreichen Siegen des FC Schalke 04. Das wichtigste Buch, das in seinem überschaubaren Regal die Top-Stellung einnahm, trug den Titel

»*Fallrückzieher*«. Es behandelte das Leben der Vereinslegende Klaus Fischer. Dass dieses zusätzlich ein Autogramm des Nationalspielers enthielt, beförderte den Schmöker zur unbezahlbaren Rarität. Nach zwei Flaschen Bier und eher mäßigem Sex verließ sie frühmorgens deutlich frustriert seine Wohnung. Nach dieser Erfahrung stürzte sie sich mit großem Eifer in die Arbeit. Jegliche Gedanken an weitere amouröse Abenteuer wurden auf lange Zeit verworfen.

Die Beifahrertür knarrte dezent, als Jan sie galant öffnete. Der Duft eines herben Parfüms, vermischt mit dem Geruch von Leder, umschmeichelte ihre Nase, als sie in den Sitz glitt. Der prüfende Blick, den Jan Hellmann unauffällig über ihre Kleidung gleiten ließ, entging Sandra nicht.

»Das Kleid steht Ihnen ausgesprochen gut«, bemerkte er, als er sich hinter das Holzlenkrad schwang. In das Brummen des startenden Motors hinein antwortete Sandra.

»Danke für das nette Kompliment. Ein außergewöhnliches Fahrzeug. Ich mag die Autos, die noch Charakter haben, die aus dem Einheitsbrei der heutigen Modelle herausstechen. Aus welchem Jahrhundert stammt dieser Mustang?«

»Habe ich da eine Fachfrau vor mir? Wenn Sie schon danach fragen, sollen Sie erfahren, dass wir in einem Shelby Mustang aus dem Jahr 1969 sitzen. Der Cobra-Jet-Siebenliter-Motor liefert 246 kW. Aus dieser Serie wurden nur dreitausendeinhundertfünfzig Stück gebaut. Aber das soll doch wohl nicht unser Hauptthema des Abends werden, oder? Ich bin zwar etwas Autotechnik-infiziert, aber damit würde ich Sie doch nur langweilen. Ist es nicht so?«

»Nicht unbedingt, denn ich finde diese Oldtimer wirklich reizvoll. Sie sagen viel über den Fahrer aus.«

»Das ist ja eine interessante These. Was sagt Ihnen denn dieser Wagen über den Fahrer? Raus damit ... ich kann allerhand einstecken.«

Jan begleitete die Frage mit einem breiten Grinsen. Sein Blick ruhte für einen Augenblick auf seiner Beifahrerin.

»Oh, oh, jetzt hat er mich. Ich sitze in einer Argumentations-Falle. Das ist zwar gemein, aber ich wollte es ja nicht anders.«

Sandra erwiderte selbstsicher Jans Blick, legte sich die Antwort zurecht.

»Sie sind ... sagen wir es einmal so ... ein selbstbewusster Charakter, der schon fast provokant seine Außergewöhnlichkeit herausstellt. Sie wollen nicht zum Einerlei der Männer gezählt werden. Sie fordern Aufmerksamkeit, damit meine ich keine billige Bewunderung. Das wunderschöne Auto ist für Sie nicht nur ein Fortbewegungsmittel, sondern dient gleichzeitig der Darstellung Ihrer Einzigartigkeit. Das meine ich respektierlich, denn ich mag eine gesunde Portion Eitelkeit, solange sie nicht zu Arroganz mutiert. Ihnen dient dieses PS-Monster nicht dem Zweck, Ihre Männlichkeit, Ihr Testosteron zu demonstrieren, sondern unterstreicht mehr Ihren starken Willen. Das Bestreben ist spürbar, den selbstbewussten Einzelgänger herauszustellen. Ein Grund mehr, warum Sie diesen Wolf im Schafspelz bevorzugen.«

Jan Hellmann war der Analyse aufmerksam gefolgt. Nichts deutete darauf hin, wie er diese Beurteilung einordnete.

»Wow, eine bemerkenswerte Sicht der Dinge. So habe ich mich noch nie gesehen. Ich befürchte, dass Sie damit nahe bei der Wahrheit liegen. Nun denn, ich besitze jedoch auch dunkle Seiten, die Sie natürlich nicht kennen können. Das wird sicher noch ein interessanter Abend.«

»Wohin entführt mich denn dieser geheimnisvolle Mann in seinem mysteriösen Fahrzeug?«

Jans Mundwinkel zuckten, als er ihr antwortete.

»Meinen Sie nicht, dass auch wir Männer unsere kleinen Geheimnisse haben sollten? Lassen Sie sich überraschen.«

Überrascht verharrte der Restaurantbesitzer Claudio vor der Theke. Er eilte schließlich mit ausgebreiteten Armen auf seine Besucher zu.

»Ich glaube das nicht. Einer meiner Lieblingsgäste kommt mich besuchen, und er bringt eine Madonna mit. Ich begrüße Sie herzlich im »La Dolce Vita«. Signora, hat dieser Kerl erzählt, dass er Sie zum besten Italiener der Stadt ausführt? Der lügt zwar wie gedruckt, aber da hat er ausnahmsweise die Wahrheit gesprochen. Darf ich heute Abend Ihr bescheidener Gastgeber sein?«

Theatralisch umarmte er lachend Sandra und anschließend Jan, nicht ohne ihm ins Ohr zu flüstern: »Das ist ja eine Schönheit, du Halunke. Wo hast du die denn gefunden? Ich habe einen besonderen Tisch für Euch.«

Die Antipasti genossen sie bei zwanglosem Smalltalk. Jan empfahl als Hauptgericht das Bistecca gorgonzola, ein Rumpsteak mit einer pikanten Gorgonzolasoße. Das Dessert musste Sandra ausschlagen, da sie schon über ihr normales

Pensum hinaus gegessen hatte. Gegen ein zweites Glas Pinot Grigio erhob sie keinen Einwand.

»Sie haben wirklich nicht zu viel versprochen, Herr Hellmann. Das Essen ist außergewöhnlich gut. Ein Restaurant, zum Wohlfühlen. Dieser Claudio scheint jeden seiner Gäste zu kennen. Ich finde das großartig ... wie in Bella Italia.«

»Es freut mich, dass es Ihnen geschmeckt hat, und dass Sie sich hier wohlfühlen. Ich hatte einen Augenblick die Befürchtung, dass Ihnen dieses Lokal nicht zusagen könnte. Ich meine, wegen ...«

»Was reden Sie da, Herr Hellmann. Das ist eine tolle Adresse, die ich mir für die Zukunft merken werde. Und damit das klar ist. Ich bin ein bodenständiger Mensch, ich mag diese Sterne-Restaurants nicht besonders. Sie haben mich da völlig falsch eingeschätzt. Alles ist gut.«

Sichtlich erleichtert atmete Jan auf und hob sein Wasserglas. Das Klirren der aneinanderstoßenden Gläser rief Claudio auf den Plan, der ihnen wortlos ein kleines Gefäß mit einer köstlichen Fruchtcreme vorsetzte.

»Eine Aufmerksamkeit aus der Küche, Signora.«

Mit einer angedeuteten Verbeugung verschwand er wieder.

»Wo wir gerade anstoßen, habe ich eine unverschämte Bitte an Sie.«

Überrascht sah Sandra auf Ihren Begleiter, hielt das Glas weiter hoch.

»Ich weiß nicht, ob das der richtige Augenblick dafür ist. Ich habe darin keine Erfahrung. Darf ich Sie darum bitten, mich mit Jan anzureden?«

Die Frage kam für Sandra aus heiterem Himmel. Erschrocken senkte sie ihr Weinglas. Etwas Pinot Grigio schwappte über den Rand des Glases, lief über Jans Handrücken. Hastig griff sie ihre zuvor benutzte Serviette und tupfte die Flüssigkeit ab. Eine Entschuldigung brachte sie nicht zustande. Verzweifelt sah sie ihn an. Sie stimmte befreit in Jans Lachen ein.

»Ent ... Entschuldigung«, stotterte sie zwischendurch, bevor sie wieder lachte.

»Das ist doch nicht schlimm. War das etwa ein klares JA von Ihnen?«

Jan wartete immer noch auf Sandras Antwort.

»Aber natürlich. Ich heiße Sandra, falls du das noch nicht wusstest.«

Erneut lachten sie los, sodass Gäste amüsiert herübersahen. Endlich fanden sie die Gelegenheit, die Gläser anzustoßen. Das Du war besiegelt.

Der Mustang rollte vor dem Haus aus. Nur sein sattes Brummen durchdrang die Stille. Beide schwiegen einen Augenblick, bis Sandra die Verlegenheit zu überbrücken versuchte.

»Es war ein zauberhafter Abend, Jan. Das Essen war hervorragend. Du musst das Claudio unbedingt ausrichten.«

An dieser Stelle legte sie eine Pause ein. Jan nickte, ohne eine Antwort zu geben.

»Ich bin in diesen Sachen unbeholfen. Habe keine Männerbekanntschaften. Ich kann dir leider nicht mit einer

Briefmarkensammlung dienen, aber einen Kaffee könnte ich dir noch anbieten.«

Jan verkrampfte seine Hände um das Lenkrad. Er starrte wie gebannt auf ein hässliches Graffiti, das Jugendliche an ein Garagentor gesprüht hatten.

»Ich würde ... das heißt ... sei mir bitte nicht böse. Aber könnten wir diesen tollen Abend ...?«

Hastiger, als beabsichtigt, fuhr sie ihm ins Wort.

»Aber sicher Jan. Entschuldige bitte. Ich wollte nicht ...«

»Dafür musst du dich nicht entschuldigen. Wir können das gerne wiederholen. Ich ... ich brauche etwas Zeit. Ich hoffe, du verstehst das nicht falsch. Ich werde dir das später einmal erklären. Darf ich dich anrufen?«

»Aber sicher, Jan. Jederzeit. Die Nummer hast du ja ... von der Website. Gute Nacht ... und schlaf gut.«

Sandras gequältes Lächeln begleitete sie, bis sie die Tür öffnete. Traurig verfolgten Jans Augen, wie sie, ohne einen Blick zurück, im Haus verschwand. Er schlug verzweifelt auf das Lenkrad und fuhr in die Nacht hinaus. Sandra lehnte an der geschlossenen Tür. Wütend über sich selbst biss sie die Lippen wund, wischte eine vorwitzige Träne mit dem Ärmel ab.

Sandra wusste sofort, wer sie noch zu dieser späten Stunde anrief. Einen Augenblick überlegte sie, ob sie den Anruf annehmen sollte. Sie warf das Handtuch beiseite, schüttelte ihr feuchtes Haar, legte sich auf das Bett.

»Du bist noch wach? Hätte nicht gedacht, dass dein angekündigter Anruf schon so schnell folgen würde.«

»Ich kann nicht schlafen. Immer muss ich daran denken, dass ich dich verletzt haben könnte. Es war falsch von mir, dir die Wahrheit zu verschweigen.«

Jans raue Stimme drang leise in ihr Ohr. Noch war Sandra nicht sicher, wie sie reagieren sollte. Zu verletzend hatte sie den Abschied empfunden, fast demütigend.

Ich habe es selber provoziert. Ich wusste doch, dass er ...

Gleichzeitig empfand sie Hochachtung für seine Reaktion. Die meisten Männer, die sie bisher kannte, hätten nicht eine Sekunde gezögert, ihr Schlafzimmer zu betreten. Jan war anders. Insider wussten, dass er noch immer unter einer schmerzhaften Trennung litt, jede Beziehung ablehnte. Kaum jemand brachte dafür Verständnis auf.

»Bist du noch dran? Soll ich einhängen?«

»Nein, nein, ich ... ich finde es schön, dass du anrufst. Mach dir nicht zu viele Gedanken. Ich hätte es wissen müssen. Ich wusste schließlich, wie du über Beziehungen denkst. Ich hätte auf eine solche Reaktion vorbereitet sein müssen. Habe mir nichts dabei gedacht.«

Nur das Rauschen der Leitung zeigte, dass Jan keine spontane Antwort bereithielt. Das Rascheln von Wäsche ließ bei Sandra den Schluss zu, dass er ebenfalls auf dem Bett lag.

»Wir müssen unbedingt ... ich meine ... es würde mich freuen, wenn wir uns bald wiedersehen. Ich wollte dich nicht vom Schlafen abhalten. Du sollst jedoch wissen, dass ich dir nicht wehtun wollte. Dazu war der Abend zu schön. Selten habe ich mich so gut unterhalten. Ich hätte nicht gedacht, dass ich noch mal ...«

»Ja, lass uns das wiederholen, Jan. Aber gib uns beiden die nötige Zeit. Da sind Gedanken zu ordnen. Wir sollten nichts überschnell aussprechen, was vielleicht nur aus einem Schuldgefühl heraus oder aus reiner Höflichkeit entsteht. Ich möchte dich gerne wiedersehen. Das meine ich ehrlich. Gute Nacht ... und schlafe gut.«

Sandra hauchte die Worte in das Telefon. Sie unterbrach die Verbindung, ohne eine Antwort abzuwarten. Ein wohliges Gefühl durchzog ihren Körper. Beim Gang ins Bad tauchte Jan vor ihrem geistigen Auge auf. Entspannt und tief in Gedanken trug sie ihre Nachtcreme auf. Das Schicksal begann, das Netz zu knüpfen

7. Kapitel

»Hallo Schwesterchen. Von dir hört man ja nichts mehr, du bist doch wohl gesund, oder muss ich mir Sorgen machen?«

Sandra war ziemlich überrascht, da sie mit diesem Anruf nicht gerechnet hatte. Bettina machte sich in den letzten Monaten etwas rar. Ihr Job in Remscheid nahm sie stark in Anspruch, bei dem sie quasi die stellvertretende Firmenleitung übernommen hatte. Walter, ihr neuer Freund setzte großes Vertrauen in sie und ihre Fähigkeiten. Während er im europäischen Ausland umherreiste und Kunden besuchte, kümmerte sie sich um die Administration. Die technischen Bereiche überließ sie Joel, Walters rechter Hand.

»Das ist ja eine Überraschung, meine kleine Schwester erinnert sich an mich. Wie läuft es bei euch beiden, alles noch im grünen Bereich? Wann wird geheiratet?«

»Die Frage klingt aus deinem Mund schon befremdlich, da du doch jeglichen Kontakt zu Männern rigoros ablehnst. Immer noch nichts in Sicht? Vergiss nicht deine biologische Uhr, die tickt unentwegt weiter. Irgendwann findest du deine Partner nur noch im Seniorenheim.«

Sandra schluckte eine heftige Erwiderung herunter. Sie atmete tief durch, bevor sie antwortete.

»Ich höre, dass es dir gut geht, denn du hast deine spitze Zunge noch schärfen können, sofern das überhaupt möglich war. Bettina lebt! Warum hast du mich wirklich angerufen? Allein die Sorge um mein Sexualleben hat dich doch bestimmt nicht angetrieben. Es wäre das erste Mal, dass dir mein Wohlergehen am Herzen liegen würde.«

Das leise Glucksen in der Leitung entging Sandra nicht. Es zeigte ihr, dass sie mit ihrer Ahnung nicht daneben lag.

»Sei bitte nicht immer so negativ. Ich bin doch schließlich dein Fleisch und Blut. Da hilft man sich. Das tun Schwestern doch, oder? Aber du hast recht, ein kleines Attentat habe ich schon auf dich geplant.«

Sandra schluckte diese Ironie wie gewohnt und wartete wortlos auf die weitere Erklärung.

»Wir haben uns gedacht …«

»Wer ist WIR?

»Lass mich doch einfach ausreden. Also Joel und ich fahren in der kommenden Woche nach Essen. Wir wollten dich besuchen. Er hat endlich sein Buch beendet. Jetzt sucht er einen Verlag, der ihm das vermarktet. Lektorat und das Korrektorat fehlen noch. Ein Cover hat er selbst entwickelt. Darum müsstet ihr euch nicht mehr kümmern.«

Sandra konnte nicht glauben, mit welcher Selbstverständlichkeit Bettina voraussetzte, dass sie dieses verdammte Buch in ihrem Programm aufnehmen würden. Es lief wie ein roter Faden durch Bettinas junges Leben. Schon sehr früh verstand sie, ihre Nesthäkchen-Stellung für ihre eigennützigen Zwecke zu missbrauchen. Schlagartig erinnerte sich Sandra an den Tag, an dem sie ihr erstes Auto bekam.

Vormittags war die Freude groß, weil Sandra ihre Fahrschulprüfung mit Glanz und Gloria bestanden hatte. Vater lief aufgeregt durchs Haus. Er wartete auf irgendetwas. Ständig schaute er aus dem Fenster, bis am Spätnachmittag endlich die Überraschung eintraf. Nur Mama kannte den Grund für die

Aufregung. Papa versammelte die Familie im Flur, bevor er alle zur Haustür schob. Keiner, außer den Eltern, wusste mit dem kleinen Flitzer etwas anzufangen. Erst allmählich dämmerte es Sandra, dass es ihre Belohnung für die bestandene Fahrprüfung und die guten Ergebnisse im Zweitsemester des Studiums sein konnte. Während ihr gerötetes Gesicht die Freude ausdrückte, Mama, Papa und Victor vor Begeisterung in die Hände klatschen, stiegen der damals dreizehnjährigen Bettina Tränen der Wut in die Augen. Sie verschwand weinend, ihren Zorn herausschreiend, in ihrem Zimmer. Keiner rätselte lange daran herum, wem der neue Opel Kadett Tage später die Beule in der Fahrertür verdankte. Bis zum heutigen Tag bestritt sie diese Neidattacke.

»Ich kann mir das Manuskript gerne ansehen und Vanessa vorlegen. Aber sie allein trifft die Entscheidung darüber, ob wir das Sachbuch anschließend verlegen. Wann möchtest du denn mit diesem Joel vorbeikommen?«

»Was soll das denn jetzt? Du wirst doch wohl als wichtigste Lektorin und rechte Hand von Vanessa erreichen können, dass dieses Buch verlegt wird. Oder willst du uns Steine in den Weg legen?«

Langsam kochten aufgestaute Spannungen hoch, die bisher unter großen Anstrengungen bei Sandra verdrängt wurden. Auch jetzt bemühte sie sich um Haltung.

»Was passiert da mit diesem ominösen Joel? Habe ich was verpasst? Oder fährst du in puncto Beziehung mal wieder das duale System? Das ist bei dir bisher noch nie gut gelaufen, wird es auch diesmal nicht.«

»Das geht dich einen Scheißdreck an, wie ich mein Leben führe. Kümmere dich besser um deins, denn das müsste mal ein Upgrade erfahren. Nachdem du das mit Papa angerichtet hast, ist ja wohl alles schief gelaufen. Also halt mal schön die Füße still und übe dich in Demut. Kann ich jetzt das Manuskript einreichen, oder nicht? Wenn du gegen mich bist, sage es frei raus. Suche nicht nach fadenscheinigen Argumenten. Wenn ich erfahren sollte, dass Du das Buch verhindert hast, wirst du mich kennenlernen.«

Die Aggressivität, mit der Bettina ihr begegnete, hatte eine völlig neue Dimension erreicht. Sandra zog die Schultern zusammen. Sie ballte in ihrer Hilflosigkeit die Faust. Tränen traten in ihre Augen. Wie groß musste der Hass sein, den Bettina seit vielen Jahren herumtrug.

»Schicke mir einfach die Manuskripte zu, dann musst du dir meinen Anblick nicht antun. Du tust mir so leid.«

»Ich muss dir nicht leidtun, denn ich ticke völlig normal. Denke lieber über dein verkorkstes Leben nach, das nur noch aus beschissenen Büchern besteht. Das wahre Leben geht dir am Arsch vorbei. Geh doch ins Kloster!«

Das Rauschen in der Leitung zeigte Sandra, dass ihre Schwester ihr Gift verspritzt und aufgelegt hatte. Noch lange saß sie mit dem Telefonhörer in der Hand am Schreibtisch. Sie sann über die Worte Bettinas nach. Erst als Vanessa auftauchte, legte sie endlich auf.

»Hattest du den Satan persönlich am Hörer, oder was hat dich so fertig gemacht? Erzähl, du siehst ja schrecklich mitgenommen aus.«

Vanessa setzte sich zu ihrer Freundin und verfolgte interessiert deren Bericht, ohne auch nur ein einziges Mal zu unterbrechen. Sie kannte Bettina persönlich, war dennoch überrascht über die neuerlichen Vorhaltungen, verbunden mit ihrem eigentlichen Anliegen.

»Auch wenn du es nicht gerne hören wirst, Sandra, aber dieses Buch werde ich auf keinen Fall verlegen, selbst wenn es aus der Feder von Günter Wallraff stammte. Bestell das deiner kleinen Schwester.«

Vanessa warf einen Blick auf ihr Smartphone, um die Email-Eingänge zu checken. Eilig verließ sie den Raum und verschwand in ihrem Büro. Sandra dagegen war völlig in Gedanken versunken, als das Telefon ein neues Gespräch anzeigte. Als sie auf das Display sah, beschleunigte sich ihr Puls sekundenschnell. Bevor sie den Hörer abnahm, schloss sie die Tür.

»Störe ich dich im Augenblick?«

Immer noch hektisch antwortete sie.

»Nein, nein. Es ist gut, dass du es bist. Mein Bedarf an miesen Nachrichten ist für heute gedeckt. Wie geht es dir? Kommst du weiter mit deinem Roman? Warum rufst du an?«

»Das sind aber viele Fragen auf einmal. Können wir das nicht bei einem Essen besprechen? Du bist frustriert, ich habe mein Schreibpensum für heute reduziert. Also werde ich jetzt kochen. Hast du Lust?«

Sandras Mundwinkel hoben sich, die Augen zeigten ein Leuchten. Sie zwang sich, nicht sofort zu bestätigen. Nach kurzer Pause gab sie ergeben nach.

»Eigentlich habe ich den Schreibtisch voller Arbeit. Aber ich bin eine miese Lektorin, wenn ich nicht in Stimmung bin. Wie hast du dir das Treffen denn vorgestellt?«

»Folgende Vorgehensweise. Du sortierst noch eine kurze Weile deine Arbeit um, erledigst die unkomplizierten Fälle. In der Zeit bereite ich das Essen vor. In etwa zwei Stunden, also gegen siebzehn Uhr, hole ich dich von zuhause ab. Dann genießen wir in aller Ruhe, was ich mir da zusammengepanscht habe. Ich denke, dass ich bis dahin alles geschafft habe. Kannst du damit leben?«

»Ich werde das einfach akzeptieren. Ich bekomme wohl auch keine Antwort auf die Frage, was du genau servieren wirst. Machen wir es so, einverstanden.«

Sie hörte lediglich ein leises Lachen, bevor sich Jan mit einem »Bis gleich« verabschiedete.

Der Mustang glitt langsam unter dem Garagentor durch, das automatisch hochfuhr, als Jan die Einfahrt hochrollte. Hinter ihnen schloss es sich wieder. Sie betraten durch einen Hauswirtschaftsraum direkt die Küche.

»Wie praktisch, wenn man schwere Einkäufe ins Haus bringen muss.«

»Oder eine bezaubernde Dame beeindrucken möchte«, ergänzte er Sandras Bemerkung. Sie boxte ihm ihre kleine Faust in die Seite, sah sich um.

»Das riecht ja herrlich hier. Das ist ... warte einmal ... Curry, Ingwer, Kokos und irgendetwas Fischiges. Habe ich recht, oder habe ich recht?«

Jan hob die Augenbrauen und applaudierte.

»Auf deine Nase kannst du dich verlassen. Großartig. Was möchtest du trinken zu einem typisch asiatischen Gericht? Ich hätte da einen trockenen Weißwein. Du kannst aber auch ein thailändisches Singha-Bier haben.«

Nur kurz überlegte Sandra, sie entschied sich für das Bier. Bewundernd betrachtete sie den ausgesprochen dekorativ eingedeckten Esstisch. Als Jan geschickt die verschiedenen Gemüse mit den Riesengarnelen im Wok zubereitete, breitete sich ein verführerischer Duft aus, der Urlaubsgefühle aufkommen ließ. Knoblauch und diverse Gewürze verstärkten dieses noch. Eine rötliche Soße platzierte er neben einer heißen Schüssel, die vermutlich Reis enthielt. Neugierig hob sie den Deckel, sog den Duft ein. Ohne sich am Herd umzudrehen, bemerkte Jan.

»Das ist Jasmin-Duftreis. Den essen wir zu Riesengarnelen, Thaigemüse und Kokos-Curry-Soße. Zum Nachtisch müssen heute Litschis genügen, da ich nicht mehr Zeit für die Zubereitung hatte.«

»Na ja, das geht so gerade noch als Notessen durch. Ich werde dir das ein einziges Mal verzeihen. Wenn du mich das nächste Mal zum Essen einladen möchtest, bestell besser was in der Pommesbude.«

Mit erhobenem Pfannenheber kam Jan drohend näher. Sandra duckte sich lachend ab, hielt die Hände schützend über dem Kopf. Als er nur wenige Zentimeter vor ihr anhielt und den Kopf senkte, war er wieder da ... dieser Duft seines Parfüms, der ihr angenehm in die Nase stieg und sie frösteln ließ. Sie schloss die Augen, sog diesen Duft tief ein. Als sie die Augen wieder öffnete, der erhoffte Kuss ausblieb, wirbelte Jan bereits wieder mit Tellern und Schüsseln durch die Küche.

»So, schöne Frau, alles steht bereit. Lassen Sie es sich schmecken.«

Sandra ließ sich nicht davon abhalten, gemeinsam die Küche wieder herzurichten, und zumindest das Geschirr in den Spüler zu räumen. Auf dem Terrassentisch hatte Jan mehrere Kerzen verteilt und damit eine zauberhafte Stimmung geschaffen. Sandra stand an der Brüstung. Sie sah über die eingezäunte Anlage, die ansatzweise einem Japangarten nachempfunden war. Das Weinglas, das vor ihrem Gesicht auftauchte, holte sie aus ihren Träumen zurück in die Realität.

»Wo bist du im Augenblick? Habe ich dich gestört?«

Die Worte vernahm sie durch einen Nebel. Sie griff nach dem Glas und betrachtete sein Gesicht, das einmal mehr dieses geheimnisvolle Lächeln zeigte, das ihr von Anfang an gefiel.

»Das war gut so, denn ich grübelte gerade über das heutige Telefonat mit meiner Schwester. Wir haben uns gestritten. Das hat mich ein wenig heruntergezogen.«

»Möchtest du darüber sprechen? Ich bin ein erstklassiger Zuhörer. Komm, setzen wir uns in die Schaukel.«

Sandra nickte, ließ sich in die weichen Kissen fallen. Mit einem lauten Aufschrei fuhr sie in die Höhe, als eines dieser Kissen wild fauchend Protest anmeldete. Zwei glühende Augen, die aus einem massigen Pelzbüschel herausblitzten, machten ihr klar, dass sie eine Grenze überschritten hatte.

Sandras Atmung beruhigte sich allmählich. Sie legte eine Hand auf ihr Herz.

»Oh, sorry, ich vergaß, dir Hercules vorzustellen. Mein Hausgenosse sorgt bei mir seit Jahren für eine mausfreie Zone. Dieser Kater ist zwar fett und verfressen, aber absolut friedlich. Streichel ihn einen Augenblick über den Bauch und du wirst einen Freund fürs Leben gewinnen.«

Sandra beruhigte sich schnell wieder. Sie konzentrierte sich auf ihre Erinnerungen. Während sie berichtete, fuhr ihre Hand ruhig über den massigen Bauch von Hercules, der das mit einem permanenten Schnurren quittierte. Jan unterbrach sie nur, wenn ihm die Situation unklar war. Über ihre Familie zu reden, fiel Sandra schwer. Das blieb Jan nicht verborgen. Sie verbarg ein Geheimnis, über das sie ungern reden wollte. Er ließ das Gesagte wirken, und überlegte genau, welche Fragen er ihr dennoch stellen wollte.

»Ich finde, dass du die Situation mit Bravour gemeistert hast. Das hätte ich sicher völlig anders und undiplomatischer behandelt. Meine Hochachtung dafür. Jetzt weiß ich allerdings nicht, wie ich diese Anmerkung Bettinas einordnen soll ... ich meine, als sie sagte ... nachdem du das mit Papa angerichtet hast. Es steht mir nicht zu, danach zu fragen, aber verstehen möchte ich es schon.«

Sandra legte den Kopf in den Nacken, nachdem sie an ihrem Wein genippt hatte. Sie starrte in den Himmel. Ihre Augen hatten sich mit Tränen gefüllt, suchten zwischen den Sternen nach Worten. Mit den Armen umklammerte sie ihren Oberkörper.

»Ich hätte das nicht fragen dürfen, entschuldige bitte. Vergiss es einfach.«

Sie legte beruhigend eine Hand auf seinen Arm, als wollte sie verhindern, dass er sich zurückzog.

»Das ist schon ok, Jan. Das ist völlig ok. Ich habe nur lange nicht mehr darüber gesprochen. Es tut weh. Aber zu dir habe ich Vertrauen ... du darfst es wissen.«

Jan sah sie schweigend an, wartete geduldig auf den Beginn ihrer Lebensbeichte.

»Ich habe erzählt, dass ich einen älteren Bruder habe. Also der, der bei mir war, als wir uns zum ersten Mal trafen. Ich habe dir allerdings bisher verschwiegen, dass er in einer besonderen Beziehung lebt.«

Hier machte sie eine kurze Pause. Sie sah Jan direkt an, um seine Reaktion einschätzen zu können.

»Er lebt mit einem Partner ... ich meine ... mit einem Mann. Sein Name ist Daniel.«

Dass Jan keinerlei Reaktion zeigte, bewies ihr, dass er solchen Beziehungen offen gegenüber stand. Das erleichterte ihr, an dieser Stelle fortzufahren.

»Vater war immer für uns Kinder da. Er hatte eine gut laufende Druckerei aufgebaut, die anfangs noch Riesenaufträge bewältigte, dabei viel Geld abwarf. Es fehlte uns an nichts. Als es ihm aber eines Tages klar wurde, dass sein einziger Sohn immer mehr feminine Züge zeigte, dass er mit Puppen spielte, anstatt mit dem Fußball ... da zerbrach etwas in ihm. Die Zuneigung kippte, sein eigener Sohn war unheilbar krank. So extrem sah er das. Seine Welt war komplett aus den Fugen geraten. Er begann damit, Victor zu verstoßen, ihn zu ignorieren. Viel Abscheulicheres kannst du einem Kind kaum antun. Victor musste ins Internat nach Braunschweig, was für ihn der Hölle gleichkam. Er liebte seine Geschwister. Mutter war gegen Vaters Dominanz absolut machtlos. Sie gab irgendwann ihre Gegenwehr auf.«

Wieder trank Sandra einen Schluck Wein. Sie tupfte mit dem Taschentuch über die Augen. Jan wartete geduldig ab.

»Hin und wieder besuchte ich ihn mit Mutter. Für sie war es grausam, wenn er von den Schikanen berichtete, die er in diesem Jugenddorf erdulden musste. Kinder können unglaublich grausam sein. Auf der Heimfahrt mit dem Zug weinte sie unablässig. Vater beeindruckten diese Berichte nicht. Das muss ein richtiger Junge ertragen können, war seine Devise. Schließlich schaffte Victor sein Abi mit Auszeichnung. Er zog nach Münster, um dort das Jura-Studium zu beginnen.

Vater bekam damals Probleme mit den Augen, der graue Star machte ihm zu schaffen. Die dringend notwendige OP zögerte er fatalerweise immer wieder hinaus. Zu dieser Zeit lockerte er, zu unsere aller Verwunderung, seine stringenten Ansichten über die homosexuellen Neigungen seines Sohnes.

Schließlich stand der große Tag bevor, an dem er sich bereit erklärte, nach vielen Jahren der Ablehnung, seinen Sohn in Münster aufzusuchen. Ich war unendlich stolz darauf, ihn dazu überredet zu haben. Er bestand darauf, dass nur wir beide Vic besuchen, ihn überraschen würden. Er sollte vorher nichts davon wissen. Ich stellte mir im Geiste vor, wie sich Vater und Sohn nach fast acht Jahren wieder begegneten, sich in die

Augen sahen. Zu dieser Zeit gab es für mich nichts Schöneres als diese Vision.«

Jan reichte ihr sein Taschentuch, denn er bemerkte, wie sich Sandras Augen mit Wasser füllten. Sie zitterte, krampfte ihre Hand um seinen Arm. Welche Emotionen mussten diese Erinnerungen in ihr wecken? Die Stille wurde nur vom Abendgesang der Vögel unterbrochen.

»Es geschah auf der Autobahn, kurz vor Haltern. Vater war wegen seiner Augen schon längere Zeit nicht mehr mit dem Wagen gefahren. Die Sonne stand sehr tief am Himmel, als der Lieferwagen wenige Meter vor uns einscherte, dann kurz darauf abbremste. Unser Volvo krachte in das Heck dieses Wagens. Obwohl alle möglichen Airbags öffneten, kam für Vater jede Hilfe zu spät. Ich konnte mich noch im letzten Moment aus dem Fahrzeug retten, bevor das Auto in Flammen aufging. Der Lieferwagen hatte mehrere Benzinkanister für eine Baustelle befördert und ungesichert im Innenraum gelagert. Mein kompliziert gebrochenes Bein versuchten die Ärzte wieder zu richten. Das hat der Chirurg halbwegs passabel hinbekommen, doch so ganz hat das mit den verletzten Bändern im Knie nicht geklappt. Seit dieser Zeit muss ich mit einem dauerhaften Schmerz leben.

Die Beerdigung werde ich niemals vergessen. Mutter überwand diesen Schicksalsschlag nicht. Sie musste in eine Spezialklinik eingewiesen werden, in der sie Monate danach verstarb. Sie verlor den Lebensmut, gab einfach auf. Bettina hat es mir bis heute nicht verziehen, dass ich mich damals so extrem für den Frieden zwischen Vater und Victor einsetzte. Ihr bedeutete Victor nichts. Er war für sie ein Monster, ein Missgriff der Natur.«

Über Jans Körper zog eine Gänsehaut. Aber auch die Kühle der anstehenden Nacht brachte ihn dazu, eine große Wolldecke zu holen, die er über sie beide ausbreitete. Sein Arm lag schützend über Sandras Schulter. Sie legte ihren Kopf an seine Brust. In der eintretenden Stille vernahm er ihr leises Schluchzen. Die Dunkelheit wurde nur vom Flackern der Kerzen unterbrochen.

Kater Hercules stellte die Ohren auf. Er sprang mit elegantem Sprung auf den Terrassenboden, ohne auch nur, trotz seiner Leibesfülle, eine Fliese zu beschädigen. Spurlos verschwand er in der Nacht. Jan ergriff Sandras Hand, die bis dahin geduldig den Katerbauch streichelte. Er suchte ihren Blick.

»Wollen wir reingehen, es wird kalt hier draußen.«

Ohne ihre Antwort abzuwarten, schob er seine kräftigen Arme unter Sandras Körper. Er trug sie in das dezent beleuchtete Wohnzimmer. Vorsichtig ließ er ihren Körper auf die Ledercouch gleiten, und schob ihr ein Kissen unter den Kopf. Die Terrassentüren glitten lautlos zusammen, sperrten die feuchte Kälte aus. Jan hantierte an seinem CD-Player. Augenblicke später erklangen im Hintergrund die Geigen des Mantovani-Orchesters. Sandra schloss die Augen.

»Ich mag diese Musik. *Charmaine* gehörte schon Teenagerzeiten zu meinen Lieblingsstücken. Kannst du dir das vorstellen?«

Sandra sah fragend zu Jan auf.

»Ich hatte es gehofft. Daher habe ich diese CD gewählt. Schön, dass es dir gefällt.«

Jan gesellte sich zu ihr. Sandra klopfte auf den Boden, um ihn aufzufordern, sich vor ihr auf den Teppich zu setzen. Gemeinsam genossen sie die Musik. Als ihre Gesichter nur wenige Zentimeter voneinander entfernt waren, vibrierte die Luft. Jeder spürte, roch den Atem des Anderen. Keiner wagte, durch Worte die besondere Stimmung zu zerstören. Wie in Superzeitlupe fanden ihre Lippenpaare zueinander. Jans Finger glitten in Sandras Haar. Ihre Hände suchten seinen Nacken. Beide gaben sich einer lange aufgestauten Gier nach Berührung hin, die in diesem Augenblick zum Ausbruch kam. Das Keuchen übertönte sogar die anschwellenden Klänge des Orchesters. Jan überzog Sandras Gesicht mit seinen Küssen, strich ihr über das Haar.

»Ich wusste es, als ich dich zum ersten Mal sah. Ich habe nur deine Stimme gehört, deinen Duft wahrgenommen ... es musste so kommen.«

Jan flüsterte diese Worte, verschloss ihre Lippen mit einem weiteren Kuss. Wohlig streckte Sandra ihren Körper, legte ein Kissen über das Gesicht.

»Sei vorsichtig mit solchen Liebesschwüren. Ich nehme das äußerst ernst. Du wirst mich nur schwer wieder los, wenn ich mich verliebt habe.«

Lachend warf sie das Kissen zur Seite. Sie umarmte Jan, um ihn fest an sich zu ziehen. Die Hände krallte sie in seinen Rücken.

»Bleibst du heute bei mir?«

Sandra zuckte bei diesen Worten zusammen, die er ihr ins Ohr hauchte. Sie stieß ihn mit funkelnden Augen zurück. Sein Gesicht drückte das Entsetzen aus, das ihn in diesem Augenblick überfiel.

»Aber du musst mir etwas versprechen.«

Wortlos wartete er auf die Fortsetzung des Satzes.

»Du musst mir versprechen ... nicht brav zu sein!«

Lachend warf sie sich zurück, hielt dabei seinen Körper umklammert.

»Du Teufelin. Das wirst du noch bereuen.«

Müde öffnete Sandra ihre Augen zu Schlitzen. Ein Blick auf den Digitalwecker zeigte ihr, dass es erst vier Uhr war. Sie schliefen erst eine Stunde, nachdem sie in wilder Ektase übereinander herfielen. Noch schmeckte sie den Schweiß seiner Haut auf ihren Lippen, was einen wohligen Schauer auf ihrem Körper verursachte. Vorsichtig hob sie den Kopf. Die zurückgeschlagene Bettdecke neben ihr ließ jegliche Schläfrigkeit verschwinden. Von Jan keine Spur. Durch die Tür drang ein schwacher Lichtschein, der ihr zeigte, dass sie ihn im Wohnzimmer finden würde. Jan war so nett, ihr einen seiner Pyjamas herauszulegen, den sie mit müden Bewegungen überzog. Genüsslich gähnend schlich sie ins Wohnzimmer, erblickte Jan am Tisch sitzend. Sie blieb verwundert stehen.

»Was ... was um alles in der Welt tust du hier? Ich habe dich vermisst. Du solltest schlafen, mein Schatz.«

Sandra hielt ihm die Hand entgegen, um ihn wieder ins Bett zu holen. Sie erstarrte.

»Das ist ... das ist doch kein Kokain, oder? Sage, dass ich mich irre. Das verdammte Zeug hast du dir doch wohl nicht heute Abend reingezogen? Jan Hellmann, der Mann, mit dem ich noch vor wenigen Augenblicken im Bett lag, ist auf Drogen?«

Sandra sprang vor. Sie wischte die Reste des weißen Pulvers, das er in Lines aufgeteilt hatte, in einer wilden Geste vom Tisch. Jan verfolgte mit aufgerissenen Augen, wie sie mehrere hundert Euro auf dem Teppich verteilte.

»Ich kann dir das erklären. Das hilft mir ...«

»Was willst du da noch erklären? Das Zeug hilft dir niemals. Es zerfrisst dir nur das Hirn. Da musst du mir nichts mehr erklären. Oh Gott, wie konnte ich nur denken, dass ...«

Jan rappelte sich auf, kam schwankend auf Sandra zu. Sie versuchte, ihn mit ausgestreckten Händen wegzuhalten, bewegte sich rückwärts.

»Fass mich nicht an. Fass mich nie wieder an. Ich hasse dich!«

Während sie diese Worte schrie, drehte sie sich um. Sie stürmte zurück ins Schlafzimmer. Dort riss sie angewidert den Pyjama vom Leib, suchte verzweifelt nach ihren Sachen. Mit zitternden Händen kleidete sie sich an. Immer wieder glitt ihr Blick zur Tür, da sie sein Erscheinen fürchtete. Ihre Jacke wusste sie an der Flurgarderobe. Vorsichtig schlich sie zur Tür, sie bebte. Jans nackter Körper versperrte den Durchgang.

»Ich schreie die Nachbarschaft zusammen, wenn du mich aufhalten willst. Lass mich jetzt bitte vorbei!«

Jan schüttelte den Kopf, ging weiter auf sie zu.

»Bitte setz dich. Ich kann dich doch nicht so gehen lassen. Wir müssen reden. Du reagierst völlig überzogen. Du solltest mir einen Augenblick schenken, um dir alles zu erklären. Bitte. Das bist du uns schuldig.«

»Ich will das nicht hören. Du bist nicht bei Sinnen, Jan.«

»Verdammt, jetzt setz dich endlich dahin und höre mir zu. Ich will dir doch nichts antun ... nur reden.«

Seine Stimme hatte einen energischen Ton angenommen, der sie aufhorchen ließ. Den Blick weiterhin auf Jan gerichtet, ging sie einige Schritte rückwärts. Sie setzte sich sprungbereit auf das Bett. Sie wartete auf den passenden Moment, um fliehen zu können. Jan zog eine dünne Decke von der Konsole, und wickelte diese um den Leib. Er saß vor Sandras Füßen auf dem Teppich, starrte mit gesenktem Kopf auf den Boden.

»Du bist die Erste, mit der ich darüber spreche. Das sollst du wissen, bevor du gehst. Es war damals ein Schock für mich. Als mich Claudia aus heiterem Himmel verließ, brach ein Universum zusammen. Ich ... ich wollte ohne sie nicht weiterleben. Die Vorstellung, dass sie nicht mehr da sein würde, hat mir das Herz aus dem Leib gerissen. Das durfte doch nicht auf diese Art enden. Ich habe sie, ich meine ... wir haben uns doch geliebt.«

Jan schüttelte den Kopf, strich seine Hände durch das Haar. Sandra saß vor einem Unbekannten, einem zerbrochenen Menschen. Nichts war übrig geblieben von dem selbstsicheren Mann, der jeder Situation gewachsen schien. Sie wagte es nicht, ihn zu unterbrechen, lauschte nur fasziniert seiner Beichte.

»Ich habe es versucht. Habe es sogar zweimal versucht ... ich meine, Schluss mit dem verdammten Leben zu machen. Immer fehlte mir das letzte Quäntchen Mut. Ich war zu feige, bis zum Letzten zu gehen. Ich überlegte immer wieder, jeden Tag, jede Stunde, warum sie uns das angetan hat. Es war absolut sinnfrei ... zumindest für mich.«

Jan schlug die Hände vor das Gesicht. Das Beben seines Körpers sagte Sandra, dass dieser große Mann tatsächlich weinte. Zögernd legte sie ihre Hand auf sein Haar. Sie wartete darauf, dass er sich beruhigte. Jan ergriff ihre Hand, drückte sie an seine Lippen. Sandra rutschte von der Bettkante, kniete neben Jan. Als sie ihren Arm um seine zuckenden Schultern legte, drückte er seine Stirn an ihren Hals. Seine Worte drangen wie durch einen Nebel.

»Ich kann dir heute nicht alles erklären, gib mir bitte Zeit. Nur glaube mir eins, ich werde damit aufhören ... dir zuliebe. Glaubst du mir das?«

Jan hob den Kopf, blickte Sandra aus tränengefüllten Augen an. Sie nickte wortlos, hielt ihn fest in den Armen.

8. Kapitel

Keine Manuskriptseite, keine Zeile blieb unkommentiert. Ihren Frust über ihre falsche Reaktion am gestrigen Abend, bekam der unschuldige Autor zu spüren, dessen geistige Ergüsse sie heute zur Beurteilung in den Händen hielt. Vanessa wagte es an diesem Morgen nicht, Sandra anzusprechen. Mit sorgenvollem Blick verfolgte sie die Besessenheit, mit der Sandra ihre Arbeit erledigte. Jeder spürte die aufgestaute Wut, die sie zu dieser Intensität anstachelte. Doch keiner besaß den Mut, nach dem Grund zu fragen.

Ceren sah die Frau über die Wendeltreppe auf sich zukommen. Sie setzte zu einer Begrüßung an. Ihr Blick glitt über das gewöhnungsbedürftige Outfit, das selbst von ihrer Generation als ausgeflippt bezeichnet wurde. Die grellroten Haare, die nur an der rechten Kopfhälfte Schulterlänge erreichten, aber auf der linken Seite kahl rasiert waren, rahmten ein überschminktes Gesicht ein. Die viel zu enge, schwarze Lederhose verlor sich in ebenfalls grellroten Stiefeletten. Ein absolutes Highlight bildete die kurze Felljacke, für die vermutlich einige Frettchen das Leben ließen.

»Wenn Sie mit Ihrer Analyse fertig sind, junge Frau, könnten Sie mir netterweise verraten, wo ich Frau Heuer finden kann.«

Nachdem sie Ihre Ledertasche auf die Theke wuchtete, sah sie Ceren mit geschlitzten Augen abwartend an. Das gescholtene Mädchen konnte nicht verhindern, dass ihr Gesicht die Farbe der Tasche annahm. Sie ärgerte sich maßlos über diese Reaktion, während sie den Hörer aufnahm.

»Ich frage nach, ob Frau Heuer Zeit hat. Einen Augenblick bitte.«

Die Hand der Besucherin legte sich über Cerens.

»Sagen Sie mir nur, wo ich sie finden kann. Es soll eine Überraschung werden. Ich habe meine Schwester lange nicht mehr gesehen.«

Sie kniff verschwörerisch ein Auge zu. Sie erwartete, dass ihrem Wunsch entsprochen wurde. Während Bettina der Praktikantin folge, betrachtet sie interessiert die abstrakten Wandbilder an den weißen Wänden. Ceren stoppte vor einer offenstehenden Bürotür und zeigte hinein. Sandra bemerkte ihren Besuch nicht sofort. Sie erschrak heftig, als sich Bettina mit einem kurzen Hüsteln bemerkbar machte.

»Überraschung, große Schwester ...«

»... auf die ich gut hätte verzichten können«, ergänzte Sandra reaktionsschnell. »Ich sagte dir doch bereits am Telefon, dass du das verdammte Manuskript zusenden sollst. Ich komme in absehbarer Zeit nicht dazu, es durchzusehen. Du siehst doch, dass ich ...«

Sie zeigte auf die Papierstapel, die ihren Schreibtisch überfluteten. Bettina hatte sich einen Stuhl herangezogen. Ihre Tasche stellte sie daneben, und zog einen Ordner heraus. Den legte sie, ungeachtet Sandras Proteste, oben auf. Der Hass, der augenblicklich ihr Gesicht verzerrte, war nicht zu übersehen. Sie verfolgte mit weit aufgerissenen Augen die wilde Bewegung, mit der Sandra diesen Ordner ergriff und in die Ecke warf. In dem Augenblick, als die Wut ihren Körper versteifte, bemerkte sie eine Bewegung an der Tür. Sie sah in das Gesicht eines gut gekleideten, grau melierten Mannes. Als dieser bemerkte, dass hier eine explosive Stimmung vorherrschte, trat er den Rückzug an.

»Bleiben Sie doch ... nur ein Gespräch unter Geschwistern. Treten Sie ein. Nette Männer sehen wir hier immer gerne.«

»Nein, nein, ich möchte die Eintracht nicht stören. Sandra, ich komme später vorbei. Ich warte auf deinen Anruf.«

»Nein, verdammt noch mal. Du bleibst gefälligst hier. Bettina wollte sowieso gerade gehen.«

Sandra war aufgesprungen, kam um den Schreibtisch herum. Ceren, die immer noch mit offenem Mund auf dem Flur stand, beeilte sich, wieder an ihren Platz zu verschwinden.

»Hört, hört, die Herrschaften kennen sich gut. Gibt es da etwas, was ich wissen sollte? Mein Name ist Bettina Heuer. Mit wem habe ich die Ehre?«

Mit vorgestreckter Hand und einem Lächeln, das die Augen nicht einbezog, ging sie auf den Besucher zu.

»Ich grüße Sie Frau Heuer. Mein Name ist Jan Hellmann. Es freut mich, sie endlich kennenzulernen. Sandra hatte mir von Ihnen erzählt.«

»Warten Sie. Hellmann, Jan Hellmann? Dieser Jan Hellmann, der diese spannenden Liebesromane ... ja, das müssen Sie sein? Kennen Sie sich schon länger, ich meine ...?«

Sandra hatte sich zwischen beide geschoben. Sie versuchte, Bettina aus dem Raum zu drängen.

»Lass mich los, du Miststück. Da gibt es doch tatsächlich Geheimnisse, die du vor der Welt verbergen möchtest. Nun ja, jeder hat irgendeine Leiche im Keller. Deine sieht verdammt gut aus ... und sie lebt. Das finde ich aufregend. Wir sprechen uns noch. Darauf kannst du dich verlassen.«

Bettina hob in aller Ruhe den Ordner auf, stopfte ihn zurück in die Tasche. Während sie das Zimmer verließ, tippte sie mit dem Finger auf Jans Arm und warf ihm einen vielsagenden Blick zu.

»Wenn Sie mal von der einen Schwester genug haben, dann stehe ich gerne ...«

Der Brieföffner verfehlte Bettina nur knapp. Mit einem aufreizenden Lachen zog sie die Tür zu.

»Es tut mir leid. Du hättest vielleicht vorher anrufen sollen. Jetzt hast du aber wenigstens einen Teil meiner Familie kennenlernen dürfen.«

Sandra machte an dieser Stelle eine kurze Pause und bot Jan einen Stuhl an.

»Es ist schön ... ich meine, dass du vorbeikommst. Bitte entschuldige meine heftige Reaktion gestern. Aber Drogen ... das ist schon eine harte Nummer für mich. Ich habe während des Studiums immer nur davon gehört, aber wenn man es dann live erlebt ... das ist ein Schock. Wie kann ich das wieder gutmachen? Ich fühle mich so elend.«

Jan nahm ihre Hand. Mit der anderen griff er in den Haarschopf. Er zog ihr Gesicht heran.

»Du bist großartig, mein Schatz. Ich bin derjenige, der sich entschuldigen muss, denn ich habe den Abend zerstört. Aber immerhin haben wir uns ja wieder vertragen. Es war so unglaublich schön mit dir. Ich will dich nicht wegen dieser Dummheit verlieren.«

Jan richtete sich auf und umarmte Sandra. Still gaben sie in diesem Augenblick ihre Gefühle preis, die kaum in Worte zu kleiden waren. Sie genossen diesen Augenblick des inneren Friedens bis zu der Sekunde, als Vanessa den Raum betrat.

»Oh, Entschuldigung. Ich wusste ja nicht, dass du Besuch hast. Ich komme später wieder.«

Sandra löste sich aus Jans Umarmung, hielt Vanessa am Arm zurück.

»Bitte bleib, Vanessa. Darf ich dir Jan Hellmann vorstellen. Er wollte mich bei der Arbeit besuchen. Wir können offen reden, denn er weiß darüber Bescheid, dass ich eigentlich ...«

Jans Finger legte sich auf ihre Lippen. Er unterbrach ihr Geständnis in diesem Augenblick.

»Es ist mir ein Vergnügen, Sandras Chefin und Freundin kennenzulernen. Sie wollten mit mir reden. Ich wäre bereit, mir Ihre Vorschläge anzuhören. Zumindest könnten wir eine Zusammenarbeit für mein nächstes Buch diskutieren, wenn die Verträge entsprechend ausfallen. Bisher konnte ich ja nur das attraktive Lektorat kennenlernen. Das lässt aber auf eine konstruktive Zusammenarbeit hoffen.«

Vanessa hatte auf der Schreibtischkante Platz genommen. Sie amüsierte sich über den dankbaren Blick, den Sandra diesem Mann zuwarf. Der erste Eindruck, den sie von Jan Hellmann gewann, war durchaus positiv. Sie wollte alles daran setzen, diese Beziehung auf geschäftlicher Ebene zu intensivieren.

»Es freut mich, Herr Hellmann, dass Sie ein gutes Gefühl haben. Wir würden es alle begrüßen, Sie als Autor in unserem kleinen Verlag zu wissen. Ich mache keinen Hehl daraus, dass wir Ihnen nicht den Marketingapparat bieten können, der hinter den großen Publikumsverlagen steht. Doch eines können Sie von uns erwarten. Wir lieben unsere Autoren ... im wahrsten Sinne des Wortes.«

Jans Hand strich zärtlich über Sandras Wange, die bei der letzten Bemerkung ein leichtes Rosa annahm. Vanessa fuhr fort.

»Da wir gerade beim Thema sind. Nicht dass ich Sie jetzt unter Druck setzen möchte, aber wäre es möglich, im Laufe des morgigen Vormittags noch mal vorbeizuschauen? Ich habe um elf Uhr einen Termin mit unserem Rechtsanwalt. Herr Heuer wird es bestimmt freuen, einen guten Freund seiner kleinen Schwester kennenzulernen.«

»Das lässt sich einrichten. Darf ich übrigens Vanessa zu Ihnen sagen? Ich heiße Jan. Es wäre mir ein Vergnügen.«

Vanessa erhob sich, strahlte dieses verliebte Pärchen an. Beiden legte sie eine Hand auf die Schulter, bevor sie sich verabschiedete.

»Es ist mir eine Ehre, Herr Hellmann ... ich meine Jan. Dann sehen wir uns morgen?«

Sein Nicken wartete sie nicht ab. Sie verließ eilig das Zimmer.

Matteo wischte die Hände an der Schürze ab, bevor er Sandra die Hand reichte. Die leichte Verbeugung wurde von einem charmanten Lächeln begleitet, was in einem angedeuteten Handkuss endete. Erst dann war Jan an der Reihe.

»Das Leben ist ungerecht. Warum bitte sehr bekommen nur bestimmte Männer die schönsten Frauen? Muss ein Mann erst Bücher schreiben oder machen das perfekte Eis, damit er kann bekommen eine Madonna?«

Er hatte laut gesprochen, damit Alessia, die beobachtend im Eingangsbereich des Cafés wartete, jedes Wort verstehen konnte. Sie verdrehte die Augen, dann verschwand sie kopfschüttelnd zwischen den Tischen.

»Sie übertreiben auf eine liebenswürdige Art. Jan, da solltest du dir eine Scheibe abschneiden. Die Italiener besitzen etwas, was der deutsche Mann wohl nie erreichen wird. Grazie per il complimento, Matteo ... so heißen Sie doch, oder?«

»Oh, Sie sprechen wunderbar meine Sprache. Wenn Sie haben Interesse, dann ich zeige Ihnen gerne, wie wir machen Eis perfetto ... in meiner Eisküche ... nur wir beide.«

Jan stieß Matteo die Faust spielerisch in die Rippen. Er vernahm gleichzeitig die Stimme Alessias aus den Tiefen des Cafés.

»Das könnte dir so passen, du Schwerenöter. Du solltest mehr an deine Gesundheit denken. Hast du schon deine Herztabletten genommen?«

Matteo warf lachend die Arme in die Höhe, und deutete eine weitere Verbeugung an. Bevor er den Tisch verließ, flüsterte er noch leise.

»Das ist und bleibt meine große Liebe. Sie sorgt sich immer aufopfernd um mich.«

Jan mochte diesen Charmebolzen. Er diskutierte häufig mit ihm über das Leben und die Liebe. Als er sich wieder Sandra zuwendete, stellte er fest, dass sie ihn aufmerksam beobachtete, die Augen zu Schlitzen zusammengepresst.

»Warum nimmst du diese verfluchten Drogen, Jan? Du hast mir versprochen, es mir später zu erklären. Jetzt wäre schon später.«

Die Frage, die ihn aus heiterem Himmel traf, ließ ihn zusammenfahren. Er umfasste Sandras Hand, die sie ihm jedoch wieder entzog. Sie lehnte sich zurück, wartete auf seine Antwort.

»Das ist nicht einfach zu erklären. Eine lange Geschichte.«

»Ich habe Zeit. Erkläre es mir bitte.«

Jan hatte sich dieses Treffen anders vorgestellt. Ungern vertiefte er das Thema, verstand allerdings Sandras Interesse. Es war an dem Abend eine verzwickte Situation. Sie besaß das Recht, eine Erklärung zu fordern. Unruhig bewegte er sich auf seinem Stuhl, der ihm heute besonders unbequem erschien. Er trank einen Schluck von seiner Holunderschorle, bevor er Sandra ansah.

»Es begann bekanntlich vor etwa fünf Jahren. Jeder weiß, was damals geschah? Ich habe es dir ja ebenfalls gestern geschildert.«

Sandra deutete ein leichtes Nicken an und wartete.

»Alles war perfekt, die Welt funktionierte so, wie ich ... wie wir es uns wünschten. Wir hatten ein gutes Einkommen, wir konnten reisen, wann und wohin wir immer wollten. Und vor allem ... wir hatten uns. Nichts konnte unser Glück zerstören. Eheprobleme sahen wir nur bei Anderen. Wir lernten die Welt kennen, begegneten fremden Kulturen, genossen die Paradiese dieser Welt. Alle Wünsche erfüllten wir uns. Das pure Glück, ich trug Claudia auf Händen.«

Jan wischte die schwitzigen Hände an seiner Jeans ab. Sandra spürte die aufkeimende Traurigkeit, die ihn erfüllte, als er diese Zeit, die Vergangenheit beschrieb.

»Wir beide wanderten auf der Sonnenseite des Lebens. Wir wurden blind, sahen nicht die dunklen Wolken, die über uns zusammenzogen. Keiner von uns dachte auch nur eine Sekunde daran, dass dort, wo Sonne ist, auch Schatten entstand. Trotz des absoluten Glücks, das allein ich stets sah, müssen bei ihr Defizite entstanden sein, über die sie nicht reden wollte ... oder nicht konnte. Obwohl sie eine schöne Frau war, gab sie mir nie einen Anlass, eifersüchtig zu sein. Ich war davon überzeugt, dass uns nichts trennen würde.«

Wieder legte Jan eine Pause ein. Sandra ließ für einen kurzen Augenblick, wie unbeabsichtigt, ihre Hand auf seiner liegen, während sie an ihrer Kaffeetasse nippte. Sie lehnte sich wieder zurück, sah ihn auffordernd an.

»Dann geschah das Unfassbare. Ich kam eines Abends von einer Lesung zurück, rief nach ihr, suchte sie im Haus. Unser Wiedersehen war immer ergreifend schön, als hätten wir uns monatelang nicht gesehen. Ich steckte die Blumen in eine Vase, dachte mir, dass sie nur kurz zu einer Freundin gegangen war. Sie liebte es, wenn ich ihr Tulpen mitbrachte, ihre Lieblingsblumen. Viele Frauen favorisieren Rosen ... Claudia liebte die schlichte Tulpe. Vielleicht lag es daran, dass die Tulpe noch in der Vase wuchs. Ich weiß es nicht genau. Aber sie liebte auch an vielen anderen Stellen die Schlichtheit.

Den Zettel fand ich erst in der Küche, als ich den Kühlschrank öffnen wollte. Viele vertrackte Situationen habe ich in meinen Büchern beschrieben. Viele davon unvorstellbar traurig, sogar gruselig. Aber niemals hätte ich passend ausdrücken können, was diese Nachricht bei mir auslöste. Ihre Handschrift war mir so vertraut, da sie noch etwas Kindliches vermittelte. Diese Zeilen rissen mir das Herz aus der Brust. Ich habe sie auswendig gelernt, habe sie wie Runen in meinen Schädel gemeißelt.

Es tut mir unendlich leid. Ich suche schon seit längerer Zeit nach Worten, wie ich es dir erklären kann. Ich werde einen neuen Weg gehen. Allein ... ohne dich. Einen Weg, den ich erst noch suchen, den ich finden muss. Der, den ich mit dir viele Jahre gehen durfte, war wunderschön. Dafür danke ich dir von Herzen. Aber es ist etwas in mir, das mir sagt, dass dies nicht alles gewesen sein kann.

Lieber Jan. Wir sind auf einer traumhaften Straße durch diese Welt gewandert, haben irre schöne Dinge gemeinsam erleben dürfen. Nicht eine Sekunde davon möchte ich missen. Doch jetzt muss ich mich selbst finden. Dazu brauche ich Zeit und Ruhe. Bitte gib mir diese Zeit, frage mich nicht nach dem Warum. Die Antwort müsste ich dir schuldig bleiben. Bedränge mich bitte nicht. Denn es würde mich nur weiter von dir wegtreiben.

Mit dir durfte ich die schönsten Jahre meines Lebens erleben. Was jetzt beginnt, kann ich mir kaum vorstellen. Aber ich werde es versuchen. Wenn ich das nicht wage, werde ich es für den Rest meines Lebens bereuen, immer nach dem »Was wäre gewesen, wenn ...« fragen. Auf der Rückseite dieses Briefes findest du eine Auflistung von Gegenständen, die ich gerne mitnehmen würde. Bitte tue mir den Gefallen, händige sie einer Freundin aus, die in wenigen Tagen Kontakt zu dir aufnehmen wird. Ich will dir ein Wiedersehen ersparen, da ich weiß, wie du leiden wirst.

Ich kann dir heute nicht sagen, wie sich alles bei mir entwickelt. Doch ich hoffe, dass du mich nicht hassen wirst. Ich möchte eine Ecke in deinem Herzen weiter bewohnen dürfen. Du hast einen Platz für immer und ewig in meinem.

Gott beschütze dich. In ewiger Liebe Claudia

Sandra hatte ergriffen Jans Worten gelauscht. Es bereitete ihr Mühe, die Tränen zurückzuhalten. Sie versuchte erst gar nicht, sich den Schock vorzustellen, den dieser Abschied bei Jan auslöste. Eine Gänsehaut lief über ihren Körper, ließ sie frösteln. Jans feuchte Augen suchten das Grün der Bäume, verirrten sich in der Ferne. Jedes tröstende Wort schien Sandra fehlplatziert. Sie schwieg daher für einen Augenblick, beobachtete Jan. Seine Gedanken entzogen sich ihren Vorstellungen. Schließlich berührte sie seine Hand, schob ihre Finger in seine. Dankbar für diese Geste lächelte er sie an.

»Konntest du jemals in Erfahrung bringen, wohin Claudia ging? Jeder Mensch hinterlässt doch Spuren.«

Traurig sah er sie an. Sie spürte sein Zittern deutlich.

»Sie hatte es sich doch in ihrem Brief gewünscht. Sie wollte nicht bedrängt werden. Lange lebte ich mit der Hoffnung, dass sie zu mir zurückfindet. Ich weiß nur, dass sie ihre Arbeitsstelle behielt. Wohin sie sich versetzen ließ, habe ich nie recherchiert.

Unzählige Male nahm ich mir vor, einfach zu ihr zu fahren, um sie zu fragen, was sie bei uns vermisste. Habe den Augenblick der Trennung tausendfach in Träumen erleben müssen. Es wurde ein Sterben auf Raten.«

»Ich glaube nicht, dass ich mir das vorstellen kann. Aber sage mir eins. Hat sie bis zum heutigen Tag nichts von sich hören lassen, nicht eine Zeile geschrieben? Das ist doch unmenschlich. So kann man doch nicht mit einem Menschen umgehen, wenn man ihn wirklich geliebt hat.«

Sandra wusste im gleichen Augenblick, dass sie einen wunden Punkt bei ihm traf. Jan versteifte sich in Sekundenschnelle.

»Ich musste mir das schon so oft anhören von Menschen, die glaubten, Ratschläge geben zu müssen. Das könnt ihr nicht begreifen. Keiner begreift das, denn niemand kannte sie wie ich. Ich durfte in ihre Seele blicken, ihre innersten Gefühle kennenlernen. Sie hat sich diese Entscheidung sicher nicht leicht gemacht. Ich werde sie deshalb akzeptieren.«

Verzweifelt suchte Sandra nach Worten. Jan war jetzt auf Abwehr programmiert. Mit Vernunft war im Augenblick bei ihm nichts zu erreichen. Sie wechselte die Taktik.

»Hast du aus diesem Grund ... ich meine nur ... war das allein verantwortlich für die Drogen? Verlassene Männer greifen doch eher zum Alkohol, denke ich. Musste es denn sofort Kokain sein?«

Jans Anspannung wich, als er merkte, dass Sandra nicht weiter auf dem Trennungsthema herumreiten wollte. Dafür war er ihr unendlich dankbar.

»Das war für mich, sagen wir einmal, die unauffälligste Variante, den inneren Schmerz, diesen Wahnsinn zu übertünchen. Stell dir die Folgen vor, wenn ich betrunken in der Öffentlichkeit aufgetreten wäre. Die Medien hätten mich zerrissen. Da war Koks die bessere Variante. Ich muss leider eingestehen, dass ich immer noch Lampenfieber habe. Meine Nerven flattern bei größeren Auftritten.«

»Und du glaubst wirklich, dass dir auf Dauer nur die Droge hilft? Das kann doch nicht dein Ernst sein.«

Jan zog die Schultern zusammen. Er wirkte in diesem Augenblick auf Sandra wie ein Junge, der Mutters Strafpredigt erduldete. Ihr Mitleid wuchs, als sie diesen doch so erfolgreichen, nach außen selbstsicheren Mann, in dieser bemitleidenswerten Phase seines Lebens erlebte. Nie hätte sie sich vorstellen können, dass er von Depressionen und Selbstzweifeln zerfressen sein könnte. Schon oft hatte sie davon gehört, dass berühmte Autoren einsam sind, sich vom normalen Leben abgesondert haben. Sie stellte sich die Frage, ob das Schreibgenie erst geweckt wird, wenn die Seele Schaden genommen hatte. Das würde erklären, warum gerade diese Menschen es hervorragend verstanden, Leser tief in die Abgründe des Seins und in die Handlung des Buches hineinzuziehen.

Sandra wartete ab, bis Alessia eine weitere Holunderschorle wortlos vor Jan abgesetzt hatte. Diese Frau kannte seine Gewohnheiten genau. Allerdings schien sie auch zu spüren, dass Jan im Augenblick von Gefühlen geplagt wurde. Sandra meinte, einen Vorwurf in Alessias Augen erkannt zu haben, als sich ihre Blicke trafen. Jede Freundlichkeit war aus ihren Augen gewichen, Kälte umgab sie in diesem Moment.

»Ich verstehe nur eines nicht. Warum hast du keine professionelle Hilfe gesucht? Kokain ist doch keine Lösung gegen Depressionen. Genau das Gegenteil ist der Fall. Als Lektorin musste ich mich auch in diesem Bereich informieren. Vielleicht hättest du besser Krimis geschrieben, dann wärst du mit Sicherheit nicht diesem Satan Droge verfallen. Mensch, Kokain ist doch eine bewusstseinserweiternde Droge, die dich immer weiter in tiefere Depressionen treiben wird. Willst du dich unbedingt umbringen?«

Jans Blick ging ins Leere. Sandra wusste nicht, ob er ihr überhaupt zuhörte. Sie stieß in an.

»Ob du es hören willst oder nicht, ich sage es dir trotzdem. Meine Recherchen haben mir schreckliche Dinge offenbart, die ich dir unbedingt ersparen will. Bis heute verfolgt mich dieser hässliche Begriff *dope fiend*, was so viel bedeutet wie *Drogendämon*. Damit war wohl treffend die Tatsache beschrieben worden, dass dich die Sucht nicht mehr aus den Krallen lässt. Du wirst wohl selbst schon gemerkt haben, was dieses Sauzeug mit dir macht, vor allem, wenn das Wohlgefühl nachlässt. Mensch Jan, komm wieder zu dir, kämpf gegen diesen Wahnsinn an. Du schaffst das ... wir schaffen das. Wie lange ziehst du dir das überhaupt schon rein?«

Jan zuckte nur mit den Schultern, sah sie an.

»Ein Jahr ... vielleicht zehn Monate? Ich weiß es nicht mehr. Habe irgendwann den Überblick verloren. Nur ist es ohne kaum auszuhalten.«

»Siehst du, da haben wir das Problem. Aber es ist noch nicht zu spät. Es macht mich wahnsinnig, wenn ich darüber nachdenke, welche Stoffe man dir da zumischt. Du scheinst nicht zu wissen, dass die Dealer nicht nur mit Puderzucker, sondern auch mit Nervengiften strecken, damit sich die Sucht noch verstärkt. Du begehst Selbstmord auf Raten.«

Er presste ihre Hand, rückte näher heran.

»Ich verspreche dir, dass ich in eine Therapie gehe. Ich spüre selber, dass es nicht hilft, dass es mich umbringt. Die Träume sind schrecklich. Sie treiben mich in den Wahnsinn. Sie zeigen mir immerzu Gewalt, und sie machen mich aggressiv. Wirst du mir helfen, sonst schaffe ich es nicht?«

Sandra legte ihre Hand auf seine. Sie strich ihm mit der anderen über die Wange.

»Du kannst dich darauf verlassen. Wir suchen Hilfe für dich.«

Sie bereitete gerade gedanklich ihre nächste Frage vor, als Jan ihr zuvorkam.

»Darf ich dich auch etwas fragen?«

Es traf sie unerwartet, sodass sie erstaunt die Augen aufriss. Sie nickte.

»Du hast mir erzählt, wie das mit deinem Vater geschah und du dabei diesen komplizierten Bruch erleiden musstest. Das hat mir keine Ruhe gelassen. Schließlich ist mir nicht entgangen, dass du noch immer mit den Folgen kämpfst. Ich meine, dein leichtes Hinken. Hast du noch Schmerzen?«

Mit geöffnetem Mund war sie seinen Worten gefolgt. Sie zog reflexartig die Beine an, als wollte sie diesen Makel, wie sie es sah, vor ihm verbergen. Längst hatte sie sich daran gewöhnt, sogar geglaubt, dass es niemand bemerkte.

»Das ... das ist dir aufgefallen? Ich dachte, dass ich es recht gut verbergen kann. Aber nein ... ich habe keine wirklichen Schmerzen. Die Knochen sind nur nicht korrekt zusammengewachsen, sodass ein Bein eben kürzer ist. Ich habe gelernt, damit zu leben ... und meine Freunde auch.«

Jan hatte jetzt bei ihr einen wunden Punkt getroffen, das spürte er.

»Das habe ich doch nicht böse gemeint. Ich bin nur der Meinung, dass in der heutigen Zeit niemand mehr damit leben muss. Ich habe mir schon gedacht, dass du es als gegeben hinnimmst. Doch gestern hatte ich zufällig ein Gespräch mit einem Freund darüber geführt.«

»Ganz zufällig. Du unterhältst dich ganz zufällig mit Fremden über meine körperlichen Missbildungen? Ist das für dich normal?«

In Jan stieg leichter Zorn auf. Dass er die Brauen zusammenzog, sich seine Lippen zu einem schmalen Strich formten, entging Sandra nicht. Sie spürte, dass sie zu weit gegangen war.

»Entschuldige bitte, das war nicht so böse gemeint, wie es sich vielleicht anhörte. Aber ich bin da etwas sensibel geworden. Ich musste mir viel zu oft von Bettina anhören, dass dies nur die gerechte Strafe für meine schlimmen Taten war. Was willst du mir sagen?«

Jan lehnte sich entspannt zurück. Sein Blick glitt immer wieder an Sandra vorbei zum Caféeingang, in dem Alessia stand. Sie beobachtete ihren Tisch aufmerksam. Er konnte sich keinen Reim darauf machen und winkte ihr freundlich zu. Sandra wartete auf seine Erklärung.

»Hör zu, Liebes. Mein besagter Freund ist ein befähigter Orthopäde, der sich durch Gutachten einen Namen als Gerichts-Sachverständiger gemacht hat. Er ist auf OP-Schäden spezialisiert. Er würde sich dein Bein, natürlich völlig unverbindlich, ansehen. Er hat schon häufig dafür sorgen können, dass Folgeschäden durch eine zweite Operation sogar zu hundert Prozent behoben werden konnten. Warum solltest du das das nicht austesten? Du kannst es ja immer noch ablehnen, wenn dir das Risiko zu groß erscheint. Was hältst du davon?«

Sandras Gedanken schwirrten wie Hornissen umher. Sie wusste, wie diese Einschränkung ihr Leben belastete. Sie würde alles dafür tun, um wieder als vollwertiger Mensch angesehen zu werden. Sie war anfangs fest davon überzeugt, dass jeder sie anstarrte, der diese Missbildung an ihr feststellte. Monate-, sogar jahrelang konnte sie nicht durchschlafen, weil sie diese abschätzigen Blicke verfolgten.

»Du musst dich ja nicht sofort entscheiden. Lass dir Zeit dafür. Nur solltest du diese Möglichkeit nicht vollends aus den Augen verlieren. Ich kann nicht einschätzen, wie belastend es für dich auf Dauer ist. Aber wenn es doch eine Chance gibt?«

Das Verlangen, Jan um den Hals zu fallen, wurde übermächtig. Schließlich gab sie dem Wunsch nach. Sie sprang auf, gab ihm einen Kuss. Höflicher Applaus der umliegenden Tische begleitete ihre Attacke. Anfangs leicht verwirrt, genoss

Jan schließlich diese spontane Liebkosung. Sein Blick streifte wie zufällig den Caféeingang, wo er nur noch den Rücken Alessias erkennen konnte. Warum ihn das beunruhigte, konnte er sich zu diesem Zeitpunkt noch nicht erklären.

9. Kapitel

Der Schmerz raste durch den gesamten Körper, als Sandra ihre Halterung, in der das geschiente Bein ruhte, zu heftig in der Höhe verstellte. Augenblicklich traten ihr Schweißperlen auf die Stirn, während sie den Schrei noch unterdrückte. Vorsichtig tastete sie nach dem Stift, der ihr beim Lektorieren der Manuskripte aus den Fingern unter die Decke gerutscht war. Nur noch zwanzig Seiten, dann war sie endlich durch.

»Kann ich Ihnen helfen, Frau Heuer? Suchen Sie was? Warten Sie, ich komme.«

Petra Schober steckte ihren Kopf durch den Türschlitz. Sie eilte zum Bett. Bevor Sandra nach dem Kugelschreiber suchen konnte, entdeckte die Stationsschwester ihn schon in einer Lakenfalte. Fasziniert betrachtete Sandra die Schwester, die eifrig darum bemüht war, das Bett glatt zu streichen. Wieder tauchte die Frage auf, ob die ausgeprägte Oberweite der Schwester doch von einem Büstenhalter, oder nur vom kurzen Kittel gebändigt wurde. Schon gestern, als sie Sandra von Dr. Bienert vor der Operation vorgestellt wurde, schoss ihr spontan der Vergleich mit einer Prostituierten durch den Kopf. Das lange, dunkle Haar fiel ihr über die Schultern. Es wurde erst auf dem Rücken durch ein Gummi zusammengehalten. Das Make-up war eine Nuance zu betont aufgetragen worden. Bei dem Parfum tippte Sandra blind auf den Duft *Flower* von *Kenzo*. Die sportlichen, weißen Stoffschuhe wirkten an ihr fehlplatziert. Sandra schämte sich, weil sie sich zum Vorwurf machte, Menschen nach ihrem Äußeren zu klassifizieren. Frau

Schober war äußerst liebenswert und zuvorkommend. Ihr Lächeln wirkte echt, es baute Vertrauen auf.

»Warum klingeln Sie nicht, Frau Heuer? Wir helfen doch gerne. Das Bein müssen Sie noch absolut ruhig halten. Wenn dieser Gipsverband runter ist, wird ihr Bein wieder so schön sein, wie früher. Dann werden Sie die Männer wieder verrückt machen können.«

Petra Schober blinzelte Sandra verschwörerisch zu. Sie kontrollierte die Tabletten, sie sah nachdenklich auf ihre Patientin herunter.

»Wann kommt denn ihr Besuch? Ihr Mann wird sich bestimmt freuen über den positiven Ausgang der Operation.

»Ich bin nicht verheiratet. Herr Hellmann ist ein ... sagen wir mal ... ein guter Freund. Der kann vor siebzehn Uhr nicht hier sein, da er noch einen Vortrag in einer Stadtbücherei vor Schulklassen hält.«

Die Schwester hörte aufmerksam zu. Sie schob Sandras Buch, das sie auf dem Schränkchen abgelegt hatte, zurecht. Ihr Blick blieb auf dem Cover und dem Autorennamen haften. Sie sah auf Sandra.

»Hellmann ... dieser Jan Hellmann ist ihr Freund?«

Petra Schober fuhr mit der Hand ehrfürchtig über den Titel, hielt das Buch hoch und wartete.

»Ja, der«, beantwortete sie die Frage, »kennen Sie seine Bücher?«

»Ob ich ihn kenne? Nein, leider nicht. Aber seine Bücher habe ich alle gelesen. Wirklich alle. Und Sie sind mit ihm befreundet ... ich meine ... so richtig, mit allem drum und dran?

Ich frage deshalb, da es ja bekannt ist, dass er nach der Trennung von diesem Miststück ...«

Sandra spürte, wie sich Ärger in ihr aufbaute. Ihre Augen wurden zu Schlitzen, als sie die Schwester unterbrach.

»Frau Schober. Sie sollten dieser Klatschpresse weniger Glauben schenken. Besser ist es, sich eine eigene Meinung zu bilden. Ich garantiere Ihnen, dass das Privatleben des Herrn Hellmann äußerst unspektakulär verläuft, und dass viele Geschichten über ihn an den Haaren herbeigezogen sind. Ich möchte Sie darum bitten, ihn wie einen normalen Besucher zu sehen, was er ja schließlich auch ist. Sind wir uns da einig?«

»Aber natürlich Frau Heuer, das ist doch selbstverständlich. Ich wollte nur sagen, dass ich ein Fan von ihm bin. Jetzt bin ich ganz aufgeregt.«

Petra legte das Buch vorsichtig, als wäre es aus Glas, wieder auf das Schränkchen Sie verschwand ohne ein weiteres Wort. Sandra blieb nachdenklich zurück. Sie verfluchte sich dafür, dass sie Jans Nachnamen überhaupt erwähnt hatte. Fast war sie mit dem Lektorat durch, als es an der Tür klopfte. Ein riesiger Blumenstrauß wurde sichtbar. Nur an der Jeans und den Sportschuhen erkannte Sandra den Besucher hinter diesem Blütenmeer.

»Du bist verrückt, Jan. Du sollst doch nicht ...«

»Blumen anschauen, hat etwas Beruhigendes: Sie kennen weder Emotionen noch Konflikte. Das ist nicht von mir, sondern von Sigmund Freud.«

Jan hielt Sandra den Strauß entgegen. In dem Moment, als sie ihn greifen wollte, zog er ihn zurück auf seinen Rücken. Er hielt ihr stattdessen die gespitzten Lippen entgegen. Ihre Arme legten sich um seinen Hals, er genoss den innigen Kuss.

»Es geht dir gut, das spüre ich. Keine von Schmerzen gepeinigte Kreatur wäre in der Lage, derart zu küssen.«

Sandra stieß ihn lachend von sich.

»Kannst du auch wieder normal reden, oder hast du heute deinen Lyriktag? Ich werde eine Vase bringen lassen. Die Blumen sind herrlich, Schatz.«

»Jede Einzelne fand meine Hand am Wegesrand. Ich band sie flugs zu einem Strauß, damit sie erobern das Herz der Liebsten mein.«

Sandra verdrehte die Augen, drückte gleichzeitig auf die Ruftaste. Nur gefühlte dreißig Sekunden dauerte es, bis eine Schwester an der Tür erschien.

»Kann ich etwas für Sie tun, Frau Heuer?«

Sie beobachtete dabei Jan Hellmann, der mit dem Rücken zum Zimmer, aus dem Fenster sah.

»Hat Schwester Schober schon Feierabend? Ich dachte, dass sie ...«

»Nein, nein, Frau Heuer, sie musste nur kurz weg, was Privates erledigen. Die Blumen? Soll ich Ihnen eine Vase besorgen. Das mach ich doch gerne für Sie.«

Noch immer hoffte sie darauf, dass Jan sich ihr zuwendete, was er schließlich auch tat. Sie stolperte fast über den Stuhl, den Jan zuvor neben das Bett gestellt hatte.

»Guten ... guten Tag, Herr Hellmann. Ich hole dann mal die Vase. Kann ich den Herrschaften einen Kaffee oder einen Tee bringen? Macht keine Mühe.«

Ihr Gesicht hatte die Farbe einer Kirschtomate angenommen, als sie endlich wieder Halt an dem Bettpfosten fand.

»Das wäre riesig nett, Schwester. Kaffee vielleicht?«

»Aber gerne. Ich bringe ihn sofort ... ja sofort, Herr Hellmann.«

»Woher kannte die Schwester meinen Namen? Hast du ...?«

»Ach, mach dir darüber keine Gedanken. Mach dir heute um gar nichts Gedanken. Setz dich zu mir.«

Nachdem Schwester Kular die Blumen ins Wasser gestellt und die Vase auf der Fensterbank drapiert hatte, atmete Sandra durch. Sie begann, über ihren Eingriff zu berichten.

»... Dein Freund, dieser Doktor Sacher, hat mir mit dem Chirurgen Dr. Bienert einen großartigen Fachmann empfohlen. Ich glaube, dass er gut gearbeitet hat. Zumindest spüre ich keine Schmerzen. Er hat mir auf den Röntgenbildern das Ergebnis gezeigt. Zumindest er wirkte sehr zufrieden. Du kannst ihn ja gleich bei der Visite selbst fragen.«

»Das habe ich schon. Er ist mir auf dem Flur begegnet.«

Sandra boxte ihm ihre kleine Faust gegen die Schulter und schob die Unterlippe vor.

»Und dann lässt du mich die ganze Geschichte noch mal erzählen, du Schuft?«

»Bleib genau so, Liebes. Lass die Lippen so, wie du sie jetzt hast.«

Jan sprang auf, erfasste Sandras Unterlippe sanft mit den Zähnen. Sie schloss die Augen, ließ es zu, dass er daran knabberte und schließlich seinen Mund zum Kuss öffnete. Ihre Zungen spielten miteinander, sodass eine Wildheit entstand, die beide in eine andere Welt trieb. Aus dieser Welt holte sie das Zuschlagen der Zimmertür.

»Oh, entschuldigen Sie bitte, das war äußerst ungeschickt von mir. Ich störe Sie sehr ungern, aber es wird Zeit für die Thrombose-Spritze. Darf ich kurz Ihren Bauch ... nein, Herr Hellmann, Sie dürfen ruhig im Zimmer bleiben. Sie gehören ja quasi zur Familie.«

Jan, der schon auf dem Weg zur Tür war, blieb stehen und kräuselte die Stirn. Nach seiner Erfahrung war es schon ungewöhnlich, dass fremde Personen bei medizinischen Maßnahmen im Zimmer bleiben durften. Er setzte seinen Weg fort mit den Worten.

»Ich werde doch lieber draußen warten. Ich habe eine Spritzenphobie. Wir laufen Gefahr, dass ich im Zimmer umfalle.«

»Das macht doch nichts, Herr Hellmann. Sie sind in diesem Fall hier in besten Händen.«

Mit den Worten kramte sie zwischen ihren sonstigen Utensilien die Thrombose-Spritze hervor und näherte sich dem Bett. Sie bemerkte nicht, wie Sandra und Jan Blicke austauschten.

»So, Frau Heuer, schon passiert. Und mein Lieblingsautor hat es auch schadlos überstanden.«

Jans Blick löste sich zögernd von der Rückansicht der Schwester, deren Kittel mit Mühe Teile des Gesäßes bedecken konnte. Jetzt, wo sie sich ihm zudrehte, sprang ihm das Riesendekolleté entgegen, das ebenfalls nur geringfügig Sichtschutz durch den Kittel erhielt. Sandra verfolgte die

Bemühungen mit sichtlichem Vergnügen, das Interesse an dieser Peepshow vor ihr zu verbergen. Als er ihr Lächeln bemerkte, ließ sich seine Gesichtsröte nicht mehr verhindern.

Schwester Schober sortierte ihren Gerätewagen neu. Sie griff wie zufällig zwischen die Handtücher. Als sie ein Taschenbuch hervorkramte und sich damit Jan näherte, wusste Sandra sofort, was diesen Mann jetzt erwartete. Sie signalisierte Jan mit den Augen, dass sich *der Feind* von hinten näherte.

»Ach, Herr Hellmann, darf ich Sie ... ich meine ... es trifft sich ja wunderbar, dass ich gerade zufällig eines Ihrer Bücher lese. Da dachte ich mir, da ich ja alle Bücher von Ihnen kenne, ob Sie mir ...?«

Jan nahm ihr das Buch aus der Hand, betrachtete das Cover. Er schlug die erste Seite um, und nahm Schwester Schober den Filzstift aus der Hand, den sie ihm entgegenhielt.

»Da haben Sie aber eines meiner Frühwerke in Arbeit, liebe Schwester. Die Neuen sind wesentlich besser durchstrukturiert. Was darf ich Ihnen denn reinschreiben?«

Ein Teil ihrer dunklen Locken legte sich auf sein Sakko, als sie über seine Schulter sah. Jan konnte das Weich ihrer Brüste spüren.

»Für Petra, in Erinnerung ... so vielleicht?«

»Ich werde Ihnen meinen Standardspruch einfügen, wenn Sie damit einverstanden sind.«

Petra Schober verfolgte enttäuscht, wie Jan den Stift ansetzte und schrieb. *Ich wünsche Ihnen, liebe Petra, viel Lesespaß.* Die schwungvolle Unterschrift vervollständigte die Widmung. Er versuchte, sein charmantestes Lächeln zu zeigen, als er ihr das

Buch zurückgab. Der Umarmung, die völlig unverhofft kam, konnte er nicht mehr entgehen. Mit starrem Blick ließ er sie über sich ergehen. Nach wenigen Sekunden löste er sich dann endgültig daraus.

»Sie glauben gar nicht, wie stolz ich auf dieses Autogramm bin. Eine größere Freude hätte man mir kaum machen können. Meine Freundinnen werden Augen machen.«

Schwester Schober drückte dem Buch einen dicken Kuss auf. Sie drückte es fest an ihren Busen. Der realen Welt völlig entrückt, entschied sie sich doch endlich dazu, ihren Gerätewagen zu greifen und winkend das Zimmer zu verlassen.

Die danach eintretende Stille war der Fassungslosigkeit geschuldet, mit der sich Jan und Sandra ansahen. Ohne es wirklich verhindern zu wollen, brach Sandra in lautes Gelächter aus, das ihr die Tränen in die Augen trieb. Jan legte ihr grinsend die Hand über den Mund.

»Das solltest du nicht tun, Schatz. Nicht lachen. Ich nehme diese Fanreaktionen sehr ernst. Ich lebe schließlich davon. Das passiert immer mal wieder. Ich habe mich daran gewöhnt. Allerdings ...«, Jan schnüffelte an seiner Schulter, »dieses Parfum hatte ich noch nicht. Sinnlich ... sehr sinnlich.«

»Ich würde auf *Flowers* von *Kenzo* tippen. Das solltest du wissen, wenn du mir einmal einen Duft schenken möchtest ... den bitte nicht! Den würde ich dir zur Strafe ins Essen kippen.«

Sandra prustete wieder los. Petra Schober, die immer noch träumend ihre Schulter gegen die Tür gelehnt hatte, erstarrte. Ihre Augen zeigten Gletscherkälte, ihre Lippen zogen sich zu einem Strich zusammen. Entschlossen schob sie den Wagen

Richtung Schwesternzimmer, ohne die roten Blinklichter über zwei Krankenzimmern zu beachten.

»Sandra? ... Hallo Schatz. Du wirst doch den Besuch eines Freundes nicht verschlafen wollen. Wach auf.«

Jan schüttelte Sandra an der Schulter, ohne dass sie auch nur ein Auge öffnete. Er hielt einen Augenblick inne, begann an seinem Geruchssinn zu zweifeln. Ihm stieg ein unangenehmer Duft von Fäkalien in die Nase. Er konnte sich nicht vorstellen, dass Sandra ihren Stuhlgang einfach vergaß, und darüber eingeschlafen war. Dennoch ließ der penetrante Geruch erhebliche Zweifel aufkommen. Er hob die Bettdecke leicht an, was einen Würgereiz hervorrief. Der Ärger über die mangelhafte Aufsicht machte ihn wütend. Das hätte er bei einer Privatpatientin nicht erwartet. Die rote Ruftaste für das Personal sprang ihm ins Auge.

»Sie haben gerufen Frau Heuer? Oh, entschuldigen Sie bitte, waren Sie das, Herr Hellmann?«

Schwester Kular, die den Frühdienst versah, näherte sich mit einem freundlichen Lächeln. Auch sie nahm den Geruch im Zimmer sofort wahr. Sie hob entschlossen die Bettdecke an.

»Das ist doch ... das kann doch nicht wahr sein. Frau Heuer hat bisher immer Bescheid gesagt, wenn sie ... Sie schläft ja immer noch. Da stimmt was nicht, obwohl sie regelmäßig atmet. Als ich den Dienst von Frau Schober übernahm, sagte sie mir, dass ich die Patientin noch etwas ruhen lassen sollte. Sie hätte in der Nacht kaum geschlafen. Aber wir haben acht Uhr. Das Frühstück hat sie ihr auch nicht gebracht. Ich werde mich sofort darum kümmern, Herr Hellmann. Außerdem kommt gleich die Visite. Oh Gott, oh Gott.«

Schwester Kular lief, so schnell es ihre kurzen Beine zuließen, auf den Flur. Sie rief zur Unterstützung nach einer Assistenz-Schwester. Auf den Flur gedrängt, verfolgte Jan fasziniert das wuselige Kommen und Gehen des Personals. Immer wieder vernahm er das Rufen »*Hallo, Frau Heuer, Sie müssen aufwachen*«.

Irgendwann hörte er das erlösende »*Was ist hier los?*«

Aus dem Nebenzimmer ergoss sich eine Gruppe von Ärzten auf den Flur. Doktor Bienert löste sich und begrüßte Jan.

»Hat man Sie rausgeworfen. Ist denn irgendwas nicht in Ordnung mit Frau Heuer, oder mit dem Zimmer? Schwester Kular, warum dieses Tohuwabohu?«

»Darf ich Sie kurz sprechen, Herr Doktor ... allein?«

Bienert hob in Richtung Jan entschuldigend die Schultern und entfernte sich mit der Schwester. Sie redete heftig auf ihn ein, wovon Jan jedoch nicht ein Wort verstand. Mit gefurchten Brauen gesellte sich Bienert wieder zu Jan und den wartenden Ärzten. Bevor Jan seine Fragen stellen konnte, hob der Arzt beschwichtigend die Hände.

»Wir werden jetzt nach Frau Heuer sehen. Danach stehe ich Ihnen gerne zur Verfügung. Nur einen kurzen Augenblick noch.«

Der kurze Augenblick nahm fünfzehn Minuten in Anspruch. Wild diskutierend entfernte sich die Gruppe der Ärzte. Doktor Bienert bat Jan in ein Nebenzimmer. Er nahm sich Zeit, die passenden Worte zu finden.

»Also Herr Hellmann. Sie wollten wissen, warum es diese Aufregung gab. Gerne würde ich Ihnen eine zufriedenstellende Antwort darauf geben, aber wir wissen es im Augenblick noch nicht. Ich habe veranlasst, dass eine Blutprobe schnellstmöglich im Labor analysiert wird. Außerdem möchte ich wissen, ob der Stuhl selbst uns Hinweise darauf geben kann, warum er unkontrolliert abging. Bei einem gesunden Menschen reagiert das Bewusstsein auch im Schlaf. Morgen wissen wir mehr. Es ist allerdings nichts Besorgniserregendes zu vermelden. Frau Heuer wird es in kurzer Zeit wieder besser gehen. Die Müdigkeit wird noch etwas andauern. Wenn Sie es wünschen, kann ich Sie telefonisch über die Ergebnisse in Kenntnis setzen.«

»Darauf möchte ich bestehen, Herr Bienert. Und bitte kommen Sie mir nie wieder mit der Floskel, dass nichts Besorgniserregendes geschehen sei. Prüfen Sie bitte genaustens die Umstände, die dafür verantwortlich waren. Guten Tag.«

Jan zögerte noch einen Moment, bevor er wieder an Sandras Tür klopfte. Das leise »herein« vertrieb die Sorgen zumindest aus seinem Gesicht. Sandra sah ihm mit müden Augen entgegen. Sie besaßen noch nicht die Klarheit, die er gerne gesehen hätte.

»Du kommst ja doch noch, Schatz. Du kannst dir nicht vorstellen, was mir heute Nacht passiert ist. Hier herrschte bis vor wenigen Augenblicken ein absolutes Chaos.«

Jan spielte die Rolle des Unwissenden. Er zog die Brauen hoch. Nachdem er sie auf die Stirn küsste, rückte er einen Stuhl heran und sah sie fragend an.

»Erzähl, was war die Ursache?«

»Irgendwie bin ich froh, dass du erst jetzt kommst. Das wäre mir ansonsten peinlich gewesen. Ich habe schon Probleme, nur darüber zu sprechen.«

Jan drückte wortlos ihre Hand, um ihr zu zeigen, dass er auf alles gefasst war.

»Stell dir das vor, Jan. Ich habe in die Hose gemacht. Ich meine ... nicht nur Pipi, sondern ... du weißt ... so richtig.«

Er spielte den Ahnungslosen weiter, um sie nicht in Verlegenheit zu bringen.

»Und deshalb diese Aufregung? Das passiert mir mindestens ein- bis zweimal pro Woche. Die sollen sich hier nicht so anstellen. Mensch, das ist doch ein Krankenhaus ... und du bist schließlich bettlägerig. Das ist alles im Privattarif drin.«

Trotz ihrer noch vorhandenen Schläfrigkeit schaffte es Sandra, seine Haare mit der freien Hand zu erwischen. Sie zerrte sein Gesicht heran, bis sich ihre Nasen berührten.

»Du Halunke. Du machst dich darüber lustig, wo mir dieses Geständnis so unendlich peinlich war? Das wirst du mir büßen. Sagen wir,« sie dachte nach, »das kostet dich ein fulminantes Abendessen. Und anschließend noch ...«

»Aufhören, ich bekenne mich schuldig. Die Bestrafung nehme ich an. Und ich setze freiwillig noch einen drauf. Ich habe geplant, in zwei Wochen für fünf Personen zu kochen. Vanessa, Victor, Danny werden auch eingeladen. Wir machen Party bei mir, mein Engel.«

Sandras offenstehenden Mund sah Jan direkt vor sich. Seine Lippen legten sich sanft darüber. Sie erstickten fast gänzlich ihren Jauchzer. Lange sahen sie sich in die Augen, nachdem sich ihre Lippen getrennt hatten.

»Du bist ein Engel«, flüsterte sie ihm zu. »Die werden sich bestimmt freuen.«

»Das tun sie auf jeden Fall. Vanessa hat deshalb sogar ein Theaterstück sausen lassen. Aber jetzt zurück zu dir. Wie konnte es überhaupt dazu kommen, dass du ... ich meine ...?

Jan beobachtete mit Sorge, wie sich Sandras Hände zu Fäuste ballten. Er bereute die Frage im gleichen Augenblick.

»Ich kann dir keine Erklärung liefern. Gestern Abend, als das Essen gebracht wurde, war noch alles in bester Ordnung. Schwester Schober hat mir die Infusion wieder angeschlossen. Bin dann relativ schnell eingeschlafen. Erst heute Morgen ... du hast ja jetzt davon genug gehört. Bin gespannt, ob die was im Labor finden.«

Aufmerksam war Jan ihrem Bericht gefolgt. Er musste zugeben, dass auch er keine logische Erklärung fand. Noch lange besprachen sie Details zu seinen aktuellen Manuskripten, bis Jan auf die Uhr sah und hochschnellte.

»Ach, etwas Wichtiges habe ich dir ja in dem Durcheinander verschwiegen. Ich habe gleich einen ersten Besprechungs-Termin für die Therapie. Nächsten Dienstag geht es dann los. Ist das nicht großartig?«

Sandra riss ihn in die Arme. Die Müdigkeit war wie weggeflogen.

»Natürlich freue ich mich riesig. Ich weiß, dass du das schaffen wirst.«

Beide küssten sich noch ein letztes Mal. Als Jan das Zimmer verließ, ahnte keiner von beiden, welche Wolkenwand sich über ihnen auftürmte.

10. Kapitel

Jan schüttelte die Beine und Arme aus, beruhigte seine Atmung, bevor er alle Briefe aus dem Kasten nahm. Er klemmte sie unter den Arm. Die täglichen zwölf Kilometer Joggen hielten ihn fit. Sie machten den Kopf frei. Die Post türmte sich wie gewohnt auf Jans Schreibtisch. Er hatte kein Problem damit, unter seinem echten Namen zu schreiben, sodass die Leserpost an die Hausadresse ging. Busse mit Fangruppen befürchtete er nicht. Das kräftige Frühstück nach dem Sport gehörte zum morgendlichen Ritual. Das Rührei brutzelte in der Pfanne, der Kaffee dampfte und verteilte den Duft im gesamten Haus. Mit dem Handtuch, das er nach dem Duschen immer noch um den Hals trug, tupfte er die letzten Wassertropfen von der Stirn. Aus dem Radio dröhnte *ACDC* mit *Thunderstruck*. Lauthals sang er mit. Hercules zog sich diskret in einen Bereich des Hauses zurück, den dieses Gekreische nur gedämpft erreichte. Sein Leckerli bekam er, bevor sein Herrchen das Haus verließ.

Für Jan gab es die Regel, jeden Brief zu beantworten, mochte er noch so verrückt sein. Mit Schaudern erinnerte er sich an ein Päckchen, in dem sich ein getragener BH befand. Die Leserin bat ihn um ein Autogramm, das er bitte auf die großvolumigen Schalen schreiben sollte. Das Rückporto lag bei. Er versuchte, sich vorzustellen, wie diese Leserin ihre Trophäen-Sammlung ihrem Bekanntenkreis präsentierte.

Auch heute fand er diverse skurrile Briefe vor, die er für später beiseitelegte. Ein brauner Umschlag erregte seine besondere Aufmerksamkeit, ohne dass er den Grund sofort hätte nennen können. Erst später fiel ihm auf, dass der Absender fehlte.

Mit dem Löffelstiel trennte er den Brief auf. Er sah von einer Vorahnung geleitet nach dem Inhalt. Das DIN A 4-Blatt war mit wenigen Zeilen bedruckt. Es gab etwas frei, das Jan erstarren ließ. Für ihn entstand gar nicht erst die Frage, wem diese blonde Locke gehörte. Seine Sinne waren hellwach. Den Obstteller schob er langsam zur Tischmitte. Mit einer Hand strich er das Blatt glatt. Er begann das Unvorstellbare zu lesen. Erst nach mehrmaliger Wiederholung erfasste sein Verstand diese unverhohlene Drohung.

Lasse deine Finger von dieser gefährlichen Frau. Du hast Besseres verdient. Die Beziehung muss enden. Schlimmes wird sonst passieren.

Schweiß bildete sich schlagartig auf seiner Stirn. Er öffnete die Faust, mit der er die Locke umschlungen hielt, starrte darauf. Alles in seinem Kopf schwirrte durcheinander, als er die restliche Post von sich schob. Er konnte nicht begreifen, was der Absender damit bezweckte. Es ergab keinen Sinn. Jan dachte angestrengt darüber nach, ob er in der letzten Zeit jemanden massiv verärgert hatte, damit ein Grund für diese Drohung nachvollziehbar war. Er hatte keiner einzigen Frau auch nur den geringsten Anlass zur Eifersucht geliefert. Sein Leben verlief seit Jahren ohne jegliche amouröse Beziehung ... bis Sandra kam. Wer in Gottes Namen konnte daran Anstoß nehmen? Wen könnte diese Bekanntschaft zu einer solchen Drohung entfesseln? Das Klingeln des Telefons riss ihn aus seinen Gedanken, ließ ihn zusammenfahren.

»Herr Hellmann? Bienert am Apparat. Störe ich Sie gerade, oder kann ich reden?«

»Natürlich Herr Bienert, was gibt es an Neuigkeiten? Ist mit Frau Heuer alles in Ordnung?«

Der Arzt fuhr erst nach einer kurzen Pause fort. Er machte auf Jan den Eindruck, als würde ihm das Sprechen schwerfallen. Schließlich begann er stockend.

»Es gibt da eine Auffälligkeit im Blut von Frau Heuer, die wir noch weiter abklären sollten. Es wurde ein Hypnotikum gefunden, das wir uns nicht erklären können. Die Menge, die wir ihr vor dem Eingriff verabreicht hatten, dürfte nach dieser Zeit restlos abgebaut worden, oder zumindest nicht in dieser Menge vorhanden sein. Weiterhin haben wir im Stuhl noch erhebliche Spuren des Abführmittels *Macrogol* gefunden. Das hat uns überrascht, da Frau Heuer bisher nicht über diesbezügliche Probleme gesprochen hat. Es bestand somit keinerlei Grund, dieses Mittel zu verabreichen. Außerdem wenden wir im Hause andere Abführmittel an. Da forschen wir noch intern weiter. Wir sind die Patientenakte durchgegangen, die für jeden Patienten geführt wird. Darin ist nichts vermerkt. Folglich muss sie es sich entweder selbst zugeführt haben, oder jemand hat es ihr ohne ihr Wissen gereicht. Sie haben doch nicht ... nur der Form halber, Herr Hellmann?«

»Auf keinen Fall. Es ging ihr doch gut, als ich sie verließ. Ich habe seit heute gute Gründe anzunehmen, dass wir es hier mit einer gefährlichen Attacke auf die Gesundheit, wenn nicht sogar auf das Leben von Frau Heuer zu tun haben. Ich würde Ihnen das gerne vor Ort erklären. Kann ich Sie dazu so um die

Mittagszeit sprechen? Vorher muss ich noch zwei Gespräche führen.«

Doktor Bienert überlegte nur kurz.

»Wenn es ab vierzehn Uhr bei Ihnen klappen könnte, wäre das machbar. Vorher habe ich noch zwei Patienten im OP. Bei mir im Büro?«

»Kahrmann, Kommissariat 31. Was kann ich für Sie tun?«

»Hallo Martin, hier ist Jan. Entschuldige, wenn ich dich störe, aber ich brauche deine Hilfe.«

Jan konnte sich auf seinen Tennispartner verlassen, und das nicht nur, wenn es um Recherchen zu einem Krimi ging. Helen, die ihn häufig zu Lesungen begleitete, hatte mit diesem Brummbär das große Los gezogen. Dieser Riesenkerl trug seine Partnerin auf Händen, und ließ sie sich nach Belieben entfalten. Niemals hatte er zwischen diesen liebenswerten Menschen Streit erlebt. Selbst wenn sie verschiedener Meinung waren, fanden sie stets einen passenden Kompromiss.

Er sah Martin vor sich, wie er seine einhundertzwölf Kilo in den viel zu schmalen Drehstuhl gepresst, hinter dem Aktenstapel am Schreibtisch saß. Gerne ließ er sich von der trostlosen Ermittlungsarbeit ablenken. Er liebte den Außendienst, der für kurze Zeit den Muff des Präsidiums vergessen ließ. Jan musste grinsen, wenn er daran dachte, dass Martin wohl wieder eines seiner geliebten Baumfällerhemden unter der schwarzen Lederweste trug. In der Szene kannte man ihn nicht anders. Da er sich auch noch einen verknautschten Trenchcoat außerhalb des Präsidiums überzog, verpasste man ihm schon früh den Spitznamen *Colombo*. Das nahm er mit einem sympathischen Gleichmut hin.

»Planst du wieder den perfekten Mord? Ich werde dir dabei nicht helfen können. Nach dem Rezept suchen viele. Wenn wir das verraten, bringen wir uns ja um die notwendigen Ermittlungserfolge. Also, was gibt es, mein Freund?«

»Ich weiß noch nicht, wie ernst ich die Sache nehmen muss. Aber der Reihe nach. Ich habe vor einigen Wochen eine tolle Frau kennengelernt ...«

»Was hast du? Ich glaube das nicht. Du hast ... nee, das gibt es nicht. Du willst mich verarschen, oder?«

»Jetzt kriege dich mal wieder ein und hör zu. Also, diese Frau liegt derzeit im Krankenhaus. Operation am Bein, eigentlich harmlos, aber ... jetzt kommts. In der Nacht muss man ihr, ohne ihr Wissen, ein sehr starkes Schlafmittel verabreicht haben. Das ist aber nicht alles. Gleichzeitig bekam sie eine Menge Abführmittel. Den Erfolg konnte ich heute Morgen im Krankenzimmer bewundern ... und riechen.«

Martin hatte ihn bisher nicht unterbrochen. Jan konnte sich jedoch gut vorstellen, wie sich seine Gedanken mit einer spaßigen Bemerkung beschäftigten, die dann auch postwendend kam.

»Du wirst doch wohl das Personal gerufen haben, oder? Du hast die Sauerei doch wohl nicht selbst ...? Ich weiß wirklich nicht, wie ich dir in dieser beschissenen Sache weiterhelfen könnte.«

Obwohl Martin die Hand über die Sprechmuschel hielt, konnte Jan das Glucksen hören.

»Ha, ha, ich lach mich gleich tot. Verdammt, hör mir bitte zu, denn es geht weiter. Der Chefarzt fand heraus, dass diese Medikamentengabe niemals angeordnet und auch nirgendwo dokumentiert wurde.«

»Da wird sich jemand einen Scherz erlaubt haben, oder die Tablettenschachteln wurden irrtümlich vertauscht. Da muss doch nicht gleich eine Mordabsicht hinterstehen.«

Eigentlich hatte Jan diesen logischen Einwand erwartet, trommelte dennoch mit den Fingern auf die Tischplatte. Ohne darauf einzugehen, fuhr er fort.

»Zumindest eines der Medikamente wird nur intravenös verabreicht, muss folglich einer Infusion beigemischt werden. Da glaube ich nicht an ein Versehen. Aber es geht noch weiter. Heute Morgen hatte ich einen beschissenen Brief in meiner Post, der mir Angst einjagt. Ich lese ihn dir vor ... warte.«

Als er damit endete, hörte er nur noch das Rauschen in der Leitung.

»Martin? Bist du noch dran?«

»Ja, ja, ich denke nach. Handschriftlich wird das ja wohl nicht gewesen sein, oder? Kein Absender, neutraler, weißer Brief, richtig?«

»So ist es. Könnte von jedem Tintenstrahldrucker kommen. Die Schrift ist die Times, also haben wir einige Millionen Verdächtige. Wie siehst du das? Das kann doch kein Zufall sein, die Sache im Krankenhaus, nun der Brief.«

»Bursche, da hätte ich eine gute und eine miese Nachricht für dich. Du hast eine Stalkerin oder einen Stalker auf deinen Fersen. Das ist die schlechte Nachricht. Die gute Nachricht wäre, dass du noch nicht zum alten Eisen gehörst. Die Weiber sind noch immer scharf auf dich. Ha, ha.«

»Hast du noch alle Schweine im Rennen? Ich mach mir Sorgen um Sandra, und du verarschst mich noch. Wenn man die Bullen einmal braucht, dann ...«

Martin wurde schnell wieder ernst. Er unterbrach Jan.

»Also, jetzt Spaß beiseite. Hier zeichnet sich zwar noch nichts Lebensbedrohliches ab, dennoch würde ich dich bitten, das Papier so wenig wie nötig anzufassen. Schiebe es in den Umschlag und komm damit zu mir. Ich lass das auf Spuren untersuchen. Du kannst dann Anzeige gegen unbekannt stellen. Dann können wir ermitteln. Schaffst du das noch heute Nachmittag?«

»Das sollte zu machen sein. Habe dann das Gespräch mit dem Chefarzt hinter mir, der hoffentlich Neuigkeiten zu den Labor-Analysen liefern kann. Bis bald und ... danke.«

Warum er vor der Zimmertür zögerte, bevor er anklopfte, konnte Jan nicht erklären. Seine Welt wurde innerhalb weniger Stunden auf den Kopf gestellt. Vorsichtig steckte er den Kopf in den Raum. Er sah in zwei erstaunt dreinblickende Augen.

»Was ist los mit dir? Ich stehe nicht unter Quarantäne, du kannst ruhig reinkommen. Vanessa hast du gerade verpasst. Eigentlich müsstet ihr euch noch begegnet sein. Setz dich zu mir ... aber vorher ...«

Sandra spitzte die Lippen. Sie schloss ihre Augen. Die Einladung ließ sich Jan nicht entgehen. Er genoss den langen Kuss.

118

»Geht es dir besser? Hast du schon wieder was essen können? Was macht das Bein?«

»Ho, ho, ruhig, mein Kleiner. Du bist aber sehr neugierig heute. Eins nach dem anderen. Das Essen hat man gerade abgeräumt. Es gab Hühnchencurry süßscharf mit Duftreis. Habe alles aufgegessen ... war brav. Das Bein tut kaum weh. Das war es für den Augenblick. Bei dir was Neues? Hättest ja auch mal zwischendurch anrufen können.«

Sandra blickte gespielt beleidigt an die Decke und zog die Lippen kraus. Er nahm ihre Hand, strich zärtlich darüber.

»Ich komme gerade von Doktor Bienert, der etwas mit mir besprechen wollte. Es gibt Neuigkeiten.«

Sandra hob die Brauen und zog vorsichtig die Hand zurück.

»Du warst bei Bienert? Warum erfahre ich nichts von den Neuigkeiten, die mich betreffen? Ist es nicht mehr üblich, dass der Patient zuerst informiert wird? Warum der Besuch? Verstehe mich nicht falsch, ich vertraue dir. Aber er darf dir doch keine Auskünfte geben. Habe ich da was verpasst? Gab es während meiner Dunkelphase eine Gesetzesänderung?«

Jan ergriff schnell ihre Hand, hielt sie fest umklammert.

»Du hast vollkommen recht, Sandra. Aber es sind Dinge geschehen, die uns beide betreffen könnten. Alles deutet darauf hin.«

Sandra wirkte jetzt verwirrt. Sie starrte Jan wortlos an. Ihre Lippen zuckten. In dem Augenblick betrat Doktor Bienert den Raum. Er stellte sich an das Ende des Bettes, und wechselte einen Blick mit Jan. Beide Männer konnten sich scheinbar nicht darüber einig werden, wer beginnen sollte.

»Ihr macht mir jetzt Angst. Haben Sie etwas gefunden, über das ich mir ernsthaft Sorgen machen muss? Bin ich so krank, dass man mir das nicht einfach so ... ist es schlimm?«

Lachend kam Bienert an die Bettseite. Er nahm Sandras freie Hand. Es wäre ein Foto wert gewesen, auf dem eine Frau mit Gipsbein zu sehen wäre, deren Hände von zwei Männern gestreichelt werden. Als sich die Drei dieser Tatsache bewusst wurden, lachten sie gemeinsam darüber.

»Aber nein, Frau Heuer, bei Ihnen ist aus medizinischer Sicht alles in bester Ordnung. Das Problem liegt woanders. Ich weiß nicht, was Ihnen bisher Herr Hellmann darüber berichtet hat, aber wir wollen da gemeinsam herangehen.«

»Ich hatte noch keine Gelegenheit, das können Sie jetzt viel besser erklären, Doktor Bienert.«

Sandra verstand nur Bahnhof, was ihr Gesichtsausdruck klar unterstrich.

»Habt ihr jetzt den Ball oft genug zugeworfen? Könnten die Herren nun endlich ...?«

»Also, Frau Heuer. Ihr Missgeschick in der vergangenen Nacht war kein Zufall. Da sind wir mittlerweile sicher. Da hat jemand gewaltig nachgeholfen. Wir fanden starke Schlafmittel im Blut, und erhebliche Mengen an Abführmitteln in Ihrem Stuhl. Gerne würde ich Ihnen sagen, dass wir die Ursache, oder sogar einen Schuldigen ausgemacht haben. Aber so weit sind wir noch nicht. Natürlich haben wir den Kreis derer eingeengt, die dafür infrage kämen. Es kann eine Verwechslung der Patientenakten gegeben haben, was unverzeihlich wäre. Es kann aber auch ganz bewusst herbeigeführt worden sein. Daran arbeiten wir noch. Wir befragen das Personal, das Dienst hatte. Auch hier konzentriert sich leider die Ermittlung besonders auf Schwester Schober, die als einzige Schwester Zugang zum Giftschrank hatte. Dort bewahren wir die härteren Sachen, wie z.B. Narkotikum, auf. Sie bestreitet derzeit noch vehement eine Schuld, sodass wir uns wohl gezwungen sehen, die Behörden einzuschalten. Sie wurde vorläufig beurlaubt. Sobald wir neue Erkenntnisse haben, informieren wir Sie natürlich lückenlos. Ich kann mich im Augenblick nur im Namen der Klinik für alle Unannehmlichkeiten entschuldigen. Es gibt da noch etwas anderes, über das Sie allerdings Herr Hellmann viel besser informieren kann. Ich muss jetzt leider zurück ins OP. Wir sehen uns spätestens zur Visite.«

Doktor Bienert deutete eine Verbeugung an und verließ den Raum. Sandra hatte zugehört, ohne zu unterbrechen. Sie saß jetzt aufrecht im Bett und starrte Jan mit aufgerissenen Augen an. Ihre Hand vibrierte.

»Was war das, Jan? Wollte man ... wollte man mich ... umbringen?«

»Aber nein, Liebes, dazu nimmt man kein Abführmittel. Da gibt es wirkungsvollere Methoden. Ich denke, dass dir einfach nur Schaden zugefügt werden sollte. Wobei ich jetzt zu einem anderen Problem komme.«

»Wird das noch schlimmer? Ich bekomme jetzt Angst. Ich will hier raus, Jan.«

»Beruhige dich bitte. Hier passiert dir nichts. Die gesamte Station hat ein Auge auf dich. Es werden keine Arzneien gereicht, ohne dass eine zweite Schwester dabei ist. Jede

Medikamentengabe wird also vorher doppelt kontrolliert. Du musst dir in dem Punkt keine Sorgen machen.

Jetzt hat man mich bedroht. Ich werde gleich meinen Freund treffen, der bei der Essener Kripo arbeitet, damit wir eine Einschätzung der Lage vornehmen können.«

Sandra warf sich in ihr Kissen. Sie fixierte einen Punkt an der Decke. Ihre Augen füllten sich mit Tränen.

»Ich kann das alles noch nicht glauben. Erst das hier im Krankenhaus, nun bedroht man dich? Und da soll ich mich beruhigen?«

Jan legte seine Arme um Sandra. Er spürte deutlich das Zittern ihres Körpers. Wortlos verharrten sie in dieser Lage, bis sich Sandra freimachte.

»Es ist gut, Jan. Jetzt erzähle mir, wer dich bedroht.«

»Das wüsste ich auch gerne, aber das müssen wir noch herausfinden. Ich vertraue da auf die Ermittlungen der Polizei. Aber der Reihe nach. Es war so. Als ich heute die Post ...«

Sandra blickte wieder zur Decke, wirkte jetzt gefasster. Lange nachdem Jan geendet hatte, betrachtete sie ihn mit einem Blick, der keine Deutung zuließ. Jan wartete geduldig auf eine Reaktion.

»Was habe ich da angerichtet?«

»Wie meinst du das?«

»Wie ich das meine? Wir hätten dich in Ruhe lassen sollen. Ich hätte mich niemals in dich verlieben dürfen. Das meine ich. Unser Leben war doch vorher völlig in Ordnung. Du scheinst der Unantastbare zu sein, den keine Frau berühren darf. Jetzt habe ich gegen ein Gesetz verstoßen, und wir beide werden dafür bestraft. Diese Schober wird keine Ruhe geben, bis ich dich aufgebe. Ja, jetzt habe ich wirklich Angst.«

»Verdammt, Sandra. Du gehst jetzt zu weit mit deiner Vorverurteilung. Wir können dieser Schwester doch nicht ein Stalking unterschieben, nur weil sie von mir ein Autogramm gewollt hat, und weil sie den Nachtdienst hatte. Das geht mir zu schnell. Da müssen wir vorsichtig und fair sein.«

»Aber wer sonst sollte ...?«

»Das wollen wir herausfinden. Dafür schalten wir jetzt Fachleute ein, die sich auskennen. Ich werde mich gleich mit meinem Freund Martin treffen. Der hat andere Möglichkeiten. Nur bitte, verurteile nicht zu früh. Man kann damit schnell ein unschuldiges Leben zerstören. Sobald ich zurück bin, rufe ich dich an. Du wirst von nun an auf dem Laufenden gehalten. Versprochen.«

Sandra krallte ihre Arme um Jan, als wolle sie ihn nie mehr loslassen.

»Sei vorsichtig. Versprich mir das. Ach, könnte ich doch laufen und bei dir sein. Dieser verfluchte Gips. Wäre ich nur nicht in dieses Krankenhaus gegangen.«

»Psst, das ist es nicht. Wir dürfen nur nie an dem zweifeln, was wir füreinander empfinden. Gemeinsam stehen wir das durch. Es kann ja sein, dass es sich nicht wiederholt. In einigen Tagen lachen wir darüber, und außerdem haben was auf der Party zu erzählen. Schlaf jetzt ein bisschen, und denke daran, dass du in wenigen Tagen nach Hause kannst.«

Sandra spürte noch einen Kuss auf ihrer Stirn, bevor Jan das Zimmer verließ. Während er auf den Aufzug wartete, ging er das Gespräch mit Doktor Bienert durch. Sicher war es eine relativ harmlose Attacke. Doch wer konnte zum jetzigen Zeitpunkt einschätzen, wie weit es die Person noch treiben würde?

Die Herbstsonne begleitete ihn zum Parkplatz. Langsam beruhigte er sich. Entspannt setzte er sich hinter das Steuer seines Mustangs. Das satte Brummen des Motors erfüllte bereits den Innenraum, als Jan heftig zusammenschrak. Eine Faust stieß kräftig gegen die Scheibe der Beifahrertür. Als das Gesicht von Petra Schober dahinter erschien, öffnete er ihr, ohne weiter darüber nachzudenken, von innen die Tür. Sie ließ sich seufzend in den tiefen Sitz fallen. Ihre Augen waren panisch aufgerissen, Angst zeichnete ihre Züge. Ihre Hände, die wie im Gebet zusammengelegt waren, streckten sich Jan zitternd entgegen.

»Bitte, Herr Hellmann, hören Sie mich an. Bitte. Ich möchte nur mit Ihnen reden. Es geht um Frau Heuer. Nur einen Augenblick.«

Jan atmete erleichtert auf. Der Puls raste immer noch, als er Schwester Schober die Hände beiseite drückte und stumm nickte. Erst Augenblicke später fand er seine Sprache wieder.

»Verdammt, wollen Sie mich umbringen? Machen Sie so was nie wieder. Was wollen Sie von mir? Haben Sie nicht schon genug angerichtet?«

Voller Verzweiflung schlug sie beide Hände vor das Gesicht und weinte. Die Wimperntusche, der Lidstrich und der Lidschatten hatten sich längst mit den Tränen vermengt. Sie zogen dunkle Streifen durch das Make-up. Das blonde Haar verdeckte in Strähnen große Teile ihres schön geschnittenen Gesichts.

»Was wollen Sie mir denn nun sagen? Ich muss dringend zu einem Termin.«

Sie wischte mit einem tiefen Seufzer das Haar aus dem Gesicht.

»Ich weiß, was Sie von mir denken. Sie glauben, dass ich das war, die Ihrer Freundin, ich meine Frau Heuer, dieses Schlafmittel verabreicht hat. Das denkt hier jeder.«

Der Hass, die Enttäuschung in ihrer Stimme war unüberhörbar. Sie sah dabei zum Klinikgebäude.

»Glauben Sie mir bitte ... ich war das nicht. Warum sollte ich das tun? Man müsste mich doch sofort verdächtigen, Herr Hellmann. Sie sehen doch, was passiert. Man hat mich beurlaubt. Und Sie können sich darauf verlassen, dass ich diesen Job niemals wieder bekommen werde. Ich war vorher in einer anderen Klinik, in der Medikamente verschwanden. Auch dort hat man mir das in die Schuhe geschoben und mich ... wie sagt man? ... mit einer guten Beurteilung auf die Straße gesetzt. Jetzt werde ich nie wieder als Krankenschwester arbeiten können. Ich habe auch mit dieser Sache nichts zu tun.«

Jan wusste nicht, wie er darauf reagieren sollte. Er sah auf seine Hände und suchte nach Worten. Petra Schobers Stimme war schwach, als sie fortfuhr.

»Herr Hellmann. Ich gebe zu, dass ich Schadenfreude empfunden habe, als mir die Kolleginnen davon erzählten. Ich meine, dass sich Frau Heuer in die Hose ... Ich habe mich wahnsinnig darüber geärgert, dass sie über mich gelacht hatte, als ich mir das Autogramm von Ihnen holte. Ich ... ich stand noch an der Tür, habe alles gehört. Ich habe sie in diesem Augenblick dafür gehasst. Aber sich etwas wünschen und es tun ... da gibt es Unterschiede. Ich würde niemals einem Menschen etwas antun. Ich bin Krankenschwester geworden, weil ich helfen möchte. Das müssen Sie mir glauben.«

In Jan stiegen erste Zweifel auf. Auch er war von der Schuld dieser Frau überzeugt gewesen. Davon konnte er sich nicht freimachen.

»Aber wer sollte denn sonst die Gelegenheit gehabt haben, um ...?«

»Ach, Herr Hellmann, das kann jeder, der halbwegs geschickt ist. Frau Heuer liegt in einem Einzelzimmer. Ich bin als Nachtschwester alleine, muss fünfunddreißig Patienten versorgen. Immer bin ich in irgendeinem Zimmer beschäftigt. In der Zeit können Sie problemlos einen Patienten aus den Räumen entführen. Ich kann nicht die ganze Nacht die Kontrolle über jedes Zimmer haben. Da muss jemand, den Frau Heuer vielleicht sogar kannte, dem sie vertraute, in ihrem Zimmer gewesen sein. Die ganze Nacht über geht man in der Notaufnahme ein und aus. Da fällt ein Einzelner nicht auf.«

Jan hatte die Stirn in Falten gelegt. Er konnte sich dieser Argumentation nicht verschließen. Er hörte oft genug von der personellen Notlage in den Kliniken.

»Frau Schober. Könnten Sie mir Ihre Telefonnummer und die Adresse auf diesen Zettel schreiben, falls noch Fragen meinerseits aufkommen sollten? Ich muss jetzt allerdings fahren, da noch ein wichtiger Termin ansteht.«

»Aber natürlich, geben Sie her. Sie können mich Tag und Nacht ... verstehen Sie da nichts falsch ... ich meinte nur ...«

»Das habe ich schon richtig verstanden, Frau Schober, machen Sie sich keine Sorgen. Kommen Sie, jetzt muss ich aber fahren.«

Jan stieg aus. Er ging um das Fahrzeug herum. Mit Blick auf die Uhr öffnete er der Schwester die Tür und half ihr aus dem niedrigen Sitz. Sichtlich befreit wischte sich Petra Schober die letzten Tränen aus dem Gesicht. Jan berührte es, als sie ihn spontan umarmte, und ihm einen Kuss auf die Wange drückte.

»Danke, Herr Hellmann, dass Sie mir zugehört haben. Ich hatte fürchterliche Angst davor, dass auch Sie mich schon verurteilt haben.«

Noch einen Augenblick blieb sie neben dem Wagen stehen. Sie verfolgte den Mustang mit ihren verweinten Augen, bevor sich das tiefe Brummen des Motors hinter den Ahornbäumen verlor. Sie fuhr sich mit den Händen durch das volle Haar. Mit starrem Blick sah sie hoch zur Fensterreihe, hinter der sich auch Sandras Zimmer verbarg.

11. Kapitel

Die Bürotür stand einen Spalt offen, sodass Jan Hellmann noch Teile einer lautstarken Diskussion mitbekam. Sie fand jedoch ein abruptes Ende.

»Schafft mir das Arschloch aus den Augen. Ich will den Wichser morgen um elf Uhr im Verhörraum sehen. Solange kann er in seiner Zelle den Restalkohol ausschwitzen. Und seht zu, dass der unter die Dusche kommt. Der stinkt wie ein Fuchs im Frühling. Weg mit dem Scheißkerl! Kann mal jemand die Fenster aufmachen, ich kotz gleich?«

Die Tür wurde in dem Augenblick aufgerissen, als Jan anklopfen wollte. Zwei bullige Uniformierte stießen einen in Leder gekleideten, langhaarigen Mann aus dem Raum. Der unangenehme Körpergeruch begleitete diese armselige Figur wie Fliegen den Kuhhaufen. Jan wich dem Trio aus. Er verfolgte gleichzeitig, wie Martin am offenen Fenster durch tiefes Ein- und Ausatmen frischen Sauerstoff in die Lungen pumpte.

»Was war das denn?«

Martin schnellte herum. Er lachte erleichtert auf, als er seinen Freund erkannte.

»Das war ein beschissener Kleindealer, den wir am Kennedyplatz aus dem Verkehr gezogen haben. Der pennt irgendwo in der Kanalisation. Ich stand kurz vorm Kotzen, das sage ich dir. Hoffentlich bleibt das Kantinenessen drin. Wir wollen über diesen Arsch an die Hintermänner herankommen. Aber scheiß drauf. Schön, dich zu sehen. Setz dich. Kaffee?«

»Nein, danke. Hast du denn jetzt auch wirklich Zeit für mein ... für unser Problem? Ich habe den Brief mitgebracht.«

Lange studierte Martin die Zeilen. Schließlich nahm er den Hörer auf. Er bestellte einen Assistenten in sein Büro, dem er kurze Anweisungen gab. Der verschwand wortlos mit dem Papier.

»Es besteht die berechtigte Hoffnung, dass wir auf diesem Briefbogen, oder auf dem Umschlag, einen Fingerabdruck finden. Das ist stinknormales, stark holzhaltiges Papier. Ist zwar schwierig, aber wir werden das Papier mit Jod bedampfen und dann fotografieren. Das Foto muss sein, da der Abdruck kurze Zeit später wieder unsichtbar wird. Die modernen Methoden in der Daktyloskopie machen heute vieles sichtbar, was noch vor Jahren undenkbar war. Wir hoffen immer, dass der Täter auffällige Schweiß- oder Farbpartikel an den Fingern hatte, die klare Papillarleisten erkennen lassen. Aber selbst dann hilft uns das nur in dem Fall sofort weiter, wenn wir Vergleichbares in der Datenbank haben. Perfekt, wenn wir einen Verdächtigen am Haken haben. Na ja, eben die berühmte Nadel im Heuhaufen. Wir werden gleich noch die Anzeige aufnehmen, damit wir offiziell der Sache nachgehen können.«

Jan war den Ausführungen interessiert gefolgt. Es war ihm anzumerken, dass er bei den letzten Worten mutloser wurde. Seine zuvor gestrafften Schultern fielen zusehends in sich zusammen. Er sah unruhig über das Chaos, das auf Martins Schreibtisch durch Aktenberge verursacht wurde. Dazwischen versteckten sich die Reste eines angebissenen Schokoriegels, verdeckt vom ehemals weißen Trinkbecher, der die braunen

Ränder von tagealtem Kaffee erkennen ließ. Er wusste nicht mehr, was er erwartet hatte. In Martin und seinen Ermittlungserfahrungen steckte er seine einzige Hoffnung. Dessen Frage riss ihn aus seinen Gedanken.

»Hast du denn was Brauchbares aus dem Krankenhaus mitgebracht? Du hast von einem Gespräch mit dem Arzt erzählt.«

Jan berichtete von den Erkenntnissen, die man in der Klinik gewonnen hatte. Martin machte fleißig Notizen.

»Du hast nicht zufällig ein Bild von deiner Flamme dabei? Würde mich nebenbei auch privat interessieren, welche Frau noch auf einen alternden Sack hereinfällt, der bekanntermaßen über Jahre im Zölibat lebt. Was verspricht sich eine gut aussehende Frau überhaupt von einer Beziehung zu dir? Doch jetzt im Ernst. Es kann sein, dass ich später einige Fragen an sie habe. Hat sie eigentlich schon Anzeige gegen unbekannt erstattet? Sie könnte nach Lage der Dinge die Klinik verklagen.«

Obwohl er den Sinn hinter den Fragen erkannte, blickte Jan mit hochgezogenen Brauen auf seinen Freund. Ein Lachen konnte der nur schwer unterdrücken. Seine Augen verrieten ihn dennoch.

»Du nennst dich also einen Freund? Stand das alles in den Revolverblättern, die du täglich liest? Ich bin ja eigentlich froh darüber, dass die noch nicht mitbekommen haben, dass ich jeden zweiten Tag ein anderes Weib in der Wohnung habe. Für Geld kann man alles kaufen ... auch Liebe. Muss denen mal einen Hinweis geben ... das hilft, den Buchumsatz zu steigern.«

Jan hatte den Satz noch nicht komplett beendet, als Martins dröhnender Bass durch den Raum schallte. Sein Lachen erschütterte das Riesengebäude des Präsidiums bis in die Grundfesten.

»Du und wechselnde Bekanntschaften ... das ist der Witz des Jahrhunderts. Vorher empfiehlt der Papst offiziell die Abtreibung bis zum achten Monat. Das muss erst eine Frau schaffen, Claudia aus dir herauszudrängen. Die sitzt immer noch wie eine Schwarze Witwe in deiner Brust und passt auf, dass keine Frau eindringen kann. Werde sie ganz oben auf die Liste der Verdächtigen setzen.«

Martin beobachtete, wie sich Jan bei diesen Worten versteifte. Er bereute sofort, dass er seine Gedanken so offen aussprach. Beschwichtigend hob er die Hände.

»Beruhige dich, Jan. Das war nur ein Scherz. Ich weiß, dass Claudia das niemals tun würde. Aber ich freue mich ehrlich darüber, dass du wenigstens den Versuch machst, dein Leben wieder auf Schienen zu stellen. Du eierst doch nur noch durch die Welt und verrennst dich in Vorurteilen über Frauen. Du siehst doch an Helen und mir, dass es auch anders geht. Nimm endlich den Heiligenschein von Claudias Kopf. Sie war auch uns eine gute Freundin, doch ich werde auf keinen Fall so einfach vergeben und vergessen können, was sie *mit dir*, besser, was sie *aus dir* gemacht hat. Mit dieser Wahrheit wirst du leben müssen. Und ich weiß, dass Helen das genau so sieht.«

»Ja, das hat sie mir schon tausend Mal gesagt. Ich arbeite dran. Aber zurück zur Sache. Was kann ich jetzt tun, damit diese Attacken aufhören? Ich werde wegen eines blöden Briefes Sandra bestimmt nicht in die Wüste schicken.«

Martin schob Aktenberge beiseite und wühlte zwischen seinen Unterlagen. Dabei fand er den angebissenen Schokoriegel. Das harte Endstück biss er ab, spuckte es in den Papierkorb. Dann schob er den Rest in den Mund, und kaute genüsslich darauf herum. Jans Magen rebellierte, als er darüber nachdachte, wie lange dieser Riegel schon sein Dasein auf dem Schreibtisch fristete. Martin wischte sich den Mund mit einem Papiertaschentuch ab, und wendete sich kauend seinem Gegenüber zu.

»Eigentlich kannst du nur warten. Wir haben noch nicht genug, um zu ermitteln. Ich könnte diese Schwester Scheiber vorladen, sie unter Druck setzen.«

»Schober ... Petra Schober heißt die Dame. Aber mein Gefühl sagt mir, dass die damit nichts zu tun hat. Die wird wahrscheinlich sogar ihren Job los wegen dieser Sache. Du könntest eventuell in Erfahrung bringen, warum sie ihre Anstellung in einer anderen Klinik verlor. Sie behauptet, dass ihr auch da etwas in die Schuhe geschoben wurde, bei dem sie keine Schuld trug. Das sind mir einige Zufälligkeiten zu viel.«

Martin nickte, während er das notierte. Nachdem er einen Anruf erhalten hatte, stand er auf, und legte Jan seinen Arm um die Schulter.

»Leider muss ich jetzt zum Meeting. Aber ich verspreche dir, dass ich an der Sache dran bleibe. Du kannst nur abwarten. Ruf mich sofort an, wenn dir etwas verdächtig vorkommt oder wenn du eine neue Nachricht erhältst. Ich muss jetzt los. Ach ...

bestell deiner Flamme liebe Grüße von mir. Und sag ihr, dass ich sie besuchen werde.«

Martin verließ kopfschüttelnd den Raum. Jan hörte ihn laut vor sich hinmurmeln: »Das hält eh nicht lange. Die wird schnell wieder verschwinden. Dieser Schreiberling und Frauen ... pah.«

»Du wirst schon sehen, Bulle. Da irrst du dich gewaltig.«

12. Kapitel

Das Esszimmer war mit Blumen und Kerzen dekoriert, der Tisch für fünf Gäste gedeckt. Schmusemusik des James Last-Orchesters erfüllte die Räume, während Jan, leise mitpfeifend, in der Küche das Essen vorbereitete. Der Duft geheimnisvoller Gewürze ließ erahnen, dass die asiatische Küche die Grundlage für das heutige Mahl lieferte. Er liebte es, aus den überall in den Schränken verteilten Zutaten, ein Menü zu zaubern. Kalte Vorspeisen hatte er am frühen Vormittag vorbereitet, um längere Pausen zwischen den Gängen zu vermeiden. Leichte Kost war geplant. Den Wein hatte er aus dem Keller geholt, damit dieser die richtige Trinktemperatur erhielt. Ständig sah er auf die Uhr, deren Zeiger mit irrer Geschwindigkeit kreisten. Das Gefühl stellte sich ein, etwas vergessen zu haben. Allerdings fieberte er dem Moment entgegen, in dem er Sandra in die Arme schließen konnte.

Diese Einladung war die Einlösung eines Versprechens, das er ihr noch am Krankenbett gab. Victor und Vanessa sagten spontan zu, als er sie vor Tagen nochmals darauf ansprach. Gespannt war er auf Danny, da er ihn bisher bei den Vertragsverhandlungen noch nicht kennengelernt hatte. Endlich hatten sie alle die Gelegenheit, die gelungene Operation Sandras, aber auch die Unterzeichnung des Autorenvertrages gebührend zu feiern. Was ihn erstaunte, war die Tatsache, dass seit Tagen keine weiteren Drohbriefe eintrafen. Er konnte sich nicht vorstellen, dass der Täter plötzlich aufgab. Darin war keine Logik erkennbar. Ganz im Gegenteil. Er befürchtete einen weiteren Schlag, der umso grausamer ausfallen könnte.

Das Anrühren der Süß-Sauer-Soße hätte ihn beinahe das Läuten der Türglocke überhören lassen. Erst beim zweiten Versuch zuckte er zusammen, warf den Löffel auf die Ablage. Durch die Milchglasscheibe der Haustür erkannte er die Umrisse zweier Personen. Sandra warf sich in Jans Arme, kaum, dass sich die Tür einen Schlitz geöffnet hatte. Vanessa musste durch ein Hüsteln auf sich aufmerksam machen. Damit unterbrach sie die innige Umarmung der beiden zumindest für einen Augenblick.

»Entschuldige bitte, Vanessa, das war sehr unhöflich von mir. Aber wir haben uns ja jetzt schon mindestens ...«

»Ja, ich weiß, ihr habt euch schon einen ganzen Tag nicht mehr gesehen. Das geht ja gar nicht. Das verstehe ich natürlich. Ich wollte nicht stören, nur fragen, wo ich die Toilette finde. Ich müsste dringend ... du weißt schon.«

Vanessa hüpfte auf einem Bein, sodass Jan und Sandra lachend zur Seite traten.

»Du gehst den Gang entlang, die letzte Tür auf der linken Seite.«

Jan deutete mit der Hand den Weg. Sandra riss sich von ihm los, nahm Vanessas Arm.

»Ich zeige es dir. Ich müsste etwas Make-up nachlegen. Komm mit!«

»Oh ja, ich vergaß. Frau geht ja nicht allein auf die Toilette. Wir sehen uns in der Küche. Habe noch ein paar Kleinigkeiten zu erledigen.«

Schmunzelnd schloss er die Tür, und sah den beiden Frauen hinterher, die kichernd wie zwei Teenager, Richtung Gäste-WC verschwanden. Kurze Zeit später schlangen sich zwei Arme um seine Hüften. Er vernahm Sandras Flüstern.

»Verdammt lange her, dass ich dich anfassen durfte. Mir läuft das Wasser im Mund zusammen. Worauf können wir uns freuen?«

»Das, mein Schatz, wird jetzt noch nicht verraten. Aber ihr könntet mir sagen, was ihr gerne trinken möchtet ... oder ihr schenkt euch besser selber ein. Du weißt doch Bescheid, wo du die Getränke findest. Übrigens ... das Kleid steht dir ausgesprochen gut.«

Sandra drehte sich lachend wie eine Primadonna.

»Oh, danke der Herr für das süße Kompliment. Komm Vanessa. Wir verschwinden aus der Küche. Der Chefkoch darf jetzt nicht mehr gestört werden. Ich mixe uns einen Muntermacher.«

Nur wenige Minuten waren vergangen, in denen Sandra ihrer Freundin die Terrasse mit dem großflächigen Garten zeigte, als erneut die Türglocke anschlug. Im Flur stieß Jan fast mit Sandra zusammen, die ebenfalls öffnen wollte. Er ließ ihr den Vortritt. Jan gestand sich ein, dass ihn das Bild, das er zu Gesicht bekam, schon überraschte. Er wusste von Sandra, dass ihr Bruder in einer homosexuellen Beziehung lebte. Er war darauf vorbereitet, zwei Männer vor der Tür anzutreffen, die sich bei den Händen hielten, sich eventuell verliebt in die Augen sahen.

Der heißen Debatte, die diese beiden Streithähne führten, folgten sie verwundert eine Weile. Sandra platzte schließlich der Kragen. Sie schrie dazwischen.

»Habt ihr sie noch alle beisammen? Ihr streitet euch wie ein paar alte Weiber auf dem Wochenmarkt, ohne darüber nachzudenken, dass ihr hier zu einem Abendessen eingeladen seid. Was ist das denn für ein Benehmen. Jetzt gebt euch endlich die Hand. Vertragt euch wieder. Jan, darf ich dir Daniel, den Partner meines zänkischen Bruders vorstellen?«

Danny warf den Kopf in den Nacken und Victor noch einen bitterbösen Blick zu, bevor er Jan die Hand entgegenhielt. Jan hatte mittlerweile seine Fassung wieder zurückgewonnen, erwiderte den erstaunlich festen Händedruck. Auch Victor reichte ihm flüchtig die Hand. Danach schob er sich, Danny mit der Hüfte zur Seite drängend, an ihm vorbei, um seine Schwester übertrieben euphorisch zu umarmen. Schließlich ließ er sich, begleitet von einem tiefen Seufzer, neben Vanessa auf die Couch fallen. Danny setzte sich auf einen entfernt stehenden Sessel, den Blick fest auf eine Reproduktion des berühmten Claude Monet-Bildes *Die Elster* gerichtet. Vanessa hatte schon oft kleine Streitereien zwischen diesen Männern miterleben müssen. Doch die hielten meist nicht lange an. Umso mehr überraschte sie die Tatsache, dass der Streit sogar während eines Besuches bei Außenstehenden eskalierte. Sandras Kopf erschien im Durchgang zur Diele.

»Verdammt, was ist denn in euch gefahren? Ihr seid hier zum Essen geladen und zickt herum. Was soll unser Gastgeber denn denken?«

Beide Männer starrten wie störrische Kinder auf den Boden. Victor hob schließlich den Kopf, sah seinen Partner böse an.

»Sag du es ihr. Du hast ja schließlich den Mist gebaut.«

»Das sehe ich überhaupt nicht ein, dass immer ich ...«

Sandras Augen zogen sich zu schmalen Schlitzen zusammen, ihre Hände stützte sie in die Hüften.

»Schluss mit der Zickerei. Wir wollen jetzt wissen, was mit euch los ist. Victor, du bist mein Bruder, berichte! Aber zügig, das Essen steht gleich auf dem Tisch. Dann will ich Frieden haben.«

Victor schickte noch einen zornigen Blick zu Danny. Er schob eine Haarsträhne hinter sein Ohr, bevor er die Arme trotzig vor der Brust verschränkte.

»Wir kommen gerade von Arangemon.«

Sandra hob spontan die Hand und unterbrach ihn.

»Arangemon ... das Modegeschäft in ...? Ihr habt es nun wirklich ...?«

»Ja, ja, in Rüttenscheid. Wir haben uns weiße Smokings bestellt. Wir heiraten im Spätsommer. Und dieser Trottel erzählt mir, dass ...«

Vanessa sprang auf. Sie fiel Sandra in die Arme. Beide tanzten wie Teenager durch den Raum. Verständnislose Blicke von mittlerweile drei männlichen Augenpaaren verfolgten sie dabei. Jan hatte den Tisch gedeckt und wollte die Gäste zum Essen bitten. Sandra löste sich und sprang ihm um den Hals.

»Stell dir vor, mein Bruder heiratet. Der wird wirklich heiraten. Ich werde verrückt. Ich dachte schon, dass die beiden als alte Männer noch ohne Trauschein ...«

»Das werden wir ja noch sehen, ob ich den Typen heiraten werde. Der macht schon alles kaputt, bevor wir ja gesagt haben.«

Danny hatte sich aufgerichtet und blickte mit weit aufgerissenen Augen auf seinen Partner.

»Das ist doch großartig, Danny. Was hat mein Bruder denn getan, dass du ihn schon jetzt in die tiefste Hölle verfluchst?«

Victor hatte sich jetzt auch aufgerichtet. Beide Männer standen sich wie kämpfende Hähnchen gegenüber. Sie funkelten sich an. Danny ergriff das Wort.

»Ich hatte mir eine besondere Überraschung ausgedacht, nachdem er mir den Antrag machte. Also, das war so. Ich habe uns sofort eine Barbados-Reise gebucht, damit wir anschließend in die Flitterwochen fliegen können. Jetzt macht mir dieser Kerl eine Szene, weil er da nicht hin will. Angeblich beginnt dort im September die Hurrikan-Zeit. Jetzt hat die Memme Angst davor. Der will zuhause bleiben. Ich bekomm eine Krise.«

Fasziniert hatten die drei Zuhörer stumm gelauscht. Nur hin und wieder tauschten sie verständnislose Blicke aus. Jeder war bemüht, ernst zu bleiben. Jan setzte sich auf die Couch, zog Victor neben sich. Er sprach zu Danny.

»So ganz liegt Victor nicht daneben, ich meine mit diesem Hinweis auf die nicht so ganz ungefährlichen Stürme. In den letzten Jahren wurde gerade die Karibik oft von Hurrikans heimgesucht. Doch ist es natürlich nicht gesagt, dass gerade zu dem Zeitpunkt, wenn ihr dort am Strand liegt, ein solcher Sturm euren Urlaub verhagelt. Ich war schon mehrfach während dieser Zeit dort, habe dort starke Winde erlebt. Aber das war immer nur kurz und ungefährlich. Ich würde mir da keine Gedanken machen.«

Dannys Gesicht zeigte deutliche Erleichterung. Er zeigte immer wieder mit dem Finger auf Victor, tanzte vor ihm auf und ab.

»Siehst du, da habe ich doch recht. Du redest dir immer Dinge ein, die an den Haaren herbeigezogen sind. Paaah. Und das will ein Mann sein.«

Mit den letzten Worten drehte er sich Jan zu. Er schob seinen Arm unter dessen Armbeuge und zog ihn von der Couch Richtung Esszimmer.

»Das riecht hier aber gut. Kommt ihr nun endlich essen, oder wollt ihr Jan beleidigen? Wo sitze ich denn?«

Im Durchgang erschienen Vanessa und Sandra, die Victor in die Mitte genommen hatten. Nur unwillig ließ er sich auf den Stuhl drängen, der direkt neben Danny stand. Der klopfte lächelnd auf das Lederkissen neben sich, und wirkte völlig zufrieden mit sich und der Welt. Noch bevor der erste Gang beendet, die letzten Garnelen verspeist waren, machte Sandra mit kurzem Blick auf die zwei Streithähne aufmerksam. In stiller Eintracht saßen sie Hand in Hand.

»Ich liebe Ingwer am Essen. Das darf einfach bei Asia-Kost nicht fehlen. Das hast du großartig zubereitet, alles perfekt.«

Für Danny war der Begriff Zurückhaltung beim Essen ein Fremdwort. Sein Appetit war grenzenlos. Vor allem, wenn es um Delikatessen ging, die Jan zu diesem Anlass aufgetischt hatte. Selbst sein weitgeschnittenes Hemd konnte schwerlich die kleinen Pölsterchen verbergen, die eine Konsequenz dieser Liebhaberei darstellten. Obwohl Victor sehr darauf achtete, den perfekten Body zu bewahren, liebte er diese kleinen

Schwellungen bei seinem Partner. Alle lehnten sich zurück und griffen nach ihren Gläsern. Victor war es, der aufstand und sein Weinglas erhob.

»Lasst uns anstoßen auf unseren Gastgeber, der nicht nur die Gabe besitzt, Träume in Worte zu kleiden. Er versteht es ebenfalls, den Gaumen zu verwöhnen. Ich muss zugeben, dass ich lange nicht mehr so vortrefflich gespeist habe. Hoffen wir, dass er in den kommenden Jahren einen Bestseller nach dem anderen schreiben wird. Prost.«

Vanessa stieß ihr Glas als Erste an und ergänzte den Trinkspruch.

»Ich bin davon fest überzeugt. Ich habe schon einen Blick in sein neues Manuskript werfen dürfen. Ich sage nur grandios. Das Thema trifft punktgenau den Zeitgeist. Unsere Grafikerin kennt schon den groben Plot und macht sich Gedanken zum Cover. Jan soll es gut bei uns haben.«

Der Angesprochene legte unauffällig die freie Hand über Sandras. Er erhob ebenfalls sein Glas.

»Solange wir uns die nötigen Freiheiten bei der Arbeit geben, werden wir sicher gut zusammenarbeiten. Freue mich schon sehr darauf, wenn es in die Promotion-Phase geht. Ich liebe Lesungen, die Nähe zu meinen Lesern. Das ist der Schlüssel zum langfristigen Erfolg.«

»Was treibt dich an? Warum schreibst du überhaupt?«

Victor umfasste sein Weinglas mit beiden Händen, als wollte er den Inhalt anwärmen. Dabei drehte er es unablässig.

»Wisst ihr, Schreiben selbst ist eine wunderbare Arbeit, die mich glücklich werden lässt. Wer, außer einem Schriftsteller, hat schon die Möglichkeit, seine intimsten Gedanken, die Träume, in Worte kleiden zu dürfen. Die meisten Menschen dürfen das nicht einmal, ohne Gefahr zu laufen, als Spinner abgestempelt zu werden. Uns verzeiht man das Abdriften in Scheinwelten, obwohl diese Geschichten oft reale Hintergründe schildern. Es wird aber gerne als Fiktion abgetan. Perfekt wird das Geschriebene aber erst in dem Augenblick, wenn die Leser in diese ihnen fremde Welt eintauchen können. Sicher sieht es jeder dank seiner Fantasie anders. Doch eines werde ich in den meisten Fällen erreichen können. Sie wechseln aus ihrer realen, oft langweiligen Welt, in eine andere Dimension. Sie erkennen sich gerne in einer bestimmten Person. Das kann der Protagonist, der Held sein. Aber auch das abgrundtief Böse kann die Identifikationsfigur verkörpern.

Völlig egal. Sie träumen sich einfach hinein in diese Geschichte. Sie leiden, empfinden Empathie, und sind glückselig, wenn der Traum ein gutes Ende für sie nimmt. Oft habe ich von Lesern gehört, dass sie gemeinsam mit ihrem Helden den Kampf gegen das Böse aufnehmen. Die vielen Seiten bereiten ihnen sogar Schmerzen, Tränen ... doch sie sind trotz allem entsetzt, wenn diese Tortur mit der letzten Seite endet. Das Schlimmste an einem wirklich guten Buch ist doch immer, dass es eine letzte Seite hat.«

Alle hatten wortlos Jans Vortrag gelauscht. Selbst als er endete, antwortete niemand. Nur das Scharren des Weinglases, das Victor immer noch drehte, unterbrach die Stille. Umso störender war der Klingelton von Sandras Smartphone. Alle Augen richteten sich auf sie.

»Sorry, ich vergaß. Das hätte ich abstellen sollen. Ich gehe ins Wohnzimmer. Lasst euch nicht stören. Das war übrigens sehr schön gesagt, Jan.«

Sandra verschwand nach einem flüchtigen Kuss im Nebenraum. Die heftig und lautstark geführte Diskussion am Telefon ließ keinen Zweifel daran, wer der Anrufer war. Nach einigen Minuten erschien Sandra und setzte sich an den Tisch. Victor beobachtete sie.

»Bettina? Hat sie dich wieder bedrängt? Du hast doch wohl nicht klein beigegeben, oder?«

»Nein, das werde ich auch in hundert Jahren nicht. Es ist nur so ... so erbärmlich, wenn sie mir immer wieder unterschwellig die Schuld an Papas Tod einreden will. Daraus, dass sie dich als eigentlichen Verursacher sieht, macht sie keinen Hehl. Ich hätte ihr gegenüber eine verdammte Pflicht, das wieder gutzumachen. Ich habe ihr schließlich den Vater genommen. So ein Irrsinn. Ich habe doch keine Schuld daran ... oder? Vic, sag doch was ... das macht mich langsam fertig.«

Danny stieß Victor den Ellbogen in die Seite. Er forderte ihn mit einem Seitenblick auf, seiner Schwester beizustehen. Er stand auf und legte seine Arme um ihre Schultern. Seine mehr geflüsterten Worte waren für jeden im Raum dennoch hörbar.

»Du hast keinen Grund, dir deshalb Vorwürfe zu machen. Ich bin wahnsinnig stolz auf dich, weil du dich damals für die Versöhnung bei Papa eingesetzt hast. Und er wird dir ebenfalls dankbar gewesen sein. Bettina ist krank. Sie nimmt es uns übel, dass sie sich nach dem Tod von Mama und Papa allein im Leben behaupten musste. Sie ist von beiden viel zu sehr verhätschelt worden. Lass diese Beschimpfungen nicht so nahe an dich heran.«

»Das würde ich ja gerne. Aber es macht mir plötzlich Angst, wie tief bei ihr dieser Hass sitzt. Sie ist doch unsere Schwester ... wir können doch nicht so verschieden sein, oder? Du hast ja nicht anhören müssen, wie sie mich beschimpfte.«

Sandra versteckte ihr Gesicht an Victors Schulter. Ihr Schluchzen war deutlich zu hören. Niemand sprach. Die Betroffenheit lag wie ein dunkler Schleier über dem Tisch. Plötzlich straffte sich Sandra von einem Moment zum anderen, wischte sich mit der Serviette die Augen trocken. Trotzig sah sie in die Runde. Ein gequältes Lächeln sollte andeuten, dass sie sich wieder gefasst hatte. Vanessa, die neben ihr saß, konnte ein Lachen nur mit Mühe unterdrücken. Sie wühlte in ihrer Handtasche, und fand schließlich den Handspiegel, den sie Sandra vor das Gesicht hielt.

»Oh Gott, wie sieht das denn aus? Bin ich das da im Spiegel? Wie kommt die Wimperntusche unter die Nase? Entschuldigt mich einen Augenblick ... bin gleich zurück.«

Als sie sich erhob, verschwand gleichzeitig der bedrückende Nebel, der die Stimmung zuvor erstickte. Beide Damen liefen, immer noch lachend, Richtung Gästebad.

Die gelöste Stimmung wurde vom Hauptthema Hochzeit und Urlaubserinnerungen dominiert. Die leeren Weinflaschen bewiesen als stumme Zeugen, dass es eine gelungene Party war. Wange an Wange tanzten Jan und Sandra zu *Charles Trenets* berühmtem Slowfox *La Mer*. Neben ihnen träumten sich Victor und Danny an karibische Strände. Sie tanzten beide mit geschlossenen Augen, waren dieser Welt entrückt, erlagen dem Zauber der Musik.

Sandras Smartphone war stumm geschaltet. Dennoch spürte sie das Vibrieren. Sie ließ sich davon nicht stören, schmiegte ihren Körper noch enger an Jans Brust. Den Wechsel zu flotterer Tanzmusik nutzte Sandra, um Jan zum Tisch zu ziehen. Ausgelassen nahmen sie ihre Gläser, prosteten sich zu. Vanessa erschrak, als Sandra ihr Jans Hand anvertraute und sie zum Tanzen animierte. Sie griff zum Telefon.

»Werde diesem Biest jetzt endgültig eine Absage servieren. Es reicht mir. Komme gleich wieder zu euch.«

Mit ihrem Smartphone bewaffnet verließ sie das Zimmer, verschwand im Nebenraum. *Diesen Rückruf wird Bettina niemals vergessen.* Entschlossen sah sie auf ihr Display. Den erwarteten Anruf fand sie nicht bestätigt. Das Telefon hatte ihr lediglich eine neue Email angezeigt. Wütend drückte sie den Mail-Button. Sie las den Text, der ihr den ersten Schock versetzte.

Kleine Überraschung, du naive Irre. Gucks du.

Wut flammte auf, schon bevor sie das darin enthaltene Foto öffnete. Jegliche Farbe wich aus ihrem Gesicht, als sie die Bedeutung dieser Aufnahme erkannte. Angewidert warf sie das Smartphone auf die Dielenkommode, riss ihre Jacke vom Kleiderhaken und verließ weinend das Haus.

13. Kapitel

Ungeduldig trommelte Jan auf die Schreibtischplatte, während er auf Martins Recherche wartete. Der war in den Tiefen des Präsidiums untergetaucht, um das Smartphone untersuchen zu lassen. Stundenlang versuchte Jan, Sandra über ihren Festnetzanschluss zu erreichen. Selbst auf sein Klingeln an der Wohnungstür reagierte sie nicht. Nun begann er damit, selbst nachzuforschen, wer hinter diesen Attacken stecken konnte. Gespannt sah er auf, sprang hoch, als Martin durch den Nebeneingang eintrat.

»Setz dich wieder hin. Du siehst nebenbei gesagt beschissen aus. Kann ich bei diesem Foto auch nachvollziehen. Nun zur Sache. Das Bild wurde von einem Prepaid-Gerät verschickt, dessen Karte mittlerweile getauscht wurde. Somit können wir das jetzt nicht mehr orten.«

»Aber das muss doch möglich sein, dieses ...«

»Nein, mein Freund, das ist kein Dummer, der euch im Nacken sitzt. Ich muss jetzt aber auch etwas loswerden. Habe auf dem Flur meinen Vorgesetzten getroffen, der mir direkt einen eingeschüttet hat. Er ist der Meinung, dass ich übermäßig Zeit für diesen Spaß, wie er es nennt, vertrödele. Da liegen tausend wichtige Fälle auf meinem Tisch. Ich soll mich um diese kümmern. Noch wäre bei euch ja nichts Dramatisches passiert. Ich soll die Nachforschungen zurückstellen.«

»Was soll das denn? Sandra hat mit Sicherheit tierische Angst. Und ich muss zugeben, dass mir das auch nicht mehr geheuer ist. Ich werde ein Wörtchen mit dem ...«

»Einen Scheiß wirst du tun. Halte deine Füße still und lass mich das regeln. Der muss ja nicht alles wissen, was ich tue. Ist das klar, Jan? Mach jetzt nicht unnötig Wind.«

Jan stellte sich mit tief in den Hosentaschen vergrabenen Händen vor das Fenster. Er betrachtete den imposanten Gerichtskomplex. Martin tauchte neben ihm auf.

»Irgendwie kann ich die Reaktion deiner Flamme nachvollziehen. Wie wäre deine Reaktion, wenn du ein Bild erhalten hättest, auf dem deine große Liebe mit einem Typ knutscht? Diese Schober sieht dabei noch verdammt geil aus. Da kommt doch jedem die Galle hoch ... oder?«

»Ich knutsch nicht rum, du Spinner. Diese Schober hat sich nur für meine Aufmerksamkeit bedankt, die ich ihr geschenkt habe. Und zu deiner Frage: Ich wäre nicht abgehauen, ohne zu hinterfragen, was das Bild zu bedeuten hat.«

»Lüge dir doch jetzt nichts in die Tasche. Wenn man das sieht, ist man als Partner erst einmal geschockt, ich wäre stinksauer. Dann will ich den Anderen in diesem Augenblick nicht mehr sehen. Ich glaube, ich bekäme fiese Mordgedanken. Du kannst in deinen Romanen tolle Szenen schreiben, aber die Realität ist anders. Frau Heuer ... ich meine Sandra, ist verletzt, einfach maßlos enttäuscht. Du solltest einmal ein Seminar in der Polizeischule besuchen, bevor du dich über Beziehungskisten auslässt. Das Leben tickt da völlig verrückt.«

»Was willst du mir verkaufen? Erzähl mir doch bitte nicht, es beruht auf Zufall, dass Ehen von Polizisten meistens in einer Scheidung enden. Du bildest hier doch nur eine rühmliche Ausnahme.«

»Wenn du recherchierst, dann bitte richtig. Du Arschloch solltest wissen, dass das nichts mit fehlender Empathie zwischen den Ehepartnern zu tun hat, sondern auf die beschissenen Dienstzeiten zurückgeführt werden muss. Da kannst du ja nicht mitreden. Du teilst dir den Tag ein, wie du es möchtest. Du siehst nicht jeden Tag diesen Schmutz auf der Straße, den menschlichen Abfall. Du sitzt zuhause in deinem feinen Haus, zählst deine Kröten, guckst abends den Tatort. Du schreibst über die heile Welt, oder über Verbrechen, die du nie kennenlernen musstest. In deinen Krimis erleben die Menschen Grausamkeiten, die in der Realität weitaus schlimmer sind. Du hast doch keine Ahnung! Du erlebst nicht täglich diese verfluchte Scheiße.«

Jan war einen Schritt zurückgewichen, sah in das Gesicht eines Fremden. Niemals zuvor hatte er diesen Gemütsmenschen derart echauffiert erlebt. Eine Fassade brach auf, die ihm über Jahre verborgen geblieben war. Martin wurde sich in diesem Augenblick bewusst, dass er über das Ziel hinausgeschossen war. Er stampfte zurück zum Schreibtisch, sortierte seine Akten um. Jan folgte ihm zögernd.

»Meinst du das wirklich ernst? Hast du mich und meine Schreiberei schon immer so gesehen? Ich glaube das einfach nicht. Du hast doch immer behauptet, wir sind Freunde ... war das eine verdammte Lüge?«

»Nein ... nein«, schrie Martin, »das war keine Lüge. Aber ich werde total sauer, wenn mir jemand erklären möchte, wie diese Dreckswelt funktioniert, wie die Menschen ticken. Verstehe mich bitte auch. Ich sehe tagtäglich der Wahrheit ins

Auge, meine Kollegen und ich müssen miterleben, dass alles nur Fassade ist. Wir blicken hinter die Fassaden der scheinbar anständigen Bürger. Uns wurde die Illusion genommen, dass es Menschen geben soll, die ohne Schuld leben. Jeder hat eine Leiche im Keller ... jeder!«

»Ich nehme dir ab, dass du viel mehr Erfahrung hast als ich. Und glaube mir, ich beneide dich nicht darum. Aber was hat meine kleine Fehleinschätzung damit zu tun, dass du dich derart aufregst. Hat dir das schon lange im Hals gesteckt? Ist es jetzt endlich raus? Fühlst du dich nun besser?«

»Jan, das war nicht so wörtlich gemeint, wie es sich vielleicht angehört hat. Heute ist nur ein beschissener Tag. Entschuldige, wenn ich dir zu nahe getreten bin, war wirklich nicht so gemeint. Ich bleibe an deiner Sache dran, das habe ich dir versprochen.«

Jan schossen Bilder von ausgelassenen Feiern mit Claudia, Helen und Martin durch den Kopf, während er nachdenklich das Präsidium verließ.

Immer wieder schlug Jan gegen die Tür, ohne nur die geringste Reaktion zu erreichen. Sandra hatte sich im Verlag einige Tage freigenommen. Sie schien wie vom Erdboden verschluckt. Er lehnte sich gegen die Türzarge, ließ sich entmutigt daran heruntergleiten. Mit auf den Knien gestütztem Kopf dachte er über mögliche Orte nach, an denen er noch suchen konnte. Die ältere Dame, die sich mit ihren Einkaufsbeuteln die Treppe hinauf mühte, bemerkte er erst, als sie kopfschüttelnd direkt vor ihm stehenblieb, ihn mit dem Fuß anstieß.

»He Sie, das geht aber nicht, junger Mann. Haben Sie denn kein zu Hause? Das wird Frau Heuer nicht gefallen, wenn sie vom Einkaufen kommt. Hauen Sie lieber ab, bevor sie die Polizei ruft.«

Das Wort *Einkaufen* löste in Jan ein Signal aus. Er sprang auf, und fasste die Dame am Ärmel ihres grauen Tuchmantels. Er beugte sich hinunter, sah in ein Gesicht, in dem ein langes Leben viele Falten hinterlassen hatte. Es war sicher nicht immer rücksichtsvoll mit ihr umgegangen. Trotzdem erkannte Jan auch die Lachfältchen, die sich um ihre Augen in die ledrige Haut gefressen hatten. Selbstsicher erwiderte sie seinen Blick, ihre Augen zeigten Verärgerung.

»Was ist mit Ihnen? Lassen Sie mich sofort los, sonst schreie ich das ganze Haus zusammen. Der Herr Schädel im Parterre hat einen Hund, der wird es Ihnen schon zeigen. Und sein Sohn arbeitet beim Ordnungsamt. Sofort loslassen ... Hilfe!«

»Entschuldigen Sie. Ich möchte Ihnen doch nichts tun. Sie sagten, dass Frau Heuer einkaufen ist. Haben Sie sie denn heute schon gesehen? Ich bin ein guter Freund von ihr.«

Lange lag der prüfende Blick auf ihm, bevor sich die Skepsis in ein vorsichtiges Lächeln verwandelte. Sie setzte ihren Einkaufsbeutel ab, suchte Halt am Treppengeländer. Die listigen Augen blitzten.

»Nur wenn Sie mir versprechen, die Tasche raufzutragen, werde ich Ihnen verraten, dass ich Frau Heuer vor gut zehn Minuten bei der Apotheke getroffen habe. Sie müssen wissen, dass mir mein Rheuma ganz schön zu schaffen macht. Doktor Münziger meint, dass ...«

»Ich werde Ihnen die Tasche sofort hochtragen«, unterbrach er den Krankenreport, »wissen Sie, ob Frau Heuer noch woanders hinwollte?«

»Ist ja schon gut, junger Mann. Beruhigen Sie sich doch. Verliebt? Ist ja eine Hübsche, unsere Frau Heuer. Also, das hat sie mir nicht gesagt, aber ...«

Jan Hellmann griff eilig nach dem Beutel, hakte sich bei der Dame unter, und drängte sie zur Treppe.

»Langsam, langsam, mein Herr. Bin schließlich kein junges Fohlen mehr. Geben Sie den Beutel her und suchen Sie Ihre Freundin. Ich komm schon allein die Treppe hoch. Verschwinden Sie schon. Wenn Sie aus der Haustür kommen, sofort rechts um die Ecke. Moment ... ich glaube, da kommt sie schon ... die Haustür. Hören Sie?«

Jan sprang zum Geländer. Er blickte verzweifelt nach unten, hörte lediglich, wie jemand am Briefkasten hantierte. Die Nachbarin hatte sich, stets vor sich hinbrabbelnd, auf den Weg nach oben gemacht. Jan flüsterte ihr ein *Danke* hinterher. Er konnte nur die Hand einer Frau auf dem Handlauf erkennen. Fast wäre Sandra die Tasche entglitten, als sie Jan auf der obersten Stufe erkannte. Die Beine versagten ihr für einen Augenblick den Dienst. Sie blieb wortlos stehen. Jan sprang die wenigen Stufen hinunter. Er griff nach der hochbepackten Tasche. Sandra wehrte ihn jedoch mit der freien Hand ab, zog die Tasche zurück.

»Was willst du von mir? Geh ... lass mich einfach in Ruhe. Du hast mich genug gedemütigt.«

»Ich kann dir das erklären. Diese Schober ...«

»Jetzt kommt bestimmt diese Geschichte: Schatz, es ist alles nicht so, wonach es aussieht! Das ist so billig ... verschone mich damit und gehe mir aus dem Weg. Ich möchte jetzt endlich in meine Wohnung.«

»Traust du mir wirklich zu, dass ich dich mit solchen Phrasen abspeise? Genau das, was du auf dem Foto sahst, ist auch geschehen. Sie ist mir um den Hals gefallen. Sie hat mir einen Kuss auf die Wange gegeben. Nicht mehr, aber auch nicht weniger. Da ist nichts weiter passiert. Ich möchte dir aber auch erklären, wie es dazu kam. Bitte gib mir die Zeit und hör mir zu ... aber bitte nicht wie ein Bittsteller auf der Treppe. Behandel mich nicht wie einen pubertierenden Jugendlichen, der einen Seitensprung erklären will.«

In Sandra arbeitete es. Sie erkannte, dass Jan auf keinen Fall aufgeben würde. Endgültig gab sie nach, als von oben die Stimme ihrer älteren Nachbarin durch das Treppenhaus schallte. Sie war der Szene aufmerksam gefolgt.

»Nun machen Sie schon, Fräulein. Der ist doch ganz nett. Und der beißt Sie bestimmt nicht.«

»Zehn Minuten und keine Sekunde länger. Lass mich vorbei, damit ich aufschließen kann!«

Eine Etage höher schloss sich die Eingangstür endgültig. Während Sandra die Tasche auf die Küchenplatte wuchtete, suchte Jan einen Stuhl.

»Du kannst schon anfangen, während ich auspacke. Die Zeit läuft für dich.«

»Verdammt, so geht das nicht. Setz dich hin und höre mir zu. Das ist komplizierter, als du es dir vorstellst.«

Sandra warf mit einem Seufzer die Porreestangen in das Spülbecken und setzte sich an das andere Ende des Tisches. Wortlos sah sie ihn spöttisch an.

»Es begann alles, als ich dich beim letzten Mal in der Klinik besuchte. Ich wollte zum Wagen und zu Martin ins Präsidium fahren, da ...«

»... und du glaubst dieser Schober jedes Wort? Dass genau in diesem Augenblick jemand auf den Auslöser drückte, als sie dir um den Hals fällt ... purer Zufall? Was willst du mir verkaufen? Das hat sich diese Ziege genau überlegt, das war geplant. Ich frage mich nur, was sie damit erreichen will? Die nimmt doch wohl nicht im Ernst an, dass sie dadurch ihren Lieblings-Autoren für sich gewinnen kann. Das Ganze ist völlig absurd. Gut, ich glaube dir, dass du in eine Falle gelockt wurdest, aber was willst du unternehmen? Hat denn dieser Martin überhaupt schon etwas herausfinden können. Die Beweise gegen das Miststück sind doch da. Der nächtliche Anschlag im Krankenhaus, der Brief, das Foto ... was braucht die Polizei noch?«

»Nichts davon ist stichhaltig, zumal wir das Smartphone nicht zuordnen können. Da würden wir vor Gericht scheitern. Außerdem halte ich diese Schober auch nicht für ausgeschlafen genug, um so was zu inszenieren. Ich vermute, dass es da jemanden gibt, der erreichen möchte, dass wir das denken. Es gibt eine Person im Hintergrund, die wir noch nicht kennen. Und die will uns auf eine falsche Fährte locken. Aber was für mich jetzt viel wichtiger ist. Vertraust du mir? Glaubst du mir, dass ich nur dich ... liebe?«

Jan schob seine Hand über den Tisch. Sandra machte keine Anstalten, danach zu greifen. Sie hob den Blick. Die Worte trafen ihn wie Hammerschläge.

»Genau das ist es, worüber wir reden müssen, Jan. Ich hatte Zeit, über uns, über unsere Beziehung nachzudenken. Ja, ich liebe dich. Das kann ich frei heraus sagen. Aber ich glaube, dass es nicht reichen wird. Du ...«

»Warum sollte das nicht reichen? Ich werde ...«

»Unterbrich mich bitte nicht. Du sagst, dass du mich liebst. Ich möchte dir so gerne glauben, das habe ich auch versucht. Aber ... aber da gibt es etwas, was ich wohl niemals vollständig auslöschen kann. In deinem Herzen ist ein Bereich für mich nicht erreichbar, weil er bereits besetzt ist. Du bewahrst dort immer noch deine Ex auf. Ich habe Angst, dass ich diesen Kampf gegen sie wohl auf Dauer verlieren würde. Ich bin ehrlich gesagt auch nicht dazu bereit, gegen eine Konkurrenz in den Kampf zu ziehen. Ich will dich ganz. Ich möchte nicht erleben müssen, dass du mich beim Sex mit Claudia ansprichst, oder nachts im Traum ihren Namen rufst. Kannst du das verstehen? Dafür bin ich nicht stark genug. Dazu kommt, dass ich nicht gerne verliere.«

Sandra stand auf, räumte ihre Tasche aus. Sie spürte Jans Augen wie brennende Pfeile in ihrem Rücken. Plötzlich warf sie sich herum.

»Ich weiß, dass ich an dieser Situation nicht unschuldig bin. Ich hätte mich dir nie unter falschen Absichten nähern dürfen. Ich wusste doch, was euch verband. Jeder weiß das. Doch du warst ... so anders, als ich es erwartet hatte. Du hast meine

Zweifel komplett beiseite geräumt ... bis heute. Es tut mir wirklich leid.«

Die eingetretene Stille dröhnte in Jans Ohren. Er versuchte, die Gedanken, die wie unzusammenhängende Fragmente in seinem Kopf umherirrten, zu sortieren. Ohne sich dessen bewusst zu sein, wischte er die verschwitzten Hände an der Jeans ab, spürte, dass sie zitterten. Seine Augen suchten einen Ruhepunkt, irrten jedoch weiter durch den Raum. Schließlich ruhten sie auf Sandras Rücken, der teilweise von ihren langen, blonden Locken verdeckt wurde. Jan wusste, dass Sandra seinen wunden Punkt zielsicher getroffen hatte. Er erhob sich wie eine Marionette. Der Kopf befahl ihm, Sandra jetzt in den Arm zu nehmen. Seine Schritte jedoch bewegten ihn mechanisch aus dem Raum, zur Wohnungstür, die Treppe hinunter, auf die Straße. Er sah nicht mehr die zuckenden Schultern dieser Frau, die ihren Kummer mit einem lauten Schrei herausließ.

14. Kapitel

Jan wusste, dass der Therapietermin längst verstrichen war. Sein Blick ging ins Leere. Hercules spürte deutlich die innere Zerrissenheit seines Herrchens. Mit dem Kopf stieß er immer wieder gegen Jans Bein. Sein Schnurren wurde ignoriert. Rein mechanisch setzte Jan die Kaffeemaschine in Gang. Er beobachtete mit stoischer Ruhe, wie das Kaffeemehl das heiße Wasser gierig aufsog. Wieder versuchte Hercules, die Aufmerksamkeit Jans zu erreichen. Schließlich sollte um diese Zeit sein Futternapf gefüllt sein. Erst als er die Krallen ausfuhr, sie in das Hosenbein verhakte, erhielt er die gebührende Aufmerksamkeit.

»Sorry mein Kleiner. Ich hatte dich ganz vergessen. Du brauchst ja dein Futter. Was geschieht da mit uns? Kannst du mir eine Antwort geben? Ich verstehe diese beschissene Welt nicht mehr.«

Der fette Kater schlich geduckt zur Futterstelle. Er roch prüfend an seinem Frühstück. Nachdem er Jan einen weiteren Blick zugeworfen hatte, konzentrierte er sich voll und ganz auf die Nahrungsaufnahme. Lustlos überflog Jan den Lokalteil, ohne den Inhalt zu verinnerlichen. Immer wieder schob sich Sandras Gesicht vor die Zeitungsseiten. Hercules sprang mit einem wilden Satz zur Seite, als die zusammengeknüllte Zeitung auf die Fliesenleiste über dem Gasherd traf, und neben ihm auf dem Boden ausrollte. Das Klingeln des Telefons riss Jan aus seiner Lethargie. Nur zwei schnelle Schritte benötigte er, um das Telefon zu erreichen.

»Schön, dass du …«

Minimales Rauschen, keine Stimme am anderen Ende ... nur ein Gefühl, dass dort jemand lauschte. Eine bedrückende Stille, die Ängste, Beklemmung auslöste. Er hielt den Atem an, um auch das geringste Geräusch wahrnehmen zu können.

»Sandra, bist du das? Sprich mit mir ... bitte. Du musst wieder mit mir reden, hörst du. So kann es doch nicht weitergehen. Ich möchte dich sehen, mit dir zusammensein ... bitte sag was.«

Nur ein Rascheln drang an sein Ohr, bevor das Tuten einer toten Leitung seine Hoffnung auf ein klärendes Gespräch mit einem Schlag zerstörte. War es Sandra? Oder hatte der Täter wieder sein makabres Spiel mit ihm fortgesetzt? In Jan baute sich unbändiger Zorn gegen den Unbekannten auf. Er suchte im Menü nach der Anrufliste, die ihm nur anzeigte, dass es sich um eine unbekannte, also unterdrückte Nummer handelte. Der Drang war übermächtig, Sandras Nummer anzuwählen. Den Gedanken verwarf er sofort, da er in diesem Augenblick sicher nicht die richtigen Worte gefunden hätte. Ein weiteres Klingeln unterbrach seine Gedanken. Er starrte auf das Display, überlegte, wem diese Nummer zuzuordnen war. Vorsichtig drückte er den grünen Knopf. Er lauschte.

»Jan? Bist du das? Warum dauert das so lange, bis du rangehst? Du wolltest mich doch anrufen. Ich spreche von diesem Lesetermin heute Abend in Borken. Hast du den etwa vergessen? Jan, verdammt, sag doch was!«

»Ja, Helen, ich bin dran, entschuldige. Aber ich hatte gerade wieder so einen seltsamen Anruf und dachte, dass … Sorry, den Termin hatte ich völlig vergessen.«

»Das ist ja schrecklich. Hast du Martin schon informiert? Der kann den Anruf doch zurückverfolgen?«

»Die Nummer war unterdrückt, das hat keinen Zweck. Viel mehr Sorgen mache ich mir darüber, dass nach jedem anonymen Anruf etwas passiert. Sie sollen doch um Gottes willen Sandra in Ruhe lassen. Die ist doch völlig unschuldig und ahnungslos.«

»Jetzt male nicht den Teufel an die Wand. Du beschreist diese Situationen ja förmlich. Martin erzählte mir von eurem Streit. Was war denn der Anlass? Der ist ganz fertig und meinte, dass du etwas in den falschen Hals bekommen hast. Das macht ihm zu schaffen. Ihr solltet euch aussprechen ... schließlich seid ihr Freunde.«

»Ach da war nichts. Er soll sich deswegen nicht sorgen. Wir sind doch keine kleinen Mädchen. Aber zu heute Abend. Den Termin habe ich tatsächlich vergessen. Hast du denn Zeit? Mir fällt gerade ein, dass ich sogar die Nachbestellung in der Druckerei verpennt habe. Haben wir noch genug Exemplare für eine Lesung?«

»Ich denke schon. So richtig voll wird es wohl eh nicht. Da läuft doch heute Abend die Verfilmung des Bestsellers *von dem Hundertjährigen, der aus dem Fenster stieg usw*. Der wird uns ein paar Zuhörer kosten. Holst du mich ab, oder soll ich zu dir kommen?«

»Ich such die restlichen Bücher zusammen. Um etwa achtzehn Uhr hupe ich draußen. Ich schätze, dass du um spätestens elf wieder zuhause sein kannst. Danke für die Erinnerung. Das wäre beinahe ins Auge gegangen.«

Der Mustang rollte vor dem Pfarrsaal aus. Dunkle Wolken verdeckten Teile des Vollmondes. Sie erzeugten eine düstere, bedrückende Stimmung. Der leichte Nieselregen verstärkte Jans Unbehagen, als er geduckt die beiden Trolleys mit seinen Büchern aus dem Kofferraum hob. Helen hatte unter dem Vordach des Saales Schutz gesucht. Pfarrer Spürkel, der das Brummen des Achtzylinders vor dem Haus gehört hatte, kam ihnen im Flur entgegen. Er begrüßte die Gäste und hob entschuldigend die Schultern.

»Es tut mir leid, Herr Hellmann, aber ganz voll haben wir es leider nicht bekommen. Bis jetzt zähle ich nur sechsunddreißig Gemeindemitglieder. Wir haben ja noch eine halbe Stunde. Brauchen Sie noch etwas? Mikrofon ist angeschlossen, der Tisch für die Bücher steht auch bereit. Kommen Sie.«

Auf eine belustigende Art erinnerte Pfarrer Spürkel an Don Camillo. Seine großen Füße drehte er beim Gehen ebenfalls stark nach außen. Jan konnte ein Grinsen nicht vermeiden, als sie dem Geistlichen folgten. Der ließ seine grauen, zum Pferdeschwanz gebundenen Haare, erstaunlich lang über den Rücken fallen. Schon beim ersten Vorgespräch entwickelte Jan eine Sympathie für diesen unkonventionellen Gottesmann. In ihm fand er im Gegenzug einen glühenden Verehrer seiner Kriminalromane. Dem Pfarrer konnte es nicht gruselig genug zugehen. Er war es, der eine Gelsenkirchener Rockband engagierte, um in seiner Kirche ein Konzert zu geben. Die Darbietung von *Highway to hell* von *ACDC* bedachte er mit tosendem Applaus. Die Gemeinde dankte ihm die Abwechslung im Kirchenalltag mit vollem Haus.

Als Jan den Gemeindesaal betrat, verstummten die Gespräche kurzzeitig. Verhaltenes Geflüster begleitete seinen Weg zum Podium. Helen hatte Übung im Aufbau seiner Buchpräsentation. Den Tisch hatte der Pfarrer werbewirksam vor das Plakat postiert, auf dem Jan Hellmann fast lebensgroß abgebildet war. Kurz bevor der Geistliche seinen Gast ansagen wollte, betraten noch vier Personen den Raum, begleitet von Helen, die noch die Toilette aufgesucht hatte. Allmählich trat gespannte Ruhe ein. Nur das Scharren von Schuhen auf dem Parkett und diskretes Hüsteln waren zu vernehmen, als Jan das erste Kapitel vortrug. Die Pause nutzte er üblicherweise zu Gesprächen mit den Zuhörern und ersten Käufen.

Jans Hand stoppte mitten in der Unterschrift. Jeder im Saal hörte die heftige Detonation, die von einem flackernden Licht an den Fenstern begleitet wurde. Splitter von zerborstenen Scheiben verteilten sich im Raum. Zuhörer ließen sich in Panik vor ihren Stühlen auf den Boden fallen, die Arme schützend über den Köpfen haltend. Eine ältere Dame klammerte sich hilfesuchend an einen neben ihr liegenden Mann. Sie schrie mit sich überschlagender Stimme um Hilfe. Helen saß leichenblass neben Jan. Sie versuchte, einen kompletten Satz zu formulieren. Kein Wort verließ ihre Lippen. Der Pfarrer war der Erste, der schnell und mit Übersicht reagierte. Er stürzte den Zwischengang entlang zum Saalausgang. Er stolperte dabei über einen Rollstuhl, mit dem sich ein Zuhörer ebenfalls auf den Weg machen wollte. Als er die Eingangstür öffnete, schlugen ihm sengendheiße Flammen entgegen. Er warf sie wieder ins Schloss, lehnte sich schweratmend dagegen.

»Rufen Sie die Feuerwehr, da brennen mehrere Fahrzeuge auf dem Parkplatz. Schnell, rufen Sie an! Die Flammen greifen auf das Haus über.«

Jan fing sich relativ schnell. Er riss sein Telefon aus dem Jackett. Noch bevor er den Notruf wählte, vernahmen alle die Sirenen der sich nähernden Einsatzwagen. Pfarrer Spürkel breitete die Arme aus, trieb die Gäste zum Notausgang, da die Flammen schon an der Eingangstür nagten. Jan lief um das Haus herum. Er stand fassungslos vor einem Flammeninferno, das bereits vier Fahrzeuge, wie auch die Vorderfront des Gebäudes erfasste. Seinen Mustang hatten die Flammen bereits in eine Riesenfackel verwandelt, die in wenigen Augenblicken einen Traum zerstörten. Nicht nur der entstandene Rauch war dafür verantwortlich, dass ihm das Wasser in die Augen trat. Er nahm die Berührung kaum wahr, als Helen ihren Arm um seine Schultern legte. Sie blickte stumm zu ihm auf, strich mitfühlend über seinen Arm.

»Es tut uns leid, aber da war nichts mehr zu machen. Schöner Wagen. Kann Ihren Kummer nachvollziehen. Das wäre auch mein Traumauto gewesen.«

Der Leiter der Feuerwehr wischte den rußigen Schweiß mit einem Lappen aus der Stirn.

»Bitte rühren Sie hier nichts an. Die Kripo ist verständigt. Wir müssen in diesem Fall prüfen, ob es sich um Brandstiftung handelt. Da passieren ja in der letzten Zeit die schlimmsten Sachen. Der Brandsachverständige ist bereits informiert und auf dem Weg. Das Gebäude selbst konnten wir ja retten. Aber das soll sich ein Statiker noch genauer ansehen. Wir sperren jetzt das gesamte Gelände für die Ermittlungen ab.«

Jan hatte die Worte gehört, deren Sinn aber nicht aufgenommen. Stumm sah er auf den Haufen verbeulter Blechteile, die nur noch ahnen ließen, welcher Hersteller sie vom Band laufen ließ. Erst jetzt nahm er wieder die Gegenwart von Helen in sein Bewusstsein auf, die immer noch seinen Arm umklammert hielt.

»Es war nur ein Auto, Jan. Wir und alle Zuhörer sind gesund. Nur das sollte jetzt wichtig sein. Hörst du mir zu? Nur das ist wirklich wichtig.«

Sie konnte ihn trotzdem verstehen, als Jan sich wortlos abwandte ... dass er mit hängenden Schultern auf ein Gatter zuging. Seine Stirn legte er auf die Arme. Helen wusste, wie tief ihn dieser Verlust eines Kindheitstraumes traf. Sie ließ ihn einen Augenblick allein mit seinen Gedanken. Ein Polizeibeamter näherte sich dem Zaun, sprach ein paar Worte mit ihm. Jan nickte immer wieder, drehte sich schließlich um. Die Schritte fielen ihm sichtlich schwer, mit denen er sich Helen näherte.

»Es war kein Unfall. Das war geplant, Helen. Vielleicht wollte man uns sogar töten. Ich will nach den Geschehnissen der letzten Tage nicht mehr an Zufälle glauben. Warum tut man das? Wie krank muss eine Seele sein, um sogar in Kauf zu nehmen, dass viele Menschen bei einer solchen Aktion sterben? Sag mir das, Helen ... das ist total krank!«

»Jan, mach mal halblang. Du reagierst jetzt aber etwas überzogen. Noch ist hier nichts bewiesen. Es kann auch ein simpler Kabelbrand an einem der Fahrzeuge die Ursache sein, etwas völlig Banales. Vermute doch nicht gleich einen Anschlag auf dich, oder besser ... auf uns. Die Sachverständigen werden die Wahrheit herausfinden, du wirst sehen.«

»Ja, wir werden sehen. Ich bin fest davon überzeugt, dass dies ein Anschlag war. Die Beamten haben meine Karte und werden mich informieren. Bitte bestell uns ein Taxi. Ich verabschiede mich nur noch von Pfarrer Spürkel.«

Sandra spürte das Zittern deutlich, das ihr Körper aufbaute und dafür sorgte, dass die Zeilen vor ihren Augen undeutlich verschwammen. Sie legte die Zeitung für einen Augenblick auf den Tisch. Sie griff nach dem Orangensaft, der allmorgendlich den Abschluss ihres Frühstücks bildete. Das Titelfoto brannte sich fest in ihr Bewusstsein ein, das ein Flammeninferno vor einem großen Gebäude zeigte. Ein Porträtfoto von Jan war darin eingeklinkt. Groß und reißerisch war die Headline, die sie nun schon zum gefühlt hundertsten Mal las. *Dem Tod entronnen. Bekannter Schriftsteller entkam nur knapp dem Flammeninferno.*

Sie verschüttete einen Teil des Saftes und stellte das Glas vorsichtig ab. Sandra presste ihre Fäuste gegen die Stirn, rieb sie wild über die Schläfen. *Was passierte hier? Wer riskierte sogar den Tod dieses wunderbaren Mannes? Das ist einfach nicht geschehen. Gleich würden sie beide aus diesem Traum erwachen.* Sie prägte sich jede Einzelheit des Zeitungsartikels ein, die Angst vor einer schrecklichen Zukunft nahm von ihr

Besitz. Sie starrte auf das Telefon, das sie neben den Brotkorb gelegt hatte. Schon als sie gestern von dem Brand in Borken in den Spätnachrichten hörte, war sie versucht, Jan anzurufen. Immer wieder kämpfte sie mit ihren inneren Zweifeln. Die Hand suchte wie unter Zwang das Telefon. Die Finger legten sich, als würden sie fremdgeführt, auf Jans eingespeiste Schnellwahltaste. Sie lauerten auf den letzten Impuls.

Das nervenzerfetzende Klingeln zerriss die Stille des Raumes. Sandras Herzschlag setzte für einen Augenblick aus, als sie erkannte, dass die Nummer unterdrückt war. Der Anrufer gab nicht auf, während sie fieberhaft überlegte, ob sie annehmen sollte. Mehrere Male atmete sie tief durch, straffte schließlich ihren Körper. Der Finger drückte den Rufknopf tief durch. Sie konnte das Atmen am anderen Ende hören. Sie belauerten sich wortlos. Das Blut wollte in den Adern gefrieren, als die Stimme in ihr Ohr drang. Ein Klang, als würde durch Watte gesprochen. Weder Mann noch Frau ... es schien aus dem Jenseits zu kommen.

»Das Spiel beginnt für dich. Du hast dich mit dem Falschen eingelassen.«

15. Kapitel

Alessia starrte Jan ungläubig an, als er mit seinem Bericht über die Geschehnisse des Vorabends endete. Erst spät fand sie Gelegenheit, sich mit ihm in einer Ecke des Cafés zurückzuziehen. Alle Gäste, die ihn kannten, wollten von ihm Näheres zu dem Brand in Borken wissen. Das Ereignis geisterte wie ein Lauffeuer durch ihren Stadtteil. Immer noch war Jan von den Ereignissen überwältigt. Die blauen Augenringe bezeugten eine schlaflose Nacht, die er mit Grübeleien ausgefüllt hatte. Martin wollte sich später mit ihm treffen, um eine weitere Vorgehensweise abzustimmen.

»Was willst du jetzt unternehmen? Du hast doch keine Chance, gegen dieses Phantom anzukämpfen. Du sagst, dass du an Brandstiftung glaubst. Glaubst du tatsächlich, dass jemand eventuell deinen Tod mit eingeplant hat? Allein die Vorstellung lässt mich frieren.«

»Ich bin so vermessen, anzunehmen, dass der Anschlag mir galt. Da wusste jemand sehr genau, was er tut. Mein Tod stand da wohl nicht unbedingt auf dem Plan, denn dann hätte er oder sie den Saal angezündet. Das war eine nicht zu unterschätzende Warnung. Doch ich verstehe eines nicht ... warum sollte ein Mensch etwas gegen diese Verbindung haben? Weder Sandra noch ich stehen in irgendeinem Verhältnis zu einer weiteren Person. Wir sind frei. Das ist doch komplett sinnfrei.«

Alessia blieb ihm diese Antwort schuldig. Sie rührte gedankenverloren in ihrem Teeglas, aus dem sie bisher noch keinen Schluck genommen hatte. Wortlos verfolgten ihre Augen ein junges Pärchen, das an einem Nebentisch verliebt miteinander flüsterte. Aufs Neue, fragte sich Jan, was in diesem Moment in ihrem Kopf vor sich ging. Vielleicht war es genau das, was sie ausmachte. Er mochte an ihr dieses Geheimnisvolle, das Nichtfreigeben ihrer Gefühle. Sie konnte zuhören, war imstande, gute Ratschläge zu geben. Doch es gab bei ihr Phasen, in denen sie ihre Gedanken vergrub. Das Ergebnis war in diesen Fällen höchstens ein tiefgründiges Lächeln, was alles und nichts bedeuten konnte.

»Wie verhältst du dich denn jetzt gegenüber Sandra? Da fällt mir ein, ich habe sie schon einige Tage nicht mehr gesehen. Du wirst sie doch nicht wirklich aufgeben ... oder?«

»Diese Frage würde ich dir gerne beantworten, ich kann es aber nicht. Noch nicht. Ich kann sie ja sogar verstehen. Vielleicht habe ich ihr ein falsches Bild vermittelt. Ich meine, dass da immer noch etwas wäre ... diese Gefühle für Claudia. Das hat sich bei ihr eingefressen.«

»So so ... du glaubst aber, dass sie sich irrt? Machst du dir nicht selber etwas vor? Mir hast du doch oft genug erzählt, dass du sie nicht vergessen kannst, dass du oft noch von ihr träumst. Das ist eine nicht unbedeutende Hürde für eine Beziehung. Du musst da endgültig Farbe bekennen, Jan. Ich will dir was sagen. Ich möchte das nicht erleben, dass mein Partner noch eine alte Liebe in seinem Inneren vor mir versteckt. Das kann nicht gut ausgehen.«

Jan versuchte, ihren braunen Augen auszuweichen, was ihm nicht gelang. Wie gebannt ruhte ihr Blick auf ihm, fast hypnotisch. Sie forderte von ihm etwas ein, was er noch nicht liefern konnte. Das Wirrwarr an Gefühlen raubte ihm immer wieder die Nacht. Darin lagen die Gründe, warum er sich aus der Realität herausdopen wollte. Alessia hatte ihn am Haken ... und sie wusste das. Gequält verkrampfte er die Hände zu Fäusten, schob sie, verärgert über seine Reaktion, in die Hosentaschen.

»Ich habe recht, oder? Das kannst du dieser Frau nicht zumuten. Das hält auf Dauer keine Beziehung aus. Vergiss sie.«

»Ich soll sie einfach vergessen? Wie geht das denn, wie macht man das? Da ist mittlerweile mehr als bloße Schwärmerei. Sie ist eine großartige Frau, die ich in mein Herz geschlossen habe. Ich kann sie nicht mal eben so abschieben. Außerdem hast gerade du mir zum Gegenteil geraten.«

»Genau das meine ich ja, du Schussel. Sie sitzt mitten in deinem Herzen. Aber sie sitzt dort neben deiner immerwährenden Liebe. Da wird es zu Streitereien kommen. Die werden sich nicht auf Dauer miteinander vertragen. Ohne ein Machtwort von dir wird es nicht klappen. Aber was erzähle ich dir da? Du weißt das doch alles. Wir drehen uns nur im Kreis. Ich fühle mich ein wenig mitschuldig an der Sache.«

»Wieso solltest du dich schuldig fühlen? Ich habe diese Situation doch selbst herbeigeführt.«

»Habe ich dir nicht immer wieder den Rat gegeben, dein Leben zu ändern? War es nicht so, dass ich dich ermuntert habe, wieder eine Partnerin zu suchen? Es ist dem Menschen nicht gegeben, allein zu leben. Wir sind Herdentiere, die nur in einer Partnerschaft leben sollten. Ich möchte nicht alleine wohnen müssen. Ich muss spüren, dass ich einem Menschen etwas bedeute. Ich brauche einfach das Gefühl, dass mich ein Mann gerne um sich hat.«

Jan war in diesem Augenblick dankbar für das Vibrieren seines Smartphones. Hektisch und ohne auf das Display zu schauen, drückte er auf den grünen Button. Für einen kurzen Augenblick hielt er den Atem an, als er die Stimme am Telefon erkannte. Er versteifte sich dermaßen, dass Alessia ihn fragend ansah. Ihr Gefühl signalisierte ihr, dass Jan jetzt ungestört sein wollte. Sie stand auf und begrüßte Gäste an einem Nebentisch.

»Ich habe Angst!«

Diese drei Worte rissen Jan hoch. Der Stuhl kippte hinten über. Das hässliche Scheppern sorgte dafür, dass ihn augenblicklich alle Gäste anstarrten. Alessia war mit wenigen Schritten bei ihm, stellte den Stuhl wieder auf. Sie konnte noch mithören, als Jan ein knappes »*Ich bin auf dem Weg*« in sein Telefon stotterte.

»Geh! Nun hau schon ab. Sie wird Hilfe brauchen.«

Woher Alessia wusste, wer die Anruferin war, dass sie Hilfe benötigte, gehörte einmal mehr zu den Mysterien, die diese Frau umgaben.

»Danke dir. Ich fahre dann ... ich muss noch bezahlen.«

Alessia winkte ungeduldig ab. Sie schob ihn Richtung Parkplatz, wo er den geliehenen BMW Z4 abgestellt hatte. Das aufkommende Getuschel an den Tischen bekam Jan nicht mehr mit, seine Reifen radierten über das Pflaster.

Ein Bewohner des Hauses wich erschrocken zurück, als Jan aus dem BMW sprang, und die geöffnete Haustür weiter aufstieß. Ärgerlich sah er ihm kopfschüttelnd hinterher, als er, immer drei Stufen auf einmal nehmend, die Treppe hinaufstürzte.

»Gott sei Dank, ich weiß nicht mehr weiter. Was haben wir nur getan?«

Jan hielt Sandra eng umschlungen, die sich mit bebendem Leib fest an ihn klammerte. Er spürte kaum, dass ihre Tränen sein Hemd durchnässten. Seine Hand glitt immer wieder sanft über ihr Haar.

»Pssst, alles wird gut. Ich bin jetzt bei dir. Was ist passiert?«

Vorsichtig führte er sie ins Wohnzimmer, wo er sich neben sie setzte, ihren Kopf an seine Brust drückte. Ihre zitternden Hände hatte sie in sein Hemd gekrallt. Sie holte mehrfach Luft, bevor sie ihm von dem Anruf berichtete. Jan versuchte, dem einen Sinn zu geben, diese Worte zu analysieren. Ihm schoss nur eine Konsequenz durch den Kopf ... Martin.

»Beruhige dich bitte. Gib mir Zeit ... ich muss überlegen.«

Sandra sagte kein Wort. Jan ignorierte den Schmerz, als er ihre Nägel in seinem Fleisch spürte. Ihre Angst musste übermächtig sein.

Schon beim ersten Klingeln meldete sich Martin, als hätte er auf Jans Anruf gewartet.

»Kahrmann. Was kann ich ...?«

»Jan hier«, unterbrach er seinen Freund, »es geht wieder los. Diesmal hat es Sandra erwischt. Sie braucht ganz dringend unsere Hilfe. Kann ich nachher zu dir kommen? Es gibt Neuigkeiten.«

»Ich mache gleich Feierabend, muss unbedingt raus aus diesem Irrenhaus. Komm besser zu mir nach Hause. Helen ist auch da. Bring Sandra doch einfach mit.«

Jan hing ohne ein weiteres Wort ein. Er wiederholte im Geiste immer wieder die Worte des Anrufers, suchte nach dem Sinn.

Helen wartete bereits in der offenstehenden Wohnungstür, als Jan und Sandra den Aufzug verließen. Obwohl sie Jans Begleitung zum ersten Mal sah, legte sie ihren Arm um Sandras Schulter. Jan begrüßte sie, indem sie ihm lediglich über die Wange strich. Es duftete nach frisch gebackenem Kuchen und Kaffee. Der gedeckte Küchentisch bestätigte diese Feststellung augenblicklich mit einem noch dampfenden Apfelstrudel. Martin unterbrach seine Arbeit an dem Kaffeeautomaten. Er zauberte ein Lächeln auf sein ansonsten angespanntes Gesicht.

»Schön, dass Sie auch Zeit fanden, Frau Heuer. Dann müssen wir uns nicht im Präsidium unterhalten ... keine schöne Atmosphäre, finde ich. Doch jetzt lasst uns zuerst den Apfelstrudel anschneiden. Es gibt noch Vanillesoße dazu. Das ist eine Spezialität von Helen ... sie backt genial, Sie werden sehen.«

Martin setzte sich zu den anderen, strich dabei stöhnend über seine Wohlstandsrollen. Sandra betrachtete, während die Männer über Belanglosigkeiten redeten, fasziniert die ungewöhnlich umfangreich ausgestattete Küche. Helen beobachtete sie.

»Sie kochen gerne, nicht wahr?«

»Das kann man wohl sagen, Frau Heuer. Ich habe das als Kind schon gerne in Mutters Küche getan. Da ich den Beruf als technische Zeichnerin nach einer längeren Krankheit aufgeben musste, bin ich jetzt vorwiegend zuhause. Ab und zu illustriere ich freiberuflich Comics, wenn ich nicht gerade Jan auf seinen Vorlesungen begleite. Das ist immer eine schöne Abwechslung für mich. Ich hoffe sehr, dass er das auch trotz Verlag weiterführen darf.«

»Nun ja, da legen wir selbstverständlich sehr großen Wert drauf. Wir arbeiten schon an einem Auftrittsplan, denn die Autoren sollten schon, so oft es ihre Zeit erlaubt, an geeigneten Örtlichkeiten die Bücher präsentieren. Da wird dann auch stets eine professionelle Begleitung durch den Verlag gewährleistet sein. Wir würden uns darüber freuen, wenn Sie auch weiterhin an den Veranstaltungen teilnehmen würden. Eine helfende Hand ist immer willkommen.«

Da Sandra in diesem Augenblick von Jan abgelenkt wurde, dem ein Stück Apfelstrudel von der Gabel gefallen war, bekam sie das Aufblitzen in Helens Augen nicht mit.

»Lassen Sie uns doch nun zur Sache kommen, Frau Heuer. Oder darf ich Sie Sandra nennen?«

»Aber natürlich. Ich höre von Jan auch nur noch: Martin sagt, Martin meint ... es wird dadurch alles viel einfacher.«

»Gut, dann erzähl uns bitte, was genau heute passiert ist. Jede Kleinigkeit, mag sie dir noch so nebensächlich vorkommen, ist dabei wichtig. Es macht dir doch nichts aus, wenn Helen dabei ist ... oder?«

»Nein, nein, ganz und gar nicht.«

Drei Augenpaare hingen an ihren Lippen, als Sandra die Vorkommnisse des Morgens ausführlich schilderte.

»Ist dir dabei vielleicht ein Dialekt aufgefallen? Konntest du nicht ausmachen, ob es eine Frauen-, oder eine Männerstimme war? Kein Stottern oder Lispeln? Alles könnte später von Bedeutung sein, wenn wir einen Stimmenvergleich anstellen können. Ich werde veranlassen, dein Einverständnis vorausgesetzt, dass wir bei dir und Jan eine Rufüberwachung installieren. Sollte der Täter, oder die Täterin anrufen, können wir so viel schneller wichtige Details analysieren. Mit viel Glück ist eine Rufverfolgung möglich. Das bedeutet aber, dass der Anrufer lange genug in der Leitung bleibt.«

Jan hielt Sandras Hand fest umschlungen, als er ihr das Angebot unterbreitete.

»Du solltest besser in den nächsten Tagen bei mir wohnen. Du weißt, es ist genug Platz vorhanden, und du kannst dort unbegrenzt lange bleiben. Hercules würde sich auch freuen, dich zu sehen.«

»Ich bin dir dankbar für das Angebot. Aber ich werde versuchen, das durchzustehen. Es kann doch nicht ewig dauern, bis wir den Wahnsinnigen erwischen. Ich verstehe einfach nicht, was man von mir will. Ich lebe doch mit niemandem im Streit, was ein solches Vorgehen eventuell rechtfertigen könnte. Und wenn es gegen Jan geht ... warum bedroht man dann mich? Das ergibt alles keinen Sinn.«

»Nun ja, die Motive für Bedrohungen sind oft sehr weit hergeholt. Menschen reagieren aus unterschiedlichsten

Gründen aggressiv. Ich habe auch schon darüber nachgedacht. Ich könnte Gründe sehen, wenn Jan politische Standpunkte in seinen Büchern vertreten würde und damit aneckt. Aber bei Krimis kommt das eher selten vor. Er recherchiert auch aktuell nicht gegen eine Gruppe oder ein Syndikat. Den häufig vorkommenden Bereich Eifersucht können wir auch ausklammern, da ihr beide ja frei und völlig unabhängig seid. Und doch muss es zu eurer Verbindung einen Zusammenhang geben. Hast du, bitte entschuldige, wenn ich dich so direkt frage, jemanden ... ich meine ... einen ehemaligen Liebhaber, der sich noch nicht völlig abgenabelt hat?«

»Das dürfte kaum der Fall sein. Ich kann mich kaum noch an meine letzte Bekanntschaft erinnern. Der Typ ist auch damals in die USA ausgewandert.«

Sandra hatte gespürt, dass sich der Druck von Jans Hand kurzzeitig verstärkte. Sein Gesicht ließ jedoch keinen Rückschluss auf die derzeitigen Gefühle zu. Helen und er waren wortlos dem Gespräch gefolgt.

»Ich werde früh genug anrufen, bevor wir die Technik bei euch installieren. Jan können wir ja tagsüber aufsuchen, denke ich. Sandra, zu dir kommen wir dann, wenn du Feierabend machst. Schreibe mir bitte deine genaue Adresse hier auf den Zettel. Ach, bevor ich es vergesse. Wir haben in Sachen Petra Schober nachgehakt. Die damalige Klinikverwaltung ist sich ziemlich sicher, dass die Schober größere Mengen an teureren Medikamenten gestohlen und verkauft hat. Um keinen Staub aufzuwirbeln und einen Presserummel zu umgehen, hat man sie mit einem guten Entlassungszeugnis in die Wüste geschickt. Ich tue mich schwer, ihr ein Motiv für unseren Fall unterzuschieben. Oder übersehe ich da etwas?«

Allgemeines Kopfschütteln gab ihm recht. Helen sprang auf und holte die Kaffeekanne von der Warmhalteplatte.

»So, und jetzt lasst uns über etwas Angenehmeres reden. Wir können nur abwarten, was als Nächstes passiert.«

Keiner ahnte, wie nah das Unheil bereits war.

16. Kapitel

Die Zeilen auf dem Laptop verschwammen vor seinen Augen. Die Müdigkeit ließ ihn nicht aus ihren unerbittlichen Klauen. Obwohl Jan die halbe Nacht über das Geschehene gegrübelt hatte, startete er den Versuch, an seinem aktuellen Titel weiterzuschreiben. Nach etlichen unbefriedigenden Ansätzen klappte er den Deckel herunter, und wanderte wie ein eingesperrtes Tier durch das Arbeitszimmer. Nachdenklich blieb er vor der Bücherwand stehen, betrachtete die Buchrücken. Er glaubte, sich erinnern zu können, über solche Täterattacken schon gelesen zu haben. Er konnte sich beim besten Willen nicht mehr an den Titel erinnern. Hercules schnurrte leise, rieb seinen Kopf an Jans Waden.

»Du hast ja recht. Ich vergesse in den letzten Tagen immer häufiger dein Fressen. Komm mit in die Küche, ich brauche noch einen Kaffee.«

Als er den riesigen Garderobenspiegel passierte, traf ihn die Erkenntnis, dass er noch immer seinen Schlafanzug trug. Hercules vergrub seine Nase im Futternapf, den ihm Jan zur Hälfte gefüllt hatte. Dann sah er seinen Herrn und Gebieter ins Bad verschwinden, aus dem kurz darauf das Rauschen von laufendem Wasser zu hören war. Später mit Jogger, nassem Haar und einem um den Hals gewickelten Handtuch, fühlte sich Jan wesentlich wohler. Er dehnte seinen Körper, nachdem er die Kaffeemaschine in Gang gesetzt hatte. Der morgendliche Weg führte ihn zum Hauseingang, wo die Tageszeitung gewöhnlich fest hinter den Bronzegriff steckte. Der feuchte

Morgendunst hatte es sich schon in dem holzhaltigen Papier bequem gemacht. Es fühlte sich unangenehm klamm an. In den letzten Tagen hatte er es sich angewöhnt, die Umgebung intensiver zu betrachten. *Bin ich schon schizophren? Leide ich jetzt unter Verfolgungswahn?* Jan steckte die Zeitung unter die Achsel, er schob die Tür kopfschüttelnd ins Schloss. Hercules, der den Napf komplett geleert hatte, lag zusammengerollt, mit geschlossenen Augen in seinem Körbchen. Für ihn war es Zeit, sich ein Morgenschläfchen zu gönnen. Jan belegte sich das knusprige Hörnchen mit seiner Lieblings-Jam, die er extra von einem englischen Händler nach Deutschland liefern ließ. Das war eine seiner wenigen Marotten, die er sich leistete. Ginger & Lime war seine bevorzugte Kombination. Während er sich den dampfenden Kaffee in den Becher goss, breitete er die Zeitung aus.

Schon in dem Augenblick, als der braune Umschlag auf den Tisch fiel, wusste er, dass dieses Grauen seine Fortsetzung fand. Er starrte fassungslos auf den Brief. Er dachte darüber nach, ob er ihn öffnen, oder sofort Martin informieren sollte. Er griff zum Telefon.

»Ich habe das nächste Schreiben ... glaube ich zumindest. Ein Umschlag ohne Adresse, der in der Zeitung versteckt war. Was soll ich tun?«

»Mach ihn auf. Das kann doch auch schlichte Werbung sein. Selbst wenn es vom Täter stammt, wird da wohl kein Gift drin sein. Wenn dich jemand töten wollte, hätte er es schon längst bei dem Brand in Borken versucht. Fass den Umschlag bitte nur mit einer Serviette an, und mach ihn mit dem Messer vorsichtig auf. Na los, mach schon. Und dann lies mir vor, was es an Neuigkeiten gibt.«

Mit zitternden Händen schob Jan den Frühstücks-Teller zur Seite, schob ein sauberes Messer unter den Verschluss. Selbst das leise Geräusch erzeugte bei ihm Gänsehaut, ließ ihn verkrampfen. Vorsichtig schob er eine zweite Serviette in den Umschlag, zog das weiße, gefaltete Blatt heraus.

»Was ist denn nun los? Bist du noch dran, Jan? Was ist drin, verdammt?«

»Langsam, Martin. Ich falte das jetzt auseinander und ...«

Während er Martin antwortete, hatte er bereits den Text überflogen. Er stockte, versuchte, den Sinn zu verstehen.

»Also, hier steht etwas Seltsames, ich lese es dir vor ...«

Langsam und überdeutlich las er die Zeilen, die ihm nun einen Schauer über den Körper trieben.

Es gibt eine Zeit für die Arbeit. Es gibt eine Zeit für die Liebe. Mehr Zeit hat man nicht. Das sagte einst Coco Chanel. Sie war sehr weitsichtig, und hat wesentliche Bestandteile gerade deines Lebens beschrieben. Jeder weiß, dass du die Liebe bereits genossen hast, und sie nicht weiter an eine Unwürdige verschwenden solltest. Es bleibt dir einzig noch die Arbeit des Schreibens, da du das wahre Glück in deiner Nähe nicht erkennst. Gib diese Frau auf, denn die Zeit auf dieser Erde ist endlich ... besonders für sie.

Auch Martin schwieg, als Jan endete. Er versuchte ebenfalls, den tiefen Sinn darin zu finden. Die letzte Zeile bereitete ihm Sorgen. *War es eine versteckte Todesdrohung? War Sandra tatsächlich in Gefahr?*

»Warum sagst du nichts, Martin? Glaubst du das Gleiche wie ich? Wir müssen Sandra beschützen vor diesem Wahnsinnigen. Ich habe Angst ... richtige Angst.«

Nur das Rauschen in der Leitung. Jan schlug ungeduldig den Hörer auf die Tischdecke, riss ihn wieder ans Ohr.

»Verfluchte Scheiße, Martin, jetzt sag mir doch endlich, was ich tun soll. Ich werde jetzt zu ihr fahren. Einer muss sie schließlich beschützen. Ich werde sonst verrückt.«

»Ist ja gut, Jan ... beruhige dich. Ruf sie bitte an, damit du weißt, ob sie zuhause ist. Sie darf niemandem, außer uns beiden, die Tür öffnen. Ich sage das noch einmal ... niemandem. Sage mir Bescheid, wo sie ist. Dann treffen wir uns dort. Und vergiss den Brief nicht. Davon würde ich ihr jetzt noch nichts Konkretes sagen. Warte damit, bis ich da bin.«

»Jan, was ist passiert? Du klingst so seltsam ... irgendwie anders.«

»Das kann ich dir am Telefon nicht gut erklären, wo bist du gerade? Martin und ich wollten etwas sehr Wichtiges mit dir besprechen.«

»Ich bin gerade in Vics Kanzlei. Wir mussten noch einen Vertrag besprechen. Ist denn was Schlimmes ...?«

»Bleib bitte dort. Wir kommen hin. Bis gleich.«

Ohne ihre Antwort abzuwarten, unterbrach er das Gespräch. Er informierte Martin. Hercules spitzte verwundert die Ohren, als er sah, wie Jogger und Handtuch in die Ecke flogen. Sein Herrchen sprintete in das Schlafzimmer. Kurz darauf schoss Jans Wagen aus der Einfahrt.

Jan fand Sandra im Besprechungsraum an der Seite von Victor und Danny. Sie sprang auf, lief ihm entgegen. Sie konnte das Beben ihres Körpers nicht unterdrücken, als sie sich an seine Brust warf. Auch die beiden Männer hatten ihr Gespräch unterbrochen. Sie starrten zum Eingang. Bevor Sandra ihre erste Frage stellen konnte, wurden sie durch Lärm im Foyer abgelenkt.

»Aber Sie können trotzdem nicht einfach ...«

»Doch, ich kann. Ich werde erwartet, gnädige Frau.«

Wäre die Situation nicht ernst gewesen, hätte man über das Bild lachen können. Martin Kahrmanns einhundertzwanzig Kilogramm trieben die zart gebaute Empfangsdame der Anwaltskanzlei vor sich her, die verzweifelt versuchte, ihren Chef vor ungebetenen Besuch zu schützen. Victors Mundwinkel zeigten relativ unauffällig Belustigung, als er zur Tür eilte.

»Das ist in Ordnung, Frau Resing, wir erwarten den Herrn Kommissar. Ich hatte vergessen, Ihnen das anzukündigen. Entschuldigen Sie bitte. Herr Kahrmann, kommen Sie bitte rein. Darf ich Ihnen meinen Partner, Herrn Schweiger vorstellen? Setzen wir uns doch. Kaffee, Tee, Wasser?«

»Hast du den Brief dabei, Jan? Zeig her.«

Jan suchte vorsichtig in seiner Mappe, die er mitgebracht und auf den Konferenztisch gelegt hatte. Immer noch war der Umschlag in einer Serviette eingeschlagen. Martin zog das Papier heraus, und überlas noch mal sorgfältig den Text. Ratlose Blicke wurden ausgetauscht, bis Sandra es nicht mehr ertrug.

»Was in Gottes Namen steht auf diesem Zettel? Ich will jetzt endlich wissen, was hier los ist.«

Martin verständigte sich mit Jan durch Blickkontakt, bevor er das Schreiben in die Tischmitte schob.

»Bitte nicht anfassen. Lies nur, da ich noch die Spurensuche einschalten muss.«

Alle drei beugten sich über den Brief. Sie erkannten sofort die Brisanz, die unausgesprochene Drohung. Sandra verlor jegliche Farbe, ihre Beine versagten den Dienst. Victor, der neben ihr stand, legte sofort den Arm um sie, und half ihr, sich hinzusetzen. Danny brachte ein *Oh Gott* heraus und tastete nach einem Stuhl. Martin ließ die neuen Eindrücke erst einmal bei den Beteiligten sacken, bevor er das Wort ergriff.

»Ich möchte nicht um den heißen Brei herumreden. Das ist für mich keine harmlose Attacke einer möglichen Stalkerin. Ich sehe in diesem vorliegenden Schreiben mittlerweile eine massive Morddrohung. Diese müssen wir ernst nehmen. Ich würde für Sandra einen Personenschutz anfordern, es sei denn, einer der anwesenden Herren kann für ihren Schutz garantieren. Auf keinen Fall darf sie ohne diesen allein in ihrer Wohnung bleiben. Haben Sie Vorschläge?«

»Selbstverständlich kann Sandra zu uns ziehen. Wir brauchen das Gästezimmer zur Zeit nicht, und es ist immer eine Haushaltshilfe im Haus. Das bin ich meiner zukünftigen Schwägerin schuldig.«

Danny legte Sandra eine Hand auf den Arm, während Victor zustimmend nickte. Es war spürbar, dass Martin über den Begriff Schwägerin nachdachte, da er wusste, dass Victor ihr

Bruder war. Schließlich gab er auf, das Rätsel lösen zu wollen, sah Jan fragend an. Dessen Blick wiederum ruhte unablässig auf Sandra, die unentwegt einen Punkt auf der Tischplatte fixierte. Ihre Stimme war kaum zu verstehen, als sie aussprach, was jeder dachte.

»Warum ich? Was habe ich dieser Person angetan? Jan ... sieh mich an ... gibt es da etwas, von dem wir alle hier nichts wissen? Du musst es endlich aussprechen, bevor es zu spät ist. Ich will nicht den Rest meines Lebens vor einem Phantom davonlaufen, mich verstecken müssen. Du musst eine Leiche im Keller haben. Erinnere dich.«

Jan sprang auf und lief zum Fenster. Er hämmerte immer wieder seine Fäuste gegen die Scheibe und sah verzweifelt über das Panorama des Baldeneysee.

»Da gab es nicht eine Beziehung, seit Claudia mich verließ. Ich hatte auch nicht ein einziges, gemeinsames Essen mit einer anderen Frau ... Helen einmal ausgenommen, wenn wir zu Lesungen fuhren. Ich verstehe das nicht. Verdammt, ich bin doch kein George Clooney mit Millionen Fans. Nie habe ich einer Frau Hoffnung gemacht. Jeder wusste, dass ich als Single glücklich war. Bis ... ja bis du ...«

Sandra senkte den Blick. In ihr tobte wieder der Kampf, bei dem sie sich als Verliererin sah. *War ihre Liebe zu diesem Mann wirklich so stark, dass sie die alte Liebe aus seinem Herzen verbannen, sie wenigstens ignorieren konnte? Oder würde sie immer die Nummer zwei bleiben?*

Victor wusste, welche Gedanken seine Schwester beschäftigten. Sie hatten einen Abend zuvor lange über dieses

Thema diskutiert. Er konnte Sandras Zweifel nachvollziehen, obwohl er Jan Hellmann sehr schätzte. Er lenkte für den Augenblick von einer Entscheidung ab.

»Kommissar Kahrmann, können Sie uns ganz grob erklären, welche Maßnahmen Sie jetzt einleiten werden, um meine Schwester, natürlich auch Herrn Hellmann, zu schützen? Gibt es konkrete Ansätze für weitere Ermittlungen?

»Wie ich schon sagte, würden wir sofort einen Personenschutz einrichten, sollte Ihre Schwester in ihrer Wohnung bleiben wollen. Ansonsten hoffen wir auf weitere Hinweise, die uns dieser Brief liefern könnte. Da sind die Fingerabdrücke, aber auch die Tinte könnte uns zumindest Hinweise auf einen bestimmten Druckertyp liefern. Die Spurensicherung wird sich alles ansehen und bewerten. Ansonsten muss ich auf die Fangschaltungen in den Wohnungen verweisen. Da könnte eine Lösung unserer Probleme liegen. Aber bisher hat sich der Täter keine Blöße gegeben. Es tut mir leid, dass ich zum jetzigen Zeitpunkt nicht mehr habe. Nun hängt alles davon ab, wie der Täter weiter vorgeht. Irgendwann machen sie alle einen Fehler. Und genau den müssen wir erkennen, ihn nutzen. Sandra, wir brauchen jetzt eine Entscheidung, damit ich die notwendigen Maßnahmen ergreifen kann.«

Sandra rutschte auf ihrem Stuhl hin und her. Sie vermied den direkten Blickkontakt zu Jan. Sie suchte wieder den Punkt auf der Tischplatte, als sie dann aussprach, was Jan befürchtete.

»Es tut mir so leid Jan ... bitte verstehe das nicht falsch ... aber ich bin noch nicht so weit. Du weißt, was ich meine. Ich werde das Angebot von Victor, ich meine von den beiden annehmen und eine Weile dort wohnen. Ich bin mir darüber im Klaren, dass ich damit die Aufmerksamkeit dieses Wahnsinnigen komplett auf dich lenken werde. Aber ein Gefühl sagt mir, dass der- oder diejenige dir nicht nach dem Leben trachtet. Genau das Gegenteil scheint der Fall zu sein. Man will dich vor Schaden, ich meine ... man will dich vor mir bewahren. Ein Grund mehr, mich von dir fernzuhalten. Gib uns Zeit, auch um das Biest dingfest machen zu können. Ich habe fürchterliche Angst.«

Alle am Tisch wechselten Blicke, die deutlich machten, dass sie ähnlich dachten. Weit neben der Wahrheit lag Sandra sicher nicht mit ihrer Argumentation.

»Jan, auch wenn du das nicht gerne hören wirst, sie hat recht. Die Aggressionen richten sich nach heutigem Stand nicht direkt gegen dich, sondern gegen sie. Die scheinbare Todesdrohung wurde klar gegen sie gerichtet. Herr Heuer, dazu hätte ich noch eine Frage. Wären Sie damit einverstanden, wenn wir eine automatische Weiterleitung von der Wohnung Ihrer Schwester zu Ihnen einrichten? Es wäre wichtig, dass der Täter weiterhin Kontakt aufbauen kann. Wir müssen auf wichtige Hinweise und Fehler hoffen.«

Danny nickte, als Victor ihn fragend ansah.

»Das ist kein Problem, solange Ihr keine Aufzeichnungen der Gespräche macht, die über unsere Kanzlei-Nummern geführt werden. Dann werden wir böse.«

»Das garantiere ich Ihnen, Herr Heuer und Herr ...? Wie war Ihr Name, den habe ich noch nicht?«

»Mein Name ist Daniel Schweiger, bald Heuer-Schweiger.«

Danny hatte es nicht mehr ausgehalten, dies dem Kommissar deutlich zu machen. Er hatte die Irritation zu Beginn der Runde bemerkt, wollte hier Klarheit schaffen.

»Da gratuliere ich, wann ist es denn so weit?«

»Sie werden als Freund von Jan auf jeden Fall früh genug eine Einladung zur Hochzeit erhalten«, mischte sich Victor ins Gespräch. »Sie benötigen doch sicher noch die Adresse, wo Sie meine Schwester erreichen können? Hier ist meine Karte.«

17. Kapitel

Verzweifelt versuchte Jan, sich aus der tiefen Depression zu befreien, in die ihn Sandras Entscheidung vor Tagen gerissen hatte. Sie wuchs jedoch mit jeder Minute, die der Zeiger seiner Uhr vorrückte. Er schrie seine Verzweiflung heraus, sodass Hercules es vorzog, sich in dieser Nacht in der freien Natur nach Lebendfutter umzusehen. Wie ein Schatten huschte der fette Kater durch die offenstehende Terrassentür, verschwand in der Nacht.

Das Ausbleiben weiterer Drohbriefe hätte die Vermutung nähren können, dass der Täter mit dem Erfolg seiner bisherigen Aktionen zufrieden schien. Jan spürte eine nahende, drohende Gefahr, die er nicht erklären konnte. Immer wieder zog er seine Kreise durch das Haus, das sich derzeit wie ein Käfig anfühlte. Die goldgelbe Dimple-Flasche, die er für besondere Anlässe aufbewahrt hielt, wies bereits ein erhebliches Defizit auf. Der Alkohol zeigte deutlich Wirkung. Sein Blick suchte immer öfter die Kokain-Lines, die er auf dem Tisch bereits vor Stunden gezogen hatte. Er hatte sich in den letzten Wochen antrainiert, dieser Versuchung bewusst zu widerstehen ... bisher mit guten Erfolgen. Dieser Tag, diese Qual ... das war etwas Anderes. Sein Verstand stand heute Nacht in einem ständigen Kampf mit den Gefühlen, die ihm sagten, dass er es nur noch einmal genießen sollte. *Morgen höre ich wieder auf damit. Ich schaffe das ... ich bin stark genug!*

Der Puls raste, das Wohlgefühl befreite seinen Kopf. Die Sorgen wurden Geschichte. Glücklich mühte sich Jan aus der knienden Stellung. Immer noch blieben ihm zwei

Koksstreifen für später. Den tanzenden Punkten vor seinen Augen versuchte er zu folgen, drehte sich im Kreis, lachte laut. Das Blut raste durch seine Adern, jeder Pulsschlag machte ihn freier, ließ ihn über den Fliesenboden gleiten. Selbst als er über die Teppichkante stolperte, auf dem weichen Flausch aufschlug, lachte er ausgelassen. Dümmlich grinsend lehnte er mit dem Rücken gegen die Tischkante. Er griff nach dem Bourbon-Glas. Er glaubte, den Geschmack des Whiskeys intensiver wahrzunehmen, und schloss genießerisch die Augen. Die Welt tickte anders. Die Probleme ... welche Probleme? Die massive Ausschüttung von Dopamin und Noradrenalin im Hirn ließ ihn die zuvor noch beschissene Welt in den wunderbarsten Farben erscheinen. Jan wusste, dass dieses Hochgefühl nach Stunden verschwand. Er legte sich das Schnupfröhrchen für den späteren Gebrauch griffbereit. Er lag auf dem Rücken, beklatschte die vielen Menschen, die zwischen den bunten Kreisen zur Merengue-Musik tanzten.

... Seine Hand griff ins Leere, als er nach dem Kater tastete. Mühsam öffnete er die Augen. Sein Blick traf die Dimple-Flasche, die auf dem Teppich lag. Die letzten Reste ihres Inhaltes waren dort verteilt. Der Geruch verursachte Übelkeit. *Oh Gott, Hercules, was ist hier geschehen? Wo bin ich?* Die Antwort blieb ihm der fette Kater schuldig. Wie von Geisterhand tauchte Sandras Gesicht vor seinen Augen auf, die er reflexartig schloss. Das Bild blieb, es trieb ihm immer mehr Schweiß über den Körper. Ein Zittern entstand, als sich Sandras Mund zu einem Angstschrei öffnete. Er drang wie ein

Donnerschlag in sein Gehirn. Jan krümmte sich in eine Fötusstellung, ein Schüttelfrost begleitete seinen Schrei. Das Bild verschwand, machte einem Nebel Platz, der nur Fragmente einer Landschaft erkennen ließ. Ein Schatten eilte durch das Bild. Er verharrte vor einem Körper, der regungslos im Wasser trieb, schließlich versank. Der Schatten huschte über die Wasseroberfläche, ohne einzusinken. Blitze erhellten den Himmel, verschwanden aber so schnell, wie sie auftauchten. Zurück ließen Sie eine unschuldige, glatte Seeoberfläche und sphärische Klänge, die noch nachhallten, als Jan längst aufgerichtet mitten im Zimmer stand.

Er presste beide Hände gegen die Schläfen, stolperte zum Terrassenfenster. Die gleißenden Sonnenstrahlen schmerzten in seinen Augen. Dennoch konnte er das seltsame Etwas im Baum erkennen, das der Wind träge bewegte. Erst als er die Augen rieb, und sich der Schleier allmählich auflöste, nahm er das Unfassbare auf. Trotz aufkommender Panik, schaffte er es, die Tür weiter aufzuschieben, über die Wiese zu stolpern. Mit Mühe gelang es ihm, vor der grünen, undurchdringlichen Plastikfolie zu stoppen, aus der eine Flüssigkeit in das satte Grün der Wiese tropfte. Ein plötzlicher Windstoß war dafür verantwortlich, dass Tropfen dieser roten, zähflüssigen Masse auf seine nackten Füße trafen. Mit zitternden Fingern öffnete er die Plastikfolie. Er erstarrte. Er war nicht fähig, den Blick abzuwenden. Die anklagenden Augen des Katers richteten sich auf ihn, als wollten sie sagen, *Warum hast du das zugelassen?* Ein Wahnsinniger hatte ihm vom Hals abwärts das Fell vom Körper getrennt. Nur der blutende Kadaver pendelte, an einem

Strick befestigt, vom Ast des Baumes. Ein unangenehmer, beißender Gestank drang in Jans Nase.

Mit gewaltiger Verzögerung stieß Jan einen schier unmenschlichen Schrei aus, der über die angrenzenden Felder hallte. Wild schlug er mit den Armen, warf sich hin und riss Grasbüschel aus dem Rasen. Mit vor Entsetzen aufgerissenen Augen versuchte er, damit das Blut von den Füßen zu wischen. Er erreichte lediglich, dass es sich über das ganze Bein verteilte. Die Augen blieben ungläubig auf das pendelnde Etwas gerichtet, das noch vor Stunden schnurrend durch seine Wohnung lief. In Zeitlupentempo erhob er sich. Rückwärts stolperte er auf das Haus zu. Seine Augen fixierten die Folie. Das Bild löste sich erst auf, als er das Wohnzimmer erreichte. Mit starrem Blick entledigte er sich seiner restlichen, blutverschmierten Kleidung.

Das Wasser prasselte unablässig über seinen nackten Körper. Immer wieder rieb er die Duschbürste über die Haut ... lange noch, nachdem die Haut bereits schmerzhafte Wunden zeigte.

Ramira versuchte seit Tagen, Sandra den Aufenthalt im Haus angenehmer zu machen. Sie hatte sich zu einer guten Freundin entwickelt. Voller Stolz berichtete Vic damals, dass er bei einem Urlaub auf Fuerteventura dieses bezaubernde Wesen kennenlernen durfte. Sie träumte schon als Kind davon, einmal *en Alemania hermosa*, wie sie *das schöne Deutschland* nannte, arbeiten und leben zu dürfen. Die Kinder waren aus dem Haus. Sie waren aufs spanische Festland gewechselt, während die Mutter in einem Mittelklasse-Hotel in Morro Jable ihren

Unterhalt mit schlechtentlohnter Arbeit verdiente. Er bot ihr die Stelle als Haushaltshilfe an und sorgte dafür, dass sie problemlos einreisen durfte. Niemals hatte er diesen Schritt bereut, denn Ramira war in diesem Haus der gute Geist. Sie eroberte die Herzen der beiden Männer im Fluge.

Sie erzählte Sandra oft aus ihrer Zeit auf dieser Insel, bei der sie immer von einer Mondlandschaft sprach. Die Frauen lachten herzlich darüber, als sie von dem Tag berichtete, als sie zum ersten Mal sah, dass sich zwei Männer küssten. Sie wäre fast weggelaufen vor Scham. Mittlerweile hätte sie sich daran gewöhnt, und amüsierte sich darüber, wenn die beiden wie ein richtiges Ehepaar stritten. Ramira meinte, dass Danny ... sie durfte die Männer duzen ... äußerst zickig sein konnte.

Während Sandra an diesem Wochenende ausspannen wollte, flogen Vic und Danny zu einem Geschäftstermin nach Frankfurt. Ramira nahm die warme, aufgehende Sonne zum Anlass, dem Gast das Frühstück auf der Terrasse einzudecken. Es war ein glücklicher Umstand, dass sie damals eine kleine Wohnung im Anbau beziehen durfte, somit immer zur Verfügung stand. Sie hörte Geräusche im Bad, was ihr signalisierte, dass Sandra das Bett verlassen hatte. Im Radio berichtete das Morgenmagazin minutenlang darüber, auf welche Autobahnstrecken sich die einhundertsechsundvierzig Staukilometer verteilten.

Der Duft von frischem Kaffee und frischgebackenen Semmeln zog durch die Räume. Ramiras geschultem Blick entging nicht, dass ein wichtiges Utensil fehlte, worauf Sandra Wert legte. Das Lesen der Tageszeitung gehörte für sie zum allmorgendlichen Ritual. Sie wäre niemals auf die Idee gekommen, Neuigkeiten durch das Internet geliefert zu bekommen. Für sie war das gedruckte Wort noch etwas Heiliges, Unverzichtbares. Ramira wischte die Hände an der Schürze trocken, eilte zur Eingangstür.

Der schrille Schrei ließ Sandra im Bad erstarren. Die Haarbürste landete im Waschbecken, sie warf den Bademantel über die nackten Schultern. Sie suchte verzweifelt die Richtung, aus der dieser Hilfeschrei kam. Ramira drohte Gefahr.

»Wo bist du, Ramira? Melde dich.«

»Oh querido Dios en el cielo ... el diablo estuvo aqui.«

Immer wiederholte Ramira die gleichen Worte, während sie sich bekreuzigte. Sie starrte unentwegt auf die Außenfläche der Tür. Sandra umfasste ihre Schultern und schüttelte die verzweifelte Frau.

»Was ist denn los? Du bist ja völlig durcheinander. Ist dir was zugestoßen?«

»El diablo estuvo aqui ... der Teufel war an diesem Haus. Er hat es verflucht.«

Immer wieder wies ihre Hand auf die Tür. Sandras Hände lösten sich von Ramiras Schultern, sanken langsam herab. Jetzt erkannte sie ebenfalls, was die gottesgläubige Spanierin in Todesangst versetzte. Während das Hausmädchen, sich weiterhin bekreuzigend, zurück ins Haus stürzte, wich sämtliche Farbe aus Sandras Gesicht. Wie unter einem Zwang trat sie Schritt für Schritt näher an den Eingang. Die Zeitung lag wie jeden Morgen auf der Matte. Auf der Titelseite meinte

Sandra, einzelne dunkle Spritzer zu erkennen, die sie an Blut erinnerten.

Etliche Fliegen hatten bereits das blutige Katzenfell als willkommenen Festschmaus auserwählt, das einen penetranten, ekelerregenden Geruch verströmte. Mit Heftzwecken war es an dem Holz der Tür, breit aufgespannt, befestigt worden. Der Anblick konnte selbst dem Abgebrühtesten das Grauen über den Rücken treiben. Doch das war es nicht, was Sandra trotz aufkommendem Ekel wie ein Magnet anzog. Es war der blutdurchtränkte Zettel, der auf dem Fell befestigt worden war. Um das Geschriebene lesen zu können, musste sie näher herangehen. Mit vor Mund und Nase gepresstem Bademantel las sie die wenigen Zeilen, die ihr das Blut gefrieren ließ. *Niemand wird ihn bekommen! Dein Leiden beginnt! Nichts wird dich davor bewahren!*

Die Beine gaben endgültig nach. Mit einem kaum hörbaren Seufzer knickte Sandra in den Knien ein. Sie blieb in unnatürlicher Stellung auf dem Pflaster liegen.

Die Einsatzfahrzeuge der Polizei blockierten die Auffahrt und Teile der Straße. Hinter einer Absperrung diskutierte eine Traube von neugierigen Nachbarn, was wohl die Ursache für diesen Auflauf sein könnte. Die Beamten erhielten zuvor die Order, sich diesbezüglich bedeckt zu halten. Das nährte die Gerüchteküche weiter. Rasend schnell verbreiteten sich die unterschiedlichsten Fantasien über Tathergänge, die bei zwei zusammenlebenden Männern recht exotisch ausfielen. Martin koordinierte die Ermittlungsarbeit mit stoischer Gelassenheit.

Ein Arzt kümmerte sich derweil um die beiden Frauen, die sichtlich unter Schock litten.

»Geht es dir schon besser, Sandra? Wir brauchen noch die Aussagen von euch beiden. Sage mir bitte, wenn du dich dazu in der Lage fühlst.«

»Das geht schon, Martin. Dieser Geruch ... das muss mir wohl ... wo ist Ramira? Wie geht es ihr? Das hat sie ja komplett unvorbereitet getroffen, die Arme.«

»Das Hausmädchen ist gut versorgt, sie liegt in ihrem Zimmer. Ein Arzt ist bei ihr. Bis jetzt konnten wir sie noch nicht vernehmen. Das Erlebte ist bei ihr noch zu frisch. Sie spricht ständig von Teufelswerk. Kannst du denn schon eine Aussage machen? Ich vermute, dass ihr beide nichts bemerkt haben werdet. Oder kannst du dich an verdächtige Geräusche oder ungewöhnliche Geschehnisse erinnern?«

»Nein, wir zwei haben noch bis kurz vor Mitternacht auf der Terrasse zusammengehockt und geplappert. Dann wurde es zu frisch, und wir sind zu Bett gegangen. Ramira hat noch alle Türen kontrolliert, nichts Verdächtiges. Hast du Vic schon erreichen können?«

»Ich hatte seinen Partner am Telefon. Der versicherte mir, dass er deinen Bruder informiert, sobald der aus dem Fitnessraum zurück ist. Sie würden einen weiteren Termin absagen und sofort den nächsten Flieger nehmen. Bei Jan hatte ich bisher weniger Glück. Aber sobald ich hier fertig bin, werde ich rüberfahren. Der wird bestimmt ausrasten, der arme Kerl.«

18. Kapitel

Das *Ding Dong* schallte bis auf die Straße, als Martin den Finger unablässig auf den Klingelknopf gedrückt hielt. Durch das Garagenfenster erkannte er, dass Jans Wagen darin parkte. Er musste also zuhause sein. Es blieb totenstill im Haus. Das Gartentor bildete keine unüberwindliche Sperre für den erstaunlich sportlichen Mann. Auf den ersten Blick vermutete Niemand hinter dem mächtigen, schwergewichtigen Mann einen leistungsfähigen Sportler. Zumindest im Boxring musste er keinen Gegner aus dem Präsidium fürchten. Viele Ganoven unterschätzten diese Fähigkeit, die schmerzhaften Konsequenzen zogen sie später.

Jan verzichtete in seiner Gartenanlage weitestgehend auf Blumen. Er bevorzugte Baum- und Strauch-Arrangements, da sie weniger Pflege für ihn bedeuteten. Bei jeder passenden Gelegenheit machte er deutlich, dass er zwar blühende Pflanzen liebte, dass ihm jedoch der berühmte grüne Daumen und die Lust zur Gartenarbeit fehlte.

Der Wind trieb dem erfahrenen Kripomann Geruch entgegen, der auf Anhieb sämtliche Sinne schärfte. Die Hand glitt automatisch zum Gürtel, an dem seine Dienstwaffe P6 befestigt war. Mit gezogener Waffe bewegte er sich, in alle Richtungen sichernd, an der Stirnseite des Hauses entlang. An der Hauskante blieb er stehen, sah prüfend in den hinteren Teil des Grundstücks. Sofort fiel ihm die seltsame Folie auf, die immer noch, vom Wind bewegt, an einem Seil schaukelte. Er vermutete dort die Quelle für den unerträglichen Verwesungsgeruch.

Wo treibt sich dieser Kerl nur rum? Da wird doch wohl nichts ...?

Sein Blick erfasste die offenstehende Terrassentür, der er sich vorsichtig näherte. Geduckt sprang er mit vorgehaltener Waffe durch den Türspalt in den Raum. Hier war der Geruch des verwesenden Kadavers kaum noch wahrnehmbar, was ihn beruhigte. Das Schlimmste schien nicht eingetreten zu sein. Die Augen erfassten jede Kleinigkeit im Wohnzimmer. Dabei entging ihm nicht die leere Whiskyflasche, die ihr Innenleben teilweise auf dem teuren Teppich ausgehaucht hatte. Mit Sorge betrachtete er das Röhrchen, das er aus der langen Laufbahn als Drogenermittler nur zu gut kannte. Daneben registrierte er noch Reste, die er mit Kennerblick als Kokain identifizierte. Sein Weg führte ihn durch die Diele zum Bad. Nach einem Blick in die Dusche war er sich sicher, dass diese vor nicht langer Zeit benutzt wurde. Immer noch tropfte unablässig Wasser aus der Kopfarmatur.

Im angrenzenden Schlafzimmer beendete Martin seinen Rundgang. Mit Erleichterung entdeckte er Jans nackten Körper quer auf dem Bett liegend. Schnarchtöne bewiesen, dass noch reichlich Leben darin vorhanden war. Martin steckte die Waffe zurück ins Holster, und betrachtete mit Sorge die stark geröteten Körperpartien. Er drehte seinen Freund auf den Rücken, was von dessen Stöhnen begleitet wurde. Er zog die kleine Kugelschreiberlampe aus der Jackentasche. Mit dem Daumen schob er ein Augenlid hoch, leuchtete in die Pupille. Ihre unnatürlich große Öffnung bestätigte ihm seinen Verdacht. Jan musste vor nicht langer Zeit größere Mengen Drogen zu sich genommen haben. Die Alkoholfahne bewies, womit die Wirkung noch erheblich verstärkt wurde.

»Komm jetzt endlich zurück, Jan. Ich bin es, Martin. Warum tust du Arschloch dir das immer wieder an? Du musst mir erzählen, was hier vorgefallen ist. Verdammt, mach endlich die Augen auf!«

Geräusche, die an das ungeduldige Knurren eines Hundes erinnerten, drangen durch Jans Lippen, die noch vom eingetrockneten Speichel verklebt waren. Martins Geduld war längst an dem Punkt angekommen, der ihn zu radikaleren Mitteln greifen ließ. Mit geübtem Griff hob er Jan auf die Schulter. Das kalte Wasser der Dusche weckte in sekundenschnelle Jans verbliebene Lebensgeister, ließ ihn aufschreiend hochfahren.

»Bist du ... bist du denn völlig verrückt, willst du mich umbringen?«

»Dazu brauchst du mich nicht, das bisschen erledigst du im Handumdrehen selbst. Bewege jetzt deinen Arsch hier raus, und zieh dir was drüber. Du erkältest dich sonst noch.«

Martin ließ seinen Freund ohne ein weiteres Wort in der Dusche liegen, stellte lediglich das Wasser ab. Im Sessel wartete er geduldig, bis Jan den Bademantel übergezogen hatte. Mit an die Schläfen gedrückten Handballen erschien er stöhnend in der Türfüllung. Mit geschlossenen Augen sank er stöhnend auf die Coach. Sein Fuß berührte dabei die leere Dimple-Flasche. Er trat sie verärgert durchs Zimmer.

»Wieso bist du hier? Wie bist du überhaupt reingekommen?«

»Das kommt später. Von dir will ich wissen, was gestern der Anlass deiner Single-Party war. Ich will hoffen, dass ich oder einer meiner Männer keinen weiteren Stoff bei dir finden werden. Wenn du dir den in dein beschissenes Resthirn gezogen hast, ist das deine Sache, doch der Besitz und Vertrieb ist strafbar. Wenn hier nachher meine lieben Kollegen auftauchen, möchte ich sicher sein, dass sie nicht zufällig über deine Kokainreserven stolpern. Ich werde das dann nicht mehr vertuschen können. Also wirst du gleich, wenn wir fertig sind, deinen Saustall clean machen. Haben wir uns verstanden?«

»Ja, ja, Daddy, alles angekommen. Noch mal ... warum bist du hier?«

Martin stemmte sich aus dem bequemen Sessel, marschierte zu Jan. Ohne weitere Worte packte er Jan am Unterarm und riss ihn in die Senkrechte. Der konnte nicht verhindern, dass er zur Terrasse gezogen wurde. Martins ausgestreckter Arm zeigte auf die nur wenige Meter entfernt stehende Baumgruppe. Der Katzenkadaver baumelte wie ein indianisches Totem unter dem Ast. Der Wind trieb wieder einen Hauch des bestialischen Geruchs herüber. Jan erwachte augenblicklich aus seiner Lethargie. Er riss den Ärmel seines Bademantels vor die Nase. Er wollte umdrehen und zurück ins Zimmer stürmen, was Martins massige Gestalt, die sich hinter ihm aufgebaut hatte, verhinderte. Er stieß Jan auf den Rasen, schüttelte ihn an der Schulter.

»Was ist das? Was hast du getan? Ist das etwa dein Kater, der da sein Leben ausgehaucht hat? Du bist ja total krank, du kotzt mich an.«

196

Ungläubig starrte Jan auf seinen Freund, zog ihn ins Wohnzimmer. Mit einer wilden Bewegung schob er die Glastüren zusammen und warf sich wieder auf die Couch. Seine Hände fuhren über sein Gesicht, als wollte er Erscheinungen wegwischen. Die Lippen versuchten, Worte zu Sätzen zu formen.

»Du glaubst tatsächlich, dass ich ... ich soll Hercules dermaßen hergerichtet haben? Hältst du mich für ein Monster? Niemals könnte ich das einem Tier antun. Es macht mich eher krank, dass du mir das zutraust. Wie lange kennen wir uns? Ich glaube das nicht ... dieser elende Polizistenarsch unterstellt mir, dass ich ...«

»Jetzt beruhige dich wieder ... Schluss mit der Show! Erzähl mir genau, was hier passiert ist. Du ziehst dir doch nicht ohne Grund die hohle Birne zu. Hast du dich wegen des toten Katers zugedröhnt, anstatt mich sofort zu informieren?«

»Nein«, schrie Jan, »ich habe mir nur eine kleine Prise gegönnt. Ich musste die Diskussion mit Sandra aus dem Kopf bekommen. Erst viel später, als ich in den Garten wollte, habe ich die Scheiße gesehen. Was hat der unschuldige Kater denn getan? Warum er? Ich glaube ... ich nehme an, dass ich mir dann den Rest vom Stoff reingepfiffen habe. Ja, so muss es gewesen sein. Mehr weiß ich nicht ... bis du aufgetaucht bist.«

»Nun ja, es ist ja wohl nicht bei dem Koks alleine geblieben. Den guten Whisky hast du komplett vernichtet. Es wäre besser gewesen, wenn du mich sofort angerufen hättest. Aber wem sage ich das. Du bist ja immer noch unzurechnungsfähig. Da ist noch was, über das ich berichten muss.«

Jans Sinne waren geschärft. Er schien trotz seines Zustandes zu spüren, dass Martin Wichtiges bisher verschwieg. Mit aufgerissenen Augen beobachtete er den Kripo-Mann.

»Es hat irgendwie auch mit Hercules zu tun. Ich meine ... mit dem restlichen Teil von ihm.«

»Auch? Was bedeutet das ... das auch? Ist was mit Sandra? Sag es mir sofort.«

Er rutschte auf die vordere Kante der Couch, stierte auf Martins Lippen, als wollte er die Worte heraussaugen.

»Eins nach dem anderen. Sandra geht es gut ... das mal vorab. Also. Wir wissen jetzt zumindest, zu welchem Kadaver das Katzenfell gehört, das wir an der Tür von Victors Haus gefunden haben. Ein Beleg dafür, denke ich, hängt eindrucksvoll in deinem Garten. Du musst wissen, dass jemand in der letzten Nacht nicht nur deinen Stubentiger massakriert hat, sondern auch noch das Fell effektvoll an Victors Haustür genagelt hat. Und was glaubst du, wer das Vieh gefunden hat? Sandra geht es den Umständen entsprechend gut. Sie wird den Schock verarbeiten müssen ... das dauert zwar etwas, aber das wird schon. Der Zettel, der daran befestigt war, hat ihr außerdem zugesetzt.«

Jan hörte mit geöffnetem Mund zu, ohne zu unterbrechen. Martin schilderte die Situation, wie er sie vor Ort vorfand. Er las ihm wortgetreu das Schreiben vor. Der Notizblock verschwand wieder in der Jacke. Der erfahrene Kripo-Mann gab Jan die nötige Zeit, alles zu verarbeiten. Er registrierte zufrieden, dass sein Freund auf einen Schlag bei klarem Verstand war. Jan sprang auf.

»Wir können in wenigen Minuten fahren, ich ziehe mir nur was über. Wir müssen zu Sandra. Das Ganze muss so schnell wie möglich ein Ende finden.«

Bis sie an Victors Haus ankamen, verbrachten die beiden Männer die gesamte Fahrt schweigend nebeneinander. In Jan reifte ein Plan.

Immer noch bevölkerten Kripobeamte das Grundstück. Für den Laien war nicht erkennbar, wonach sie möglicherweise suchten. Die reale Szenerie vermittelte Jan etwas Bedrückendes, was er in seinen Romanen nicht annähernd hätte beschreiben können. Martin brachte sich bei einem Teammitglied auf den aktuellen Stand. Jan trat näher an die Eingangstür, an der immer noch das Katzenfell hing. Die wenigen Zeilen fraßen sich in sein Hirn, ließen eine unbändige Wut auf den Täter anwachsen. Der Gedanke an den qualvollen Tod von Hercules beherrschte ihn zwar, doch sah er die unverhohlene Drohung hinter den Worten. Das Blut des Katers hatte mittlerweile das einst weiße Papier vollends gefärbt, die einzelne Buchstaben waren nur noch mit Mühe erkennbar. Wieder stieg ihm der Verwesungsgeruch in die Nase.

Sandra. Wo war Sandra, fuhr es ihm durch den Kopf. Martin gab dem Beamten ein Zeichen, als der versuchte, Jan den Zugang zum Haus zu verwehren. Im Türbogen zum Wohnzimmer stoppte er. Der Blick Sandras ging durch ihn hindurch, sie zeigte keinerlei Reaktion auf sein Erscheinen. Tief traf ihn die Erkenntnis, dass die Drohungen deutlich ihre Wirkungen zeigten. Wortlos ergriff er ihre Hand, während er vor ihrem Sessel niederkniete. Erst jetzt zeigte Sandra erste

Anzeichen des Erkennens. Sie lächelte ihn an, ihr Griff wurde fester.

»Ist dir auch wirklich nichts geschehen, Liebes? Ich bin jetzt bei dir. Niemand wird dir etwas tun, das verspreche ich dir.«

»Hört das denn niemals auf? Ich weiß nicht mehr, was ich noch tun kann. Hilf mir Jan … bitte hilf mir.«

»Das wird nicht mehr vorkommen. Ich werde dich noch heute fortbringen. Wir werden in Sicherheit sein, bis man den Wahnsinnigen ermittelt hat.«

»Was erzählst du da? Was soll das heißen … Sicherheit?«

Martin, der zwischenzeitlich hinter Jan aufgetaucht war, hatte die letzten Worte mitbekommen. Wie ein drohender Fels postierte er sich neben den beiden.

»Wo glaubst du, Sicherheit zu finden? Sandra braucht jetzt unbedingt Personenschutz.«

»Und das wird ihr die Angst nehmen? Träum weiter, Martin. Ich werde sie an einen Ort bringen, von dem nur du Kenntnis erhältst. Es gibt dir Zeit, weiter zu ermitteln, ohne befürchten zu müssen, dass der Täter sein Opfer findet.«

»Was versprichst du dir davon? Keine Zielperson – keine Aktionen. Ich denke, dass der Täter in dieser Zeit keinen Finger rühren wird. Das ist eine trügerische Sicherheit, denn alles wird seine Fortsetzung finden, wenn ihr wieder zurückkommt.«

Jan blickte verständnislos auf seinen Freund. Er erhob sich.

»Bist du dir darüber im Klaren, was du da gerade angedeutet hast? Willst du uns damit sagen, dass wir weiter als Lockvögel leben sollten? Erwartest du von Sandra, dass sie ihr Leben aufs

Spiel setzt, in der Hoffnung, dass der Täter irgendwann einen Fehler begeht? Du bist verrückt. Das werde ich nicht zulassen. Wenn ihr als Behörde nicht in der Lage seid, den Täter zu ermitteln, werde ich mir Hilfe an anderer Stelle holen. Wozu hat man sonst Freunde?«

Wie Martin diesen Vorschlag sah, war unschwer an seiner aufsteigenden Gesichtsröte erkennbar. Er trat näher an Jan heran.

»Sprichst du da gerade von deinen Mafia-Freunden, die du um Hilfe bitten möchtest? Diesen Weg willst du wirklich gehen? Hast du einen Gedanken daran verschwendet, dass diese Menschen nichts ohne Gegenleistung tun? Du würdest auf ewig in ihrer Schuld stehen. Das ist nicht deine Welt. Du bewegst dich dabei auf sehr dünnem Eis. Sich bei denen Drogen zu besorgen, ist eine Sache. Aber wenn du in ihrer Schuld stehst, wirst du einer von ihnen … für immer. Sie werden diese Schuld immer wieder bei dir einfordern. Tu das nicht. Wir werden das auf legalem Weg schaffen.«

Der Zorn in Jans Augen zeigte Martin, dass seine Worte an ihm abprallten. Der war gewillt, eine Horde gewaltbereiter Mörder einzuschalten, die nicht nach der klaren Beweislage fragten, bevor sie einen Auftrag durchführten. Das waren gefährliche Auftragskiller, ein Pestgeschwür, das immer wieder nachwuchs, wenn man Teile davon eliminierte.

»Kann ich Sandra jetzt mitnehmen? Sie wird ihre Aussage wohl schon gemacht haben, oder? Ich informiere dich, wo ich sie unterbringen werde. Halte mich bitte auf dem Laufenden, falls es Ergebnisse geben sollte.«

Jan reichte Sandra beide Hände und half ihr auf. Bittend blickte sie von einem zum anderen. Ihr war der Gedanke unangenehm, dass sich diese Männer zerstreiten könnten.

»Können wir noch warten, bis Victor und Danny kommen? Sie müssen doch informiert worden sein. Außerdem wäre Ramira ganz alleine. Wo ist sie überhaupt, die Arme?«

»Die Haushaltshilfe haben wir in ihr Zimmer bringen lassen. Ich glaube, die hat ein Beruhigungsmittel bekommen, sie schläft bestimmt. Deswegen müsst ihr euch keine Sorgen machen.«

Als Jan sich kurz auf die Toilette verabschiedete, nutzte Sandra den Augenblick, um sich an Martin zu wenden.

»Gib Jan etwas Zeit. Er meint es nur gut und macht sich Sorgen. Ich werde versuchen, ihn zur Vernunft zu bringen. Nur bitte ... findet diese Wahnsinnige bald. Ich weiß nicht, wie lange ich das noch aushalte.«

»Ich habe gerade mit meinem Freund Claudio gesprochen. Wir werden dich in einer seiner Wohnungen bringen. Dort wirst du vorerst sicher sein. In der Wohnung nebenan wird immer jemand sein, der auf dich aufpasst. Kannst du Vanessa fragen, ob du ein paar Tage Urlaub nehmen kannst? Ich denke, dass du Ruhe brauchst nach allem, was passiert ist.«

»Jan, hör mir zu. Deine Fürsorge ehrt mich, sie macht mich glücklich. Doch du hast dabei vergessen, mich in deine Entscheidungen einzubeziehen? Noch kann ich diese selbst treffen. Martin hat nicht Unrecht damit, dass es wenig bringt, uns komplett aus der Schusslinie zu nehmen. Das Problem wird damit nicht verschwinden. Willst du mich für den Rest meines Lebens verstecken? Dann hat diese Wahnsinnige gewonnen. Ich werde mich wehren, werde nicht kampflos aufgeben. Ich will wieder in meine Wohnung zurück. Darüber werde ich auch nicht mit dir diskutieren.«

Die Geschichte lief völlig anders, als es sich Jan ausgemalt hatte. Er überlegte fieberhaft, wie er Sandra aus der Schusslinie nehmen konnte. Sie musste für den Täter unsichtbar, besser noch, uninteressant werden. Die naheliegende Lösung einer Trennung kam für ihn nicht infrage. Weder Sandra noch er waren bereit, den Forderungen nachzugeben. Sie mussten den Kampf aufnehmen. Unbedingt darauf hoffen, dass ein Fehler des Täters diesen Irrsinn beendete. Martin gab Anweisungen an seine Mannschaft, als Jan ihn über Sandras Entscheidung informierte.

»Nun gut. Kannst du Sandra in ihre Wohnung bringen lassen? Du hast ja zugesagt, dass du einen Personenschutz organisiere wirst. Ich habe noch was zu erledigen.«

»Moment, mein Lieber. Du benötigst diesen Schutz ebenfalls. Du kannst nicht weiter tun, als wenn dir keine Gefahr drohte.«

»Ich will diesen Schutz nicht. Mein Leben wurde nicht bedroht, ganz im Gegenteil. Man will meines schützen. Hast du das noch nicht geschnallt? Ich bin sicher, habe sozusagen einen Schutzengel.«

»Verdammt, du bist doch ein so verdammt sturer Arsch. Entschuldige Sandra, aber das musste ich einmal loswerden. Der Kerl nervt.«

»Kein Problem. Du sprichst mir aus der Seele. Können wir dann?«

Martins Hand griff in die Jackentasche, aus der er sein Diensttelefon hervorzauberte. Während er die Nachricht entgegennahm, wendete er sich ab. Als er sich wieder umdrehte, überzogen Sorgenfalten sein Gesicht.

»Das war der Sachverständige aus der Rechtsmedizin. Die haben den Bericht über den Brandherd in Borken fertig. Sie sind auf etwas gestoßen, was auf Brandstiftung hindeutet. Wenn die Fahrzeuge ausbrennen, bedeutet das in der Regel, dass sich die größte Hitze im Innenraum entwickelt. Diese Wärme lässt die Scheiben normalerweise von innen nach außen platzen. Das passierte auch überall, außer bei deiner Fahrertür. Da lagen die Splitter auf dem Fahrersitz. Das heißt, jemand muss sie eingeschlagen haben. Da sie keinen Brandbeschleuniger im Innenraum gefunden haben, wurde der Motorraum intensiv untersucht. Da hat man noch einen Benzinschlauch gefunden, der eine glatte Schnittkante aufwies. Jetzt wird vermutet, dass an dieser Stelle ein Brandherd gelegt wurde, der aber erst mit Verzögerung arbeiten sollte. Die bleiben dran und informieren mich, wenn es neue Erkenntnisse gibt. Also, so ganz aus der Schusslinie bist du nicht. Aber du wirst es ja besser wissen ... bist ja schließlich als Schriftsteller der absolute Fachmann. Sandra, ich lasse dich jetzt zur Wohnung fahren. Einen Wagen stellen wir rund um die Uhr vor die Tür. Hast du deine Sachen zusammengepackt?«

Ohne Jan noch eines Blickes zu würdigen, mischte er sich unter sein Team.

19. Kapitel

Der Duft von mediterranen Gewürzen, Fisch und gegrilltem Fleisch schlug ihm entgegen, als Jan Hellmann das Restaurant betrat. Der Inhaber war schnell ausgemacht, denn er mischte sich gerne, laut lamentierend, unter seine Gäste. Heftig winkend, machte er Jan deutlich, dass er ihn bereits bemerkt hatte.

»Heute ist ein guter Tag, meine lieben Gäste. Einer meiner besten Freunde, der bekannte Schriftsteller Jan Hellmann, gibt dem angesagtesten Italiener der ganzen Stadt die Ehre seines Besuches. Il benvenuto al mio amico.«

Ähnliche großspurigen Sprüche hatte er zwar erwartet, trotzdem war es Jan nicht recht, dieses Aufsehen erweckt zu haben. Er winkte freundlich zurück, deutete eine Verbeugung gegenüber den Gästen an, und setzte sich an den verstecktesten Tisch.

»Du hast dich ja lange nicht bei mir sehen lassen, mein Freund. Ist euch mein Essen nicht mehr gut genug? Hast du nur noch Lust auf Burger und Sex?«

»Im Augenblick ist die Hölle los. Und das meine ich wörtlich. Ich komme kaum dazu, normal zu arbeiten. Claudio, du musst mir helfen.«

»Oh, du hast Probleme. Da bist du bei mir genau richtig. Ich habe auch Probleme, aber nie lange. Was kann ich für dich tun?«

Schnell wurde Claudio ernst, als Jan berichtete. Fasziniert hörte er sich die Zusammenfassung der Geschehnisse an, ohne zu unterbrechen. Selten sah man ihn derart konzentriert. Selbst als Jan den Bericht beendet hatte, schwieg der Italiener. Tomaso, der Chefkellner vertröstete einen Anrufer auf später. Er hatte längst ein Gespür dafür entwickelt, wenn sein Boss nicht gestört werden durfte.

»Wir haben keine Namen, nur Briefe. Das macht die Sache schwierig. Gib mir Namen, und ich verspreche dir, du wirst in Frieden leben können. Ich muss zugeben. Dein Freund von der Polizei hat nicht Unrecht damit, dass Verstecken auf Dauer nichts bringt. Du sagst, dass sie rund um die Uhr von den Bullen beschützt wird. Das ist Dummschwätzerei. Wenn ich an die Frau rankommen will, schaffe ich das auch. Die Idioten sitzen nur draußen im Auto und fressen Fastfood. Die sehen nichts, diese Luschen. Lass mich nachdenken.«

Während Claudio mehrere Telefonate hinter der Theke führte, bestellte Jan einen Caffè Corretto und Pizza Speziale. Seine Lieblings-Zutaten kannte hier jeder Kellner.

»Hast du schon bestellt? Das ist gut. Also ... ich habe dafür gesorgt, dass bei deiner Signorina und bei dir immer einer von unseren Männern aufpasst. Ich brauche noch Bild und Adresse von dieser Schönheit, damit die nicht irgendeiner Nachbarin hinterherlaufen. In ein paar Minuten wird jemand kommen, der dir eine Waffe übergeben wird. Die ist sauber, nirgendwo registriert und handlich, also keine Riesenkanone. Aber sie wird dich beschützen. Du gibst sie mir zurück, wenn wir das Arschloch haben, tutto bene? Wann schreibst du wieder ein Buch über mich? Ich kann dir viel erzählen über Mafia. Iss nur - gleich kommt Giovanna, sie wird sich freuen, dich zu sehen.«

Die Waffe in der Innentasche seiner Jacke wog Zentner. Ihm behagte die Tatsache nicht, dass er sich strafbar machen musste, um das Leben Sandras beschützen zu können. Das Telefon in der Wohnung hörte er schon, als er die Tür aufschloss. Martins ruhige Stimme konnte nicht verhindern, dass sich Jans Pulsschlag erhöhte.

»Es gibt Neuigkeiten, die dich auch interessieren könnten. Wir müssen in alle Richtungen ermitteln, das wirst du ja sicher verstehen.«

Er fuhr fort, als von Jan nichts kam.

»Wir haben den Aufenthaltsort von Claudia ermitteln können. Sie wohnt ...«

»Was habt ihr? Was hat Claudia mit der ganzen Sache zu tun? Ich will nicht, dass sie da reingezogen wird. Verdammt, ich bin froh, dass ich die Trennung halbwegs überwunden habe. Jetzt kommt ihr und wühlt wieder darin rum. Scheiße, Scheiße. Die musste doch nicht unbedingt wissen, was hier passiert. Du glaubst doch nicht etwa ...? Du kennst sie doch gut genug. Sie würde sowas niemals tun. Hast du schon mit ihr gesprochen?«

»Es tut mir leid, Jan. Aber auf Gefühlsdusseleien können wir keine Rücksicht mehr nehmen. Auch sie gehört zum erweiterten Kreis der Verdächtigen. Es geht hier um die Gesundheit von Sandra. Ich habe Claudia für heute Nachmittag um sechzehn Uhr vorgeladen. Da müsst ihr durch.«

»Es gefällt mir trotzdem nicht. Du kannst doch einfach nur ihr Alibi überprüfen. Sie muss doch von den Hintergründen nichts wissen.«

»Wovor hast du Angst? Sie hat dich verlassen. Das ist doch Fakt, oder? Warum glaubst du, nicht das Recht zu haben, dein Leben nach eigenem Ermessen gestalten zu können. Sie tut es doch auf jeden Fall. Ich will hoffen, dass du nicht in dem Wahn lebst, dass sie zu dir zurückkommt. Dann gehörst du in eine Jacke. Ist das etwa der Grund, warum du dich mit Koks zudröhnst? Vergiss sie endlich. Sie macht dich kaputt. Verflucht noch mal, wir hatten damals alle unseren Spaß miteinander. Aber das ist vorbei ... hast du gehört? Vorbei. Sie hat sich aus dem Team verabschiedet, hat den Verein gewechselt. Das wirst du wohl nie begreifen, fürchte ich.«

Jan legte den Hörer wortlos in die Halterung.

Der Stamm der riesigen Eiche verdeckte teilweise den Eingangsbereich zum Präsidium. Jan zuckte heftig zusammen, als ein grauer VW im Schritttempo an ihm vorbeiglitt. Sofort erkannte er die Frau, die nach einem Parkplatz suchte. Dieses Gesicht würde er niemals aus seinem Gedächtnis streichen können, obwohl Claudia ihr Äußeres enorm verändert hatte. Einige Meter vor ihm fand sie eine Parkmöglichkeit. Jan zog die Zeitung vor das Gesicht, in der Hoffnung, dass sie ihn nicht bemerken würde. Bevor sie die schwere Tür des Präsidiums öffnete, blickte sie noch ein letztes Mal in seine Richtung. *Hat sie mich entdeckt? Weiß sie, dass ich hier bin?* Noch weiter glitt er in die Tiefen des Fahrersitzes, da er den Eindruck hatte, sie würde ihm direkt ins Gesicht sehen.

Mit zitternder Hand startete er den Wagen. Das herankommende Fahrzeug bemerkte er erst, als es hupend eine

Notbremsung durchführte ... nur wenige Zentimeter vor seiner Fahrerseite. Er entschuldigte sich bei dem entsetzt dreinschauenden Fahrer, fuhr nachdenklich nach Hause. Den grauen Honda, der nur wenige Meter entfernt von seiner Einfahrt parkte, entdeckte er auf Anhieb. Die beiden Männer winkten ihm zu. Drei Fahrzeuge weiter war nur schemenhaft die Gestalt einer Person hinter der eingefärbten Scheibe des dunklen Audis zu erkennen. Das Aufglimmen der Zigarette verriet ab und zu deren Gegenwart. Selbst den Kripobeamten war der dritte Schutzengel bisher verborgen geblieben.

»Wohin gehen Sie, Herr Hellmann?«

Der etwas stämmige Polizist, der gelangweilt auf dem Fahrersitz lümmelte, ließ die Seitenscheibe heruntergleiten und warf die Kippe auf die Straße. Sein Partner beugte sich herüber, um Jans Antwort besser verstehen zu können.

»Will mir nur die Beine vertreten und einen Cappuccino in der Eisdiele trinken. Darf ich Sie einladen? Das Haus wird danach noch stehen. Kommen Sie, meine Herren, dort können Sie viel besser auf mich aufpassen.«

»Das dürfen wir eigentlich nicht, wir sollen ein Auge auf das Haus haben. Wenn Sie uns versprechen, dass ...«

»Klar, der Kommissar wird nichts davon erfahren ... mein Ehrenwort.«

Die drei Männer verfügten über eine freie Auswahl bei den Tischen. Der Himmel hatte sich zugezogen, der Besucherandrang im Café war überschaubar. Keiner bemerkte den schlanken, dunkelgekleideten Mann, der ihnen folgte, und ebenfalls ein paar Tische entfernt Platz nahm. Jan hielt ihn für einen Bekannten Alessias, da sie sich in ihrer Landessprache mit ihm unterhielt. Lachend kam sie zum Tisch des Trios.

»Buongiorno die Herren. Was darf ich bringen?« Sie sprach Jan nach dieser Frage direkt an. »Du hast dich ja in den letzten Tagen rar gemacht. Viel Arbeit, oder ist wieder was passiert?«

»Das ist eine lange Geschichte, erzähle ich dir später. Möchte meinen Bodyguards einen Cappuccino spendieren. Ist Ihnen das recht, meine Herren?«

Die beiden Männer nickten stumm. Sie verfolgten Alessia lange mit ihren Blicken. Sie verschwand hinter der Theke. Jan nutzte die Gelegenheit, um Fragen zum Polizeialltag zu stellen. Oft fehlten ihm derartige Informationen für seine Romane, wenn es um die öde Ermittlerarbeit ging. Schließlich verabschiedeten sich die beiden Beamten, da sie ihre befohlenen Positionen wieder einnehmen wollten. Alessia schlenderte kurz darauf mit ihrer Teetasse an Jans Tisch.

»Bodyguards? Wolltest du mich auf den Arm nehmen? Ich habe zwar die Waffenholster am Gürtel erkennen können, doch aus welchem Grund benötigst du Schutz? Ich denke, dass es Polizeibeamte waren ... oder? Erzähl mal, was ist passiert?«

Nur kurz überlegte Jan, inwieweit er Alessia in diese Geschichte einweihen sollte. Die aufkommenden Zweifel verwarf er schnell, da sie ja kaum zu den Verdächtigen gezählt werden konnte. Ohne ihn auch nur ein einziges Mal zu unterbrechen, folgte sie den Berichten. Ihre Miene blieb völlig ausdruckslos, bis Jan schließlich mit einem Schluck von seinem Kaffee endete.

»Das ist doch nicht wahr, oder? Was bezweckt diese Person damit? Es kann doch niemand davon profitieren, wenn du dich von Sandra trennst. Das ist völlig absurd.«

»Woher kennst du denn ihren Namen?«

»Den hast du doch vor einigen Tagen erwähnt, mein Lieber. Also, Namen, die kann ich mir gut merken, bei Zahlen habe ich meine Probleme. Termine muss ich mir immer aufschreiben.«

»War das so? Nun ja, du wirst wohl recht haben. Ich weiß selbst schon nicht mehr, was ich wann, wem und wo erzählt habe. Entschuldige bitte.«

»Hast du sie wenigstens in Sicherheit gebracht, damit ihr nichts mehr passieren kann?«

»Sandra wollte unbedingt zurück in ihre Wohnung. Auf keinen Fall will sie sich verkriechen und abwarten. Aber wir haben ihr auch Polizeischutz gegeben. Jetzt können wir nur abwarten, bis der Täter einen Fehler macht. Übrigens habe ich heute zufällig meine Exfrau gesehen. Sie musste zum Verhör ins Präsidium.«

»Zum Verhör? Steht sie denn unter Verdacht?«

»Nein, nicht direkt. Aber die Kripo muss natürlich den Kreis der Verdächtigen immer mehr einengen. Das bedeutet natürlich, dass die Menschen, mit denen wir Kontakt haben, überprüft werden.«

Alessia konnte die Teetasse im letzten Moment wieder aufrichten. Mit einer unbedachten Bewegung war sie mit der Hand dagegen gestoßen.

»Entschuldigung, das ist heute nicht mein Tag. Was heißt überprüfen? Soll das bedeuten, dass Matteo oder ich ebenfalls eine Vorladung zum Verhör bekommen. Sind wir ab sofort Verdächtige?«

»Das kann ich mir ehrlich gesagt nicht vorstellen. Aber wundern würde mich das nicht, wenn Kommissar Kahrmann hier auftauchen würde. Keine Sorge, du hast ja nichts zu verbergen. Doch die Vermutung der Polizei geht schon in die Richtung, dass es jemand aus dem erweiterten Bekanntenkreis sein könnte. Werde die mal gleich auf eure Spur setzen.«

Dem Gesicht Alessias war unschwer anzusehen, dass sie über diesen Joke nicht lachen konnte. Schließlich zwang sie sich zu einem gezwungenen Lächeln und stand auf. Der Italiener am übernächsten Tisch signalisierte ihr, dass er bezahlen wollte.

20. Kapitel

Der Nebel waberte über der spiegelglatten Oberfläche des Sees. Die umliegenden Bäume verdunkelten das Ufer, sodass der Wasserrand ohne erkennbare Kontur in ein dunkles Unterholz überging. Jan liebte diese morgendliche Idylle, da sie jedes Geräusch verschlang, nur ab und zu eine Vogelstimme freigab. Besonders im Herbst lieferte ihm die Umgebung seines Wochenendhauses in der Haardt diese außergewöhnliche Stimmung. Hier fand er die Ruhe, die Inspiration für neue Buchideen. Sie machte es möglich, Spannungen aufzuspüren, sie auszudrücken. Sein Schreibblock ruhte auf den Knien. Die Füße pendelten nur Zentimeter über der Wasseroberfläche, die ab und zu, verursacht durch einen Fisch oder eine aufsteigende Luftblase, eine minimale Bewegung zeigte.

Bevor er sich auf den Weg machte, überzeugte er sich davon, dass Sandra noch schlief. Sie würde den Zettel auf dem Frühstückstisch sicher finden. Doch er hoffte, zurück zu sein, bevor sie aufwachte. Der gestrige Aufenthalt an genau diesem Steg war Gesprächsmittelpunkt beim Abendbrot. Ihr gefiel die Stimmung, die sie beide bei einem Glas Wein bis in die Dämmerung hinein genossen.

Ein aufkommender Wind trieb ihm die Geräusche von entfernt arbeitenden Motorsägen zu. Von der Mitte des Gewässers zogen erst kleine, dann immer größer werdende Kreise auf, die seine Aufmerksamkeit erregten. Einzelne Fische huschten an ihm vorbei, als wollten sie sich in Sicherheit bringen. Die Wellen wurden deutlicher, begleitet von einem Plätschern. Luftblasen drangen aus der Mitte an die

Oberfläche. Jan konnte sich nicht daran erinnern, Ähnliches in diesem See jemals beobachtet zu haben.

Der Körper schoss aus dem Wasser. Er riss Fontänen mit, die feinperlig zur Wasseroberfläche zurückfielen. Das Aufschlagen der Frauengestalt übertönte ein unmenschlicher Schrei, dessen Echo aus dem dunklen Unterholz über das jetzt brodelnde Wasser zurückgeworfen wurde. Jan riss die Hände hoch, presste sie schützend auf die Ohren. Der Hilferuf drang tief in sein Bewusstsein, ließ ihn erstarren. Die Erkenntnis traf ihn mit Urgewalt, als er in der auftauchenden Gestalt Sandra erkannte. Sie schlug verzweifelt nach den Händen, die sie in die Schwärze des Sees zurückziehen wollten. Sandras Furcht glaubte er, fühlen zu können, die Glieder gehorchten nicht mehr. Mit vor Angst verzerrtem Gesicht griff Sandra in das undurchsichtige Wasser, das nicht bereit war, sein Opfer freizugeben. Sie rang nach Luft, schrie einen Namen, den Jan nicht verstand. Von einem Augenblick zum nächsten fiel die Starre von ihm ab. Er warf sich in das undurchdringliche Schwarz des Wassers. Wenige Meter vor ihm tauchte Sandra, begleitet von einem Gurgeln, ein weiteres Mal ab. Jan pumpte seine Lungen voll mit Sauerstoff, glitt hinab. Nur schemenhaft verfolgte er den Kampf zweier Frauengestalten, die engumschlungen miteinander rangen. Obwohl er mit all seiner Kraft versuchte heranzuschwimmen, entfernten sich die Körper von ihm, verschwanden endgültig am Grund des Sees. Die Lungen drohten zu platzen, sagten ihm, dass er auftauchen musste. Die Schwärze nahm ihm jegliche Möglichkeit der Orientierung. Die letzte Luftreserve entwich seinen Lungen, das erste Seewasser presste hinein. Jan schwanden die Sinne. Eine nie gekannte Gleichgültigkeit überkam ihn, lähmte seine Bewegungen. Er gab auf, ließ den erschlaffenden Körper hinabgleiten in die Tiefe.

Die Bettdecke erstickte Jans Schrei, bevor er sie in gewaltigem Bogen wegschleuderte. Sitzend ließ er seine Hände über die schweißnasse Brust gleiten, als wollte er sie auf Beschädigungen prüfen. Der Atem kam stoßweise. Es beschämte ihn nicht, dass Tränen über die Wangen liefen, sich mit dem Schweiß vermischten. *Oh Gott, Sandra. Was war das? Was willst du mir sagen?*

Sechs zeigte die Uhr, deren digitale Ziffern er nur schemenhaft durch die tränenfeuchten Augen erkannte. Die Beine versagten ihm den Dienst. Minutenlang wartete Jan auf der Bettkante sitzend, bis er den Schock des Traumes teilweise überwunden hatte. Seine Gedanken kreisten um Sandra.

Nach dem fünften Klingeln wollte Jan auflegen, da er sich dessen bewusst wurde, zu welch unmöglicher Uhrzeit er anrief. Die verschlafene Stimme, die ein *Hallo* andeutete, ließ ihn aufatmen.

»Bitte ... bitte sei mir nicht böse, Sandra. Ich musste dich einfach anrufen.«

»Jetzt ... um diese Zeit? Hast du auf die Uhr ...«

»Ich weiß, wie früh es ist. Ich musste deine Stimme hören, musste wissen, ob es dir gut geht.«

»Das ist ja reizend. Das schmeichelt jeder Frau. Doch das Gleiche hättest du vier Stunden später auch erreicht. Gäähn. Ich bin erst spät eingeschlafen und war froh, heute ausschlafen zu können. Schnapp dir jetzt dein Kissen, und knuddel dich wieder ins Bett. Wir können später ...«

»Bitte nicht einhängen, Liebes, bleib dran. Ich habe etwas Schreckliches geträumt ... du befandest dich in großer Gefahr ... ich musste wissen, ob es dir gut geht. Das war schockierend.«

Als Jan schon glaubte, dass Sandra eingehängt hatte, kam ein müdes *Erzähl mal*. Stockend, immer noch vom Erlebten berührt, gab Jan seine Eindrücke wieder.

»Welche Rückschlüsse ziehst du aus diesem Traum? Ich meine, falls du an präkognitive Träume glaubst. Ich bin kein Anhänger dieser Theorien. Niemand kann in die Zukunft sehen. Wer das behauptet, ist für mich ein Scharlatan. Dir hat der augenblickliche Stress einen Streich gespielt, und dein Unterbewusstsein reagiert jetzt darauf. Ich sage es ja immer wieder ... Männer sind große Kinder und jetzt bekommst du wieder Alpträume.«

»Das ist ja ganz toll. Ich mache mir Sorgen um dich und was tust du? Du willst mich durch den Kakao ziehen. Ganz toll, vielen Dank. Warum habe ich überhaupt angerufen?«

Das Lachen am anderen Ende war Jan nicht entgangen, obwohl Sandra den Hörer auf die Bettdecke gedrückt hielt. Sie kicherte noch, als sie antwortete.

»Ich finde das so süß. Du bist sofort eingeschnappt. Ich glaube dir ja, dass du dir Gedanken machst, aber wir dürfen jetzt nicht in Panik verfallen. Ich habe ja auch Angst. Ich fürchte mich davor, dass diese Wahnsinnige irgendwann durchdreht. Es wäre ja zu erwarten, dass sie das wahrmachen möchte, was sie angedeutet hat. Doch was sollen wir sonst tun, außer abzuwarten?«

Jan musste ihr recht geben. Er steigerte sich immer stärker in die schlimmsten Fantastereien hinein, sah überall Gefahren. Allerdings sah er auch keine Möglichkeiten, das zu unterbinden, außer ...

»Kannst du nicht wenigstens eine Zeitlang zu mir ziehen? Das gibt mir ein besseres Gefühl ... außerdem muss ich dich sehen. Du bist so weit weg von mir. Das halte ich nicht aus. Bitte ... ich brauche dich.«

Die Stille in der Leitung zerrte an Jans Nerven. Er sehnte dieses befreiende *Ja* herbei.

»Was glaubst du, wird sich dadurch ändern? Wird Claudia sich in Luft auflösen? Ich kann mir einfach nicht vorstellen, dass du auf einen Knopf drückst, deinen Gefühlen ein Reset verpasst, und wir fangen unbelastet von deiner Vorgeschichte bei Null an. Bitte verstehe mich doch, Jan. Ich könnte es nicht ertragen, dass ich immer mit ihr verglichen würde. Es wäre nicht zu schaffen, jeden Tag aufs Neue, um deine Liebe kämpfen zu müssen. Eines Tages würde ich erkennen, dass ich mit der Silbermedaille leben muss. Gib mir ... gib uns noch etwas Zeit. Du bist mir zu wichtig. Es darf nicht nur ein romantisches Abenteuer gewesen sein.«

»Bedeutet das jetzt, dass wir uns in der nächsten Zeit nicht sehen werden? Ist das, was zwischen uns geschehen ist, völlig belanglos? Das wirst du mir doch wohl nicht antun.«

»Du hörst mir nicht zu, du Macho. Ich sagte, dass ich etwas Zeit brauche, um über eine ernsthafte Beziehung nachzudenken. Ich habe mit keinem Wort gesagt, dass es mir nichts bedeutet hat. Ganz im Gegenteil ... und genau das macht es so schwierig. Wir könnten ja heute Abend essen gehen. Was hältst du davon? Aber nur unter einer Bedingung. Ich darf dich dazu einladen. Zu deinem Italiener?«

»Was bleibt mir anderes übrig, als dem zuzustimmen? Ich würde dich ja sonst nie sehen. Ich hole dich um neunzehn Uhr zuhause ab.«

»Am Nachmittag habe ich noch einen Termin. Du hattest mir doch von diesem Friseursalon vorgeschwärmt, bei dem du schon so viele Jahre Stammgast bist. Ich glaube bei dieser Cornelia Giese in Rüttenscheid. Ich muss endlich wieder eine Grundform in meine Mähne reinbringen. Dann also bis um Sieben.«

Genauso hatte Jan sie aus ihrem ersten Treffen im Café in Erinnerung. Wieder überwältigte ihn die Ausstrahlung dieser Frau. Das geheimnisvolle Lächeln, es war wieder da, verzauberte ihn. Die unbändige Fülle an Haar umrahmte ein Gesicht, das nichts davon erkennen ließ, was sie in den letzten Tagen ertragen musste. Niemand hätte vermutet, dass ein schlecht verwachsener Bruch des Beines bei ihr noch vor Wochen ein Humpeln verursachte. Er ging mit ausgestreckten Händen auf sie zu, umarmte sie vor der Haustür. Jan genoss den Augenblick, als sie sich an ihn schmiegte. Er genoss den Geschmack ihrer vollen Lippen.

Aus den Augenwinkeln bemerkte er das Feixen der beiden Männer, die sich gelangweilt auf ihren Autositzen lümmelten, und die Begrüßung verfolgten. Sie wussten von Kommissar Kahrmann, dass sie heute Abend auf Kosten des Präsidiums bei einem Italiener speisen durften. Der Job zeigte seine angenehme Seite.

»Buongiorno, mein Freund. Lange Zeit bist du nicht bei mir gewesen. Jetzt kommst du in Begleitung einer Madonna.«

Sandras Lächeln begleitete die Umarmungen des Gastgebers. Sie hakte sich bei Claudio ein, und ließ sich an einen Tisch führen, der geschützt in einer Ecke stand. Hinter ihnen öffnete sich die Tür erneut. Die beiden Kripoleute suchten einen Tisch, von dem sie einen guten Blick auf das Pärchen hatten. Der dunkelbärtige, sportlich gekleidete Mann, der kurz darauf das Restaurant betrat, begrüßte den Kellner Tomaso. Er setzte sich auf einen Hocker neben der Theke. Niemand nahm weiter Notiz von ihm. Ein Freund des Hauses.

»Ich empfehle Ihnen, meine Dame, eine Spezialität unseres Hauses. Lassen Sie mich für Sie eine Auswahl an Antipasti arrangieren. Als Hauptgericht dann Tonno alla Siciliana, ein Thunfisch auf sizilianische Art in Marsala-Sauce. Dazu reichen wir Fagiolini al burro e Pangrattato, das sind grüne Bohnen mit Croutons. Wir runden das Ganze ab mit Patate Fritte con Aglio e Rosmarino, was so viel bedeutet wie Bratkartoffeln mit Knoblauch und Rosmarin. Und dann ...«

»Claudio, bitte, das reicht. Für mich bitte das Gleiche wie für die Dame. Und dazu einen ausgesuchten Pino Grigio.«

»Du bist ein egoistischer, alter Mann. Du wirst diese Schönheit niemals ganz alleine besitzen können. Alle Männer werden ...«

»Ja, ja, mein Freund, das reicht jetzt. Genug gebalzt. Ist die Signora heute nicht in der Küche? Oder muss sie deine sechs Kinder hüten?«

»Oh Gott, wer hat jemals behauptet, dass dieser Teufel mein Freund ist? Der Thunfisch soll sich durch deine Magenwände beißen, dich die ganze Nacht quälen.«

Beide lachten, als sich Claudio schimpfend zur Küche entfernte. Der Abend versprach, nett zu werden.

Der Wagen kam nur wenige Meter von Sandras Haustür entfernt zum Stehen. Schweigend ließ Jan den Motor laufen, den Blick auf das Lenkrad gerichtet. Sekunden später drückte Sandra den Startknopf. Das Motorengeräusch erstarb.

»Ich habe heute Morgen bemerkt, dass in der Gästetoilette der Abfluss am Waschtisch verstopft ist. Hättest du Lust und Zeit ...?«

Sandra ließ den Satz unvollendet. Sie sah unschuldig auf ihre im Schoß gefalteten Hände. Sie gestattete ohne Widerspruch, dass Jan ihr Kinn anhob, und ihr durch einen zarten Kuss eine klare Antwort gab.

»Ich denke, dass du Werkzeug in der Wohnung hast. Ich werde sehen, was ich für dich tun kann.«

Er half ihr galant aus dem Wagen. Er beneidete die beiden Männer nicht, die ihren Platz auf der anderen Straßenseite eingenommen hatten. Er wusste aus seiner Zeit als Soldat, wie lang eine Nacht auf Wachposten werden konnte. Vom Aufzug waren es nur wenige Schritte zum Gang, der sie außen am Haus zu Sandras Wohnungstür führte. Sie stieß mit dem

Hinterteil die Glastür auf, während Jan sie küssend umarmt hielt. Die Nachtluft strömte in den Hausflur. Turtelnd bewegten sich die zwei Richtung Wohnung. Ihre Hand verharrte mitten in ihrer Bewegung, als sie den Schlüssel ins Schloss führen wollte. Die Glassplitter der eingeschlagenen Türscheibe verbreiteten ein knirschendes Geräusch unter ihren Füßen. Die Tür stand einen Spalt offen.

»Geh bitte von der Tür weg. Komm langsam zurück. Sandra, tu mir den Gefallen, geh runter zur Straße. Du weißt, dass dort ein Wagen parkt, in dem zwei Beamte sitzen. Das ist der graue Seat auf der anderen Straßenseite. Bitte sage denen, dass hier eingebrochen wurde. Ich warte solange hier. Der Täter könnte noch in der Wohnung sein, er darf uns nicht entkommen.«

Jan war bemüht, ihr gegenüber nicht seine Erregung zu zeigen. Sie nickte, starrte weiter auf die Tür. Die Beine wollten dem Befehl nicht sofort nachgeben, sie zögerte. Jan schob sie vorsichtig den Gang entlang. Erst als sie im Flur verschwunden war, glitt er zurück zur Wohnungstür. Seine bebenden Hände suchten die Waffe, die er in der Innentasche aufbewahrte. Als er sie schließlich in den Händen hielt, zog er den Verschluss zurück, entsicherte sie, richtete ihren Lauf auf die Tür.

Warum tu ich das? Ich habe doch eine Scheißangst?

Mit der Fußspitze machte er den Weg frei. Das Geräusch, das seine Schuhe auf den Glasscherben verursachte, fuhr ihm durch alle Glieder. Er stoppte, horchte in die Dunkelheit, die ihm pure Gefahr signalisierte. *Bleib stehen, du Idiot.* Immer lauter wurde die Stimme, die ihm diesen Alleingang ausreden wollte. Der bläuliche Schimmer der Digitaluhr auf dem

Dielenbord spendete eine Spur an Licht. Mittlerweile hatten sich seine Augen besser an die herrschende Dunkelheit angepasst. Schritt für Schritt näherte er sich der Küche, warf einen Blick hinein. Nichts. Angestrengt versuchte er, fremde Geräusche zu erkennen, das Atmen einer anwesenden Person. Das Rauschen in seinen Ohren, der eigene Pulsschlag übertönte alles. Die Angst breitete sich wie ein gefräßiges Tier in ihm aus. In dem Augenblick, als er den Blick ins Wohnzimmer wagte, setzte sein Herzschlag für einen Augenblick aus. Das Flüstern war direkt hinter ihm. Die kalte Hand berührte ihn am Hals. Sie zog ihn mit einem Ruck an der Schulter zurück in die Diele.

»Sind Sie wahnsinnig, Hellmann? Was machen Sie hier? Verschwinden Sie sofort auf den Flur, wir regeln das.«

Unauffällig sicherte Jan die Waffe, schob sie zurück in die Jacke. Er sah dem hageren Kripomann in die Augen, der ihn in Richtung Ausgang schob. Direkt neben ihm tauchte der zweite Mann auf. Mit Blicken verständigten sich die beiden, welche Räume sie sichern wollten.

Minutenlang hockten Jan und Sandra auf dem Boden vor der Wohnung. Es erschien ihnen wie eine Ewigkeit, bis sie endlich in der Ferne die Signalhörner sich nähernder Polizeifahrzeuge vernahmen. Der Lichtstrahl, der sie plötzlich durch eines der Flurfenster erfasste, beleuchtete Sandra, die ihren Kopf ängstlich an Jans Brust presste. Sein Arm ruhte auf ihrer Schulter. Unablässig sprach er auf sie ein, versuchte, ihren bebenden Körper zu beruhigen.

»Keiner drin, alles sicher.«

Die knappe Aussage kam aus dem Mund des hageren Beamten, der seinen Kopf durch die Türöffnung steckte. Aus dem Treppenhaus schallte der Lärm vieler Stiefel. Uniformierte Polizisten schoben sich mit vorgehaltenen Waffen über den Gang. Sie senkten diese erst, als die beiden Kollegen in Zivil Entwarnung gaben. Als Letzter warf Martin einen großen Schatten über das am Boden hockende Pärchen.

»Das solltest du dir selbst ansehen, Sandra. Du musst uns sagen, ob wichtige Dinge fehlen. Bitte bleib ruhig und fass nichts an, bis meine Leute hier fertig sind.«

Jan, der zuerst die Fassung wiedergewonnen hatte, erhob sich und half Sandra hoch. Ihre Finger umkrallten seine Hand, als sie sich in ihre Wohnung bewegte. Die Männer, die mit den Untersuchungen beschäftigt waren, machten ihr schweigend Platz. Der Blick in das Wohnzimmer ließ sie erstarren. Das Grauen zog durch ihre Glieder. Das Bild, das sich ihr in Form eines großen Herzens bot, bannte ihren Blick. Es war mit roter Farbe über ihr komplettes Bücherregal gesprüht worden. Inmitten dieses Kreises war eine Person angedeutet, deren Mund zu einem Hilfeschrei geöffnet war. Überall im Raum waren Schubladen entleert, Bilder zerschnitten, Möbel umgeworfen worden. Die dort ausgelebte Aggression war allgegenwärtig. Sandra krallte ihre Hand in Jans Arm. Das ansteigende Zittern ihres Körpers beunruhigte ihn. Martin, der Sandras Reaktion aufmerksam beobachtete, lief auf den Flur zu einem Assistenten.

»Rufen Sie sofort einen Arzt! Wir haben einen Notfall, schnell.«

Einmal mehr hatte Martin als Erster reagiert. Der Beamte gab die Meldung in sein Funkgerät an die Notrufzentrale weiter. Sandra warf sich herum, hämmerte ihre Fäuste gegen Jans Brust.

»Nein, nein, nein ... das ist doch Irrsinn ... ich halte das nicht aus. Ich will hier weg!«

»Geh mit ihr zurück auf den Flur. Das Schlafzimmer soll sie gar nicht erst zu sehen bekommen.«

Mit einer energischen Bewegung drückte er Jan und Sandra aus dem Raum. Sie sank im Flur zusammen. Eine beherzte Polizistin sprach auf sie ein, setzte sich schließlich zu ihr auf den Boden. Jan erschrak, als er Martins Hand auf seinem Arm spürte, die ihn zur Seite zog, weg vom Trubel der Ermittlungen. Wortlos hielt er Jan die offene Hand hin. Die Geste wollte ihm nichts sagen, bis Martin deutlicher wurde.

»Gib sie her!«

»Was soll ich dir geben? Ich verstehe nicht.«

»Rück die Knarre raus, du Idiot. Hast du wirklich geglaubt, dass meine Männer die nicht gesehen haben? Was hast du dir dabei gedacht? Ich müsste dich wegen unerlaubtem Waffenbesitz verhaften. Dafür gehst du glatt in die Kiste. Ich werde die verschwinden lassen, die Männer schweigen. Das sind gute Leute. Hast du geglaubt, dass du mit einer illegalen Waffe auf Notwehr plädieren kannst? Wenn du einen Einbrecher damit anschießt, bekommt der Bewährung und du ein paar Jahre Knast. Rück sie jetzt endlich raus, du Irrer!«

Eine weitere Diskussion darüber wollte Jan heute nicht mehr führen. Tief im Inneren gab er Martin recht. Er hatte so weit nicht gedacht. Die Waffe verschwand unauffällig in einer von Martins Innentaschen. Kopfschüttelnd wandte der sich ab, mischte sich unter seine Leute.

»Wir telefonieren nachher noch. Kümmer dich um Sandra. Nimm sie mit zu dir, hier ist sie nicht mehr sicher.«

21. Kapitel

Die Beruhigungsspritze, die ihr der Notarzt verabreicht hatte, zeigte nach kurzer Zeit Wirkung. Sandra ließ sich ohne Diskussion in Jans Auto setzen. Ihre Augen hielt sie während der Fahrt halb geschlossen. Sie ruhte in einer anderen Welt, die solche Grausamkeiten, wie sie es heute erleben mussten, nicht kannte. Sie lächelte Jan sogar an, als der in der Auffahrt seines Hauses abbremste, und sie von der Seite betrachtete.

Die Bettdecke zog er vorsichtig über ihre Schulter, als sie endlich im Gästebett eingeschlafen war. Lange noch saß Jan auf der Bettkante. Er zermarterte seinen Kopf darüber, welchen Sinn das Ganze ergeben konnte. Wann würden die Drohungen real? Bisher beschränkte sich der Täter noch auf Sachbeschädigungen und Psychoterror. Er beschloss, sich bei Martin nach dem Stand der Ermittlungen zu erkundigen.

»Seid ihr fertig in der Wohnung. Gibt es Neues, was uns hilft?«

»Kann sie mithören, oder bist du alleine?«

»Sie schläft bestimmt bis morgen früh durch. Du kannst offen reden.«

»Nun gut, dann wollen wir das auch tun. Also, das Gemälde, das der Täter über die Bücherwand im Wohnzimmer gemalt hat, hast du ja noch mitbekommen. Wir dachten schon, dass es Blut wäre. Das hat sich aber nicht bestätigt. Da wurde eine Binderfarbe verwendet, wie sie jeder Normalbürger im Baumarkt kaufen kann. Da werden sich wohl keine wichtigen Rückschlüsse draus ziehen lassen. Habe mich mit unserer Seelenklempnerin beraten. Ich wollte wissen, welchen tieferen

Sinn sie hinter diesem Wohnzimmerbild vermutet. Sie glaubt, dass ein Herz stilisiert wurde, in der eine Person gefangen ist ... die allerdings raus will. Das trifft ja in deinem Fall den Nagel auf den Kopf. Das könnte Claudia sein. Und jemand will genau diesen Punkt bei Sandra herausstellen. Ich glaube nicht wirklich daran, dass es Claudia selber getan hat. Sie hatte für die letzten Attentate ein zu gutes Alibi. Wäre aber auch nicht ihr Stil. Ich denke, dass ich mich in dem Punkt nicht täusche.

Wo wir gerade beim Thema Alibi sind. Diese Petra Schober dürfte ebenfalls als unschuldig gesehen werden. Ich habe von ihr, natürlich auf freiwilliger Basis, Fingerabdrücke erhalten. Nichts. Die auf den Schreiben stammen damit nicht überein. Ob sie allerdings nicht doch hinter der Geschichte mit dem Foto steckt, werden wir wohl nie erfahren. Das lässt sich nicht verfolgen.«

»Habt ihr denn sonst keine Spuren gefunden? Ich meine ... so ein Einbruch mit dieser Verwüstung muss doch ...«

»Da sind wir dran. Wir wissen aber schon jetzt, dass der Täter zumindest Handschuhe trug. Da wir bisher selbst auf dem Boden keine verwertbaren Spuren fanden, gehen wir davon aus, dass sogar Schuhüberzieher verwendet wurden. Das war kein Kleinganove, der etwas klauen wollte. Besonders interessant fand ich die Arbeit im Schlafzimmer, ich meine ... dieses Bild über dem Bett.«

»Was war daran so besonders? Ich durfte es ja nicht sehen. Erzähl.«

»Da wurden zwei Köpfe aus einem Plakat, besser gesagt, aus einem Poster ausgeschnitten und auf die Wand genagelt. Du musst dir das so vorstellen, dass sie nebeneinander, aber seitenverkehrt, aufeinander zuliefen. Ich weiß nicht, wie ich dir das beschreiben soll. Aber warte einen Moment, ich schicke dir das eben aufs Smartphone. Sekunde.«

Jan musste nur Sekunden warten, bis ein Bild auftauchte, das ihn einen Augenblick erstarren ließ.

»Das ist doch ... verdammt, das ist ...«

»Was ist los, Jan? Kannst du mir dazu was sagen? Kennst du diese Köpfe?«

»Aber natürlich kenne ich die. Das Bild habe ich mir vor Jahren für meinen Debütroman entwerfen lassen. Es ging um zwei Homosexuelle, die von einem Mann verfolgt wurden, der ein kranker Schwulenhasser war. Der Kerl wurde zwar gefasst, aber einer der beiden Schwulen hat das auch nicht überlebt. Als das Buch so richtig gut anlief, begann ich damit, für Lesungen im Vorfeld Plakatwerbung zu machen. Das ist aber schon ewig lange her. Du musst mal nach *Herzjagd* googeln, dann weißt du, was ich meine. Selbst ich habe von den Plakaten keines verwahrt. Ist schon seltsam.«

Martin reagierte nicht. Nur das Klickern auf seiner Tastatur war hörbar.

»Ja, jetzt habe ich das Buch auf dem Schirm. Da ist sogar in einer zweiten Datei das Plakat zu sehen. Gut, jetzt wissen wir wenigstens, woraus es geschnitten wurde. Was mich nervös macht, ist die Tatsache, dass der Täter wohl die gesamte Restfarbe darüber geschüttet haben muss. Es sollte wohl so wirken, als wäre es Blut. Kein schöner Anblick. Wer bewahrt deine Plakate auf? Da haben wir noch viel Arbeit vor uns.«

»Viel mehr stört mich, dass es jemanden gibt, dem mein Liebesleben dermaßen am Herzen liegt, das er bereit ist, dafür zu töten. Wusste gar nicht, wie interessiert meine Fangemeinde ist. Die sollen sich auf die Bücher konzentrieren, alles Andere geht die nichts an.«

Martin konnte nicht verhindern, dass Jan sein leises Glucksen mithörte.

»Was gibt es da zu lachen? Ich habe meine Meinung über Beziehungen in den letzten Jahren tausendfach überdacht. Klar gibt es wunderbare Ehen, das muss ich zugeben. Da sehe ich euch beide immer als leuchtendes Beispiel. Auch ich glaubte, die perfekte Frau gefunden zu haben. Heute weiß ich, dass es eine Selbsttäuschung war. Immer wieder habe ich mir dieses Bild vor Augen geführt - wie ich sie sehen wollte, nicht wie sie tatsächlich war. Ich habe übersehen, dass sie mich mit der Zeit völlig veränderte. Sie hat mich zu ihrem Spielball gemacht. Das Irre daran ist nur, als sie mich umgedreht hatte, gefiel ihr das Ergebnis nicht mehr. Ich war nicht mehr der Mann, den sie einst kennenlernte. Also hat sie mich wieder entsorgt. Das wird mir kein weiteres Mal passieren. Ich erwarte, dass man mich nimmt, wie ich bin. Ich möchte auch nicht, dass Sandra eine Andere wird. Sie muss das bleiben, was ich an ihr so faszinierend finde.

Übrigens habe ich Claudia gestern am Präsidium gesehen. Ich musste das einfach tun. Soll ich dir was sagen? Das ist nicht mehr die Frau, die ich geliebt, die ich vergöttert habe. Mittlerweile sehe ich an ihr Dinge, die ich früher nur verdrängt habe. Das Wohnzimmerbild kannst du vergessen. In meinem

Herzen habe ich eine Grundreinigung durchgeführt. Das habe ich desinfiziert.«

Stille am Leitungsende. Martin war beeindruckt von diesem Seelenstriptease.

»Wow, ich spreche doch noch mit Jan Hellmann, oder? Das sind ja völlig neue Ansichten. Der Verstand ist wieder aus deinem Arsch in den Kopf gewechselt. Das muss ich erst verdauen. Diesen neuen Menschen begrüße ich gerne wieder unter den Lebenden, aber es bringt uns in der Sache nicht weiter. Vor allem musst du das deiner Flamme verklickern. Ich hatte den Eindruck, als hätte sie gewisse Vorbehalte ... ich meine ... was deine alte Liebe betrifft.

»Da werde ich nicht aufgeben. Sandra hat feste Vorstellungen von einer Beziehung. Ich kann sie auch verstehen, was ihre Ängste betrifft. Meine größte Sorge ist jedoch momentan, ob sie diesen Horror unbeschadet übersteht. Damit meine ich psychisch. Ich lasse sie jetzt nicht mehr alleine, bis das Ganze ein Ende gefunden hat.«

»Gut so. Dann werde ich mich jetzt um die Ergebnisse kümmern. Vorher muss ich aber noch zwei Besuche bei alten Freunden machen. Da sind gewaltige Drogenlieferungen angekündigt worden. Jetzt muss ich meinen Informanten mal auf den Zahn fühlen. Ich melde mich, sobald ich in deiner Sache was Neues habe.«

Die Morgensonne schickte erste Strahlen durch die Jalousien, die Jan bis auf wenige Schlitze geschlossen hatte. Sandra versuchte, Einzelheiten im Raum zu erkennen. Sie erschrak, als sie den verkrümmt zusammengesunkenen Körper im Korbstuhl bemerkte. Blinzelnd entfernte sie die Schlafreste zwischen den Lidern. Jans vertrautes Gesicht ließ sie aufatmen. Lange betrachtete sie ihn, versuchte zu erfassen, was geschehen war. Warum lag sie hier, warum bewachte er ihren Schlaf? Als hätte jemand einen Vorhang beiseite gerissen, tauchten Bilder auf, die Teile ihrer Wohnung zeigten. Blut, überall Blut. Dieses fürchterliche Herz, was hat die Frau darin verloren? Das Zimmer mit ihren Büchern übersäht, die jemand aus der Bücherwand gerissen hatte. Sie drehte das Gesicht in ihr Kissen, versuchte, den Schrei zu ersticken. Zwei Hände legten sich auf ihre Schulter, strichen zärtlich über den Rücken. Sie konnte die Tränen nicht zurückhalten, schluchzte hemmungslos.

»Ja, weine nur. Das hilft. Ich bin bei dir. Lass alles raus.«

Sie sprang auf, warf sich in seine Arme.

»Es ist wieder passiert, Jan. Wann hört das endlich auf? Halt mich fest.«

Sandra nahm mit angezogenen Beinen am Frühstückstisch Platz. Sie verfolgte teilnahmslos das Spiel der beiden Streifenhörnchen auf dem Rasen. Die Arme hatte sie um den Oberkörper geschlungen, als wollte sie sich vor etwas schützen. Ihr Gesicht ließ keinerlei Rückschlüsse auf ihre Verfassung zu, die Augen ausdruckslos. Sie nahm nicht einmal wahr, dass Jan ihr den Teller mit dampfendem Rührei und Toast vorsetzte. Ohne den Blick von den spielenden Tieren zu nehmen, ergriff sie die Gabel, stocherte in ihrem Essen. Einen

Augenblick hielt Jan inne. Er betrachtet diese Frau, die so viel hatte durchmachen müssen. *Wirst du das alles irgendwann vergessen können?* Der Gedanke ließ ihn nicht mehr los, dass dieser Wahnsinnige bleibende Schäden bei ihr hinterlassen könnte. Sein Hass auf diese Bestie stieg ins Unermessliche.

Selbst als das Telefon klingelte, blieb Sandra ohne Reaktion. Sie kaute völlig losgelöst von ihrer Umwelt an ihrem Toast, rührte in ihrem Kaffee, ohne Milch oder Zucker hineingetan zu haben. Jan ergriff das Telefon nach dem sechsten Klingeln.

»Hellmann. Könnten Sie vielleicht später ...?«

»Ich bin es, Vanessa. Bitte nicht einhängen. Was ist bei euch los? Vorhin habe ich bei Sandra angerufen, gemeldet hat sich ein Polizeibeamter. Niemand will mir verraten, was da los ist. Ich verlange von dir, dass ...«

»Ist ja gut, Vanessa. Beruhige dich bitte. Die Polizei darf dir keine Auskünfte erteilen. Sandra ist bei mir, es geht ihr den Umständen entsprechend gut. So sagt man das doch, oder?«

»Das schon. Aber du sagst das so komisch. Es geht ihr nicht gut, oder? Sag mir die Wahrheit.«

»Vanessa, kannst du mir einen Gefallen tun? Du bist ihre beste Freundin. Könntest du vorbeikommen und mit ihr ... ich meine ... könntest du versuchen, zu ihr durchzudringen? Sie ist im Augenblick etwas apathisch, sie reagiert kaum.«

»Ist denn was Schlimmes passiert?«

»Ich verspreche dir, dass ich dir alles ausführlich berichten werde. Aber bitte, sprich du mit ihr.«

»Fünfzehn Minuten. Bin gleich da. Muss nur noch eine Buchdatei freischalten.«

Vanessa schaffte es in zwölf Minuten. Sie stürmte, wild um sich blickend, an Jan vorbei. Nicht ein Wort der Begrüßung kam über ihre Lippen.

»Wo ist sie?«

Lange saßen die Freundinnen zusammen. Niemand sprach. Sandra hatte ihre Arme nur locker um Vanessa gelegt, als begreife sie nicht, wer sie besuchte. Die Tränen rannen über Vanessas Wangen, sie schämte sich dessen nicht. Jan spürte den Zorn darüber, wie hilflos er dieser Situation gegenüberstand. Sandra war in eine Schockstarre verfallen, aus der er sie irgendwie herausholen musste. Das Wie bereitete ihm Kopfzerbrechen. Schließlich löste sich Vanessa, sah zu ihm und drückte Sandra in die Couchecke.

»Komm, wir gehen kurz raus. Erzähl mir, was dieses Mädchen erleiden musste.«

Immer wieder schlug Vanessa die Hände vor das Gesicht, während Jan erzählte. Pausen waren nötig, da auch er um seine Fassung kämpfen musste. In dem Augenblick, als Vanessa aufstand und Jan in den Arm nahm, erschien Sandra wie ein Geist in der Küche. Sie stellte sich wortlos zu den beiden. Vanessa zog sie in ihre Mitte. Alle drei steckten die Köpfe zusammen. Jeder hing seinen eigenen Gedanken nach.

Nur mit Mühe konnten Vanessa Sandra überreden, sich wieder ins Bett zu legen. Wie ein Kind bat sie darum, dass eine kleine Lampe die gefürchtete Dunkelheit unterdrückte, die Tür musste einen Spalt offenstehen. Das Medikament, das der Arzt Jan mitgegeben hatte, wirkte relativ schnell. Das gelegentliche heftige Zucken ihres Körpers ließ ahnen, wie es um ihr Nervenkostüm stand.

»Wie soll es weitergehen? Jan, wir müssen etwas tun. Lange wird Sandra das nicht mehr durchhalten. Ich befürchte, dass sie schon jetzt an der Grenze des Ertragbaren angekommen ist. Du musst sie aus der Schusslinie nehmen.«

»Das hatte ich schon vorgeschlagen. Die Kripo meint, dass eine permanente Überwachung nützlicher wäre, da der Täter ansonsten nur pausieren würde. Aber wir können sie ja nicht für den Rest ihres Lebens unsichtbar machen. Alle hoffen auf diesen einen Fehler, den jeder Täter irgendwann einmal macht, dass er ein gutes Ende bringt. Ich bin mir nicht sicher, ob ich das Risiko wirklich eingehen möchte. Am liebsten würde ich hier alles aufgeben, woanders neu anfangen. Schreiben kann ich auch unter Pseudonym. Dann bleibt mein Wohnort unbekannt.«

»Wie stellst du dir das vor ... einfach abtauchen ... wohin? Du musst dich doch irgendwo wieder in der Gemeinde anmelden. Und wenn es wirklich jemand aus deinem direkten Umfeld ist ... willst du keinen einweihen?«

»Ich habe einen Freund, der hat mir ein Angebot gemacht. Ich könnte in eines seiner Häuser ziehen, dort solange wohnen, wie ich möchte. Nun ja, das ist schon gewöhnungsbedürftig, aber Kalabrien ist ja schließlich keine Dritte Welt. Nur du als mein Verlag wüsstest die Adresse. Keiner sonst kennt unseren Aufenthaltsort.«

»Das hört sich ja recht gut an. Nun kommt das Aber. Sandras Familie muss doch informiert werden. Wen deiner Freunde willst du einbeziehen, wen nicht? Du selbst hast mir noch soeben gesagt, dass die Kripo nicht ausschließt, den Täter auch im engen Bekanntenkreis zu finden. Man kann nicht so mal eben von der Bildfläche verschwinden. Da gibt es auch digitale Spuren, die du hinterlässt. Du hast eine Website, einen Email-Account, ein Bankkonto. Es dürfte heute wohl kein Problem mehr sein, den Standort deiner Aktivitäten zu ermitteln. Ich denke, das ist nur eine Notlösung.«

Nur Jans dunkler Schatten zeichnete sich gegen die Terrassentür ab. Er blinzelte in die Mittagssonne, die ihm eine freundliche, heile Welt vorgaukelte. Er wusste, dass Vanessa in allen Punkten recht hatte. Seine geballten Fäuste zeigten die ganze Wut, die seine Hilflosigkeit in ihm auslöste. Als das Telefon anschlug, wollte Vanessa aufstehen und es ihm anreichen. Ohne sich umzuwenden, winkte er ab. Achselzuckend legte sie es wieder auf den Tisch. Automatisch reagierte nach dem sechsten Rufton der Anrufbeantworter.

Ich weiß, dass du mich hörst. Du kannst mich nicht einfach ignorieren. Das macht mich sehr, sehr wütend. Du glaubst immer noch, das ist ein Spiel? Das ist es nicht. Nein. Wenn du diese unwürdige Schlampe nicht aufgeben willst, dann wird sie leiden. Ich habe dich gewarnt. Aber du willst nicht hören. Die letzte Runde beginnt nun.

Die roboterhafte, zischende Stimme erfüllte den Raum bis in den letzten Winkel. Die folgende Stille dröhnte in den Ohren. Die Drohungen fanden ihr Echo in den Köpfen der beiden Menschen, die von einer Lähmung erfasst wurden.

»War ... war sie das? Jan, sprich mit mir!«

Vanessa wirbelte herum, sah auf Jans Rücken. Die Stirn und beide Handflächen gegen die Scheibe gepresst, stand Jan bebend vor der Glastür. Vorsichtig näherte sich Vanessa, legte eine Hand auf seine Schulter. Sie erstarrte. Im Spiegel der Scheibe erkannte sie schemenhaft Sandra, die lächelnd in der Wohnzimmertür stand. Sie beobachtete die Beiden stumm.

22. **Kapitel**

Das Treffen mit ihrem Bruder tat Sandra sichtlich gut. Sie blühte förmlich auf, als er sie zur Begrüßung in die Arme nahm, sie lange festhielt. Er führte sie, Vanessa und Jan in das Wohnzimmer, wo Danny schon mit Erfrischungen wartete.

»Oh meine Kleine, was mutet man dir zu? Lass dich einmal von deinem Schwager so richtig knuddeln, komme her. Wir haben dich alle lieb.«

Vanessa beobachtete die Szene. Während Victor sie in seiner gewohnt stilsicheren, sportlichen Maßkleidung empfing, bevorzugte Danny eine leicht gewöhnungsbedürftige Aufmachung. Das grünliche Hemd ließ er locker über eine großkarierte Hose fließen, deren Stilrichtung eventuell in den nächsten Jahren wieder die Modewelt erobern würde. Sie vermutete, dass sein Herrenausstatter ihm das als letzten Schrei verkauft hatte. Vanessa erinnerte sich amüsiert an Bilder ihres Vaters, der solche Hosen in den sechziger Jahren trug. Getoppt wurde das nur noch von der silbrigen Glitzerweste, die er offen darüber trug. Es hätte sie nicht gewundert, wenn er versucht hätte, dem Dackelkragen zum Comeback zu verhelfen.

Mit Bildern der Hotelanlage, in der sie ihre Flitterwochen verbringen wollten, schafften die beiden Männer eine lockere Stimmung. Schließlich riss Ramiras Erscheinen Sandra doch wieder zurück in die Realität. Sie sprang auf, hielt die Spanierin fest umschlungen.

»Wie geht es Ihnen? Ihr Bruder machte Andeutungen, dass wieder Schlimmes passiert ist. Ich habe für Sie gebetet. Dios cumplirá Su mano era protectora sobre ellos.«

Mit einem gehauchten Kuss auf Sandras Wange machte sich die Ramira frei und deckte den Esstisch ein. Als sie in der Küche verschwand, beugte sich Victor zu seiner Schwester.

»Sie hat immer wieder nach dir gefragt. Du hast in ihr eine wahre Freundin gewonnen.«

»Das weiß ich, Vic. Das weiß ich. Was hat sie da zum Schluss gesagt? Ich kann kein Spanisch.«

»Sie hat dich mit der Prophezeiung trösten wollen, dass Gott seine schützende Hand über dein Haupt halten wird. Sie ist eine sehr gläubige Frau.«

Jan konnte die Veränderung in Sandras Gesicht im gleichen Augenblick feststellen, bevor die Worte verklungen waren. Ein Leuchten, das von innen kam, erfüllte ihre Augen. Sie entspannte sich.

»Ach Sandra. Ich hatte dir das ja noch gar nicht erzählt. Unsere kleine Schwester glaubte heute Morgen, mich für ihre Zwecke einspannen zu können. Sie erzählte mir von dem großen Werk ihres mysteriösen Freundes Joel. Da sie ja über dich nicht zum Erfolg kam, wollte sie, dass ich mit Vanessa rede. Du hättest sie erleben sollen, als ich ihr klarmachte, dass es völlig zwecklos wäre, das bei mir zu versuchen. Sie hat mir die Pest an den Hals gewünscht. Den genauen Wortlaut möchte ich hier nicht wiedergeben. Ich hätte nie gedacht, wie groß der Hass gegen ihre Geschwister noch angewachsen ist. Gehänselt hat sie ja stets, aber dass die Abneigung dermaßen tief sitzt, hätte ich mir nicht vorstellen können. Meine sexuelle Ausrichtung hat sie ja nie toleriert, aber Vaters Tod ... das hat sie endgültig zum Racheengel gemacht.«

Sandra ließ das unkommentiert, verlor allerdings jede Freude aus ihrem zuvor entspannten Gesicht. Dafür meldete sich Vanessa zu Wort.

»Du hast genau in meinem Sinne gehandelt. Solange ich diesen Verlag führe, wird dieses Miststück, entschuldigt bitte die Ausdrucksweise, niemals ein Buch bei uns veröffentlichen. Sie darf auch keinen Schritt mehr über die Schwelle der Firma tun. Ich werde solche Vorgehensweisen niemals dulden.«

»Dann wäre das ja geklärt. Hat jemand einen Vorschlag, wie wir mit diesem Wahnsinnigen umgehen? Ich werde nicht mehr tatenlos zusehen, wie meine Schwester angegriffen wird. Meiner wäre, dass ich jemanden engagiere, der zum einen den Schutz übernimmt, gleichzeitig aber auch recherchiert. Ich hätte da einen Mann, der für solche Aufträge geeignet wäre. Nicht immer alles nach Recht und Gesetz, aber er ist in den meisten Fällen erfolgreich. Wir sehen doch, wohin das führt, wenn wir alles allein der Polizei überlassen.«

»Wenn ich da etwas zu sagen darf. Was den Schutz angeht, habe ich selbst schon an einigen Rädchen gedreht. Das Haus, ich meine damit mein Haus, wird ab sofort nicht nur von der Polizei bewacht, sondern auch von einer weiteren Person, deren Identität ich selber nicht kenne. Ich muss ergänzen ... ich möchte das auch nicht unbedingt. Sollte sich jemand am Haus zu schaffen machen, möchte ich nicht in dessen Haut stecken. Dieser Jemand ist da, das reicht mir. Sandra dürfte also bei mir sicher sein.«

Danny, der neben Jan saß, klopfte ihm anerkennend auf die Schulter.

»Guter Mann ... guter Mann«, murmelte Danny.

Die fragenden Blicke Sandras ignorierte Jan. Victor fuhr fort.

»Nun ja, den Schutz hätten wir ja dann ausreichend geregelt. Aber wie steht es mit eigenen Ermittlungen?«

Vanessa gefiel der Gedanke an zwielichtige Ermittlungsmethoden nicht besonders.

»Deine Motivation in allen Ehren, Victor. Aber so richtig mag ich mir diese Ermittlungen, wie du es nennst, nicht vorstellen. Die Polizei vermutet den Täter sogar im direkten Umfeld der beiden. Also gehören wir alle hier zur Gruppe der Verdächtigen. Darüber darf ich nicht nachdenken, dass ich direkt neben einem solchen Untier sitzen könnte.«

Danny zog lachend eine Grimasse wie ein Monster, fauchte sie an. Vanessa fuhr unbeirrt fort.

»Es verursacht mir zudem Kopfschmerzen, wenn ich mir vorstelle, dass ein Schnüffler in meinem Leben herumwuselt. Das kann es doch auch nicht sein, dass wir plötzlich unter Generalverdacht gestellt werden und dieser Mensch mich ausspioniert. Nein, das möchte ich nicht, tut mir leid.«

Jeder am Tisch blickte erstaunt auf Sandra, als sie sich zu Wort meldete.

»Ich möchte das auch nicht. In diesem Punkt gebe ich Vanessa recht. Es kann nicht sein, dass unsere Freunde ausspioniert werden. Das kann selbst engste Freundschaften zerstören. Nun muss ich zugeben, dass ich keine bessere Lösung im Ärmel habe, doch diese lehne ich auf jeden Fall ab. Ich vertraue auf die Arbeit des Kommissars und auf Jan, der mich beschützen wird. Ich habe in den letzten Tagen vieles dazugelernt. Ich habe gesehen, auf wen ich mich zu einhundert Prozent verlassen kann.«

Noch während Sandra ihm einen Kuss gab, überzog Jans Gesicht eine Verlegenheitsröte. Er drückte dankbar ihre Hand.

»Das hat mein Schwesterchen schön gesagt. Lassen wir es damit erst einmal gut sein. Die Beschützer stehen fest, alles andere wird sich ergeben, wenn es denn passiert. Haben wir den Schuldigen, werden wir ihn öffentlich verbrennen. Jetzt wollen wir aber schauen, was uns die liebe Ramira an Essen gezaubert hat. Das riecht mir gewaltig nach mallorquinischem Kaninchen. Ich bitte zu Tisch. Es wird euch großartig schmecken ... versprochen.«

Weit nach Mitternacht bog Jan in die Hausauffahrt ein. Das Garagentor öffnete er mit der Fernsteuerung. Sandra warf erschöpft, aber glücklich den Schmuck auf das Sideboard. Die Lampe des Garderobenbereichs reichte aus, um das Wohnzimmer halbwegs auszuleuchten. Das Blinken des Anrufbeantworters erregte ihre Aufmerksamkeit. Die Telefonnummer, die auf dem Display angezeigt wurde, sagte ihr nichts.

»Jan, du hast einen Anruf auf dem AB. Die Nummer sagt mir nichts, eine Vorwahl, die ich auch nicht kenne. Komm doch mal, es könnte ja wieder ... du weißt schon.«

Jan hatte bereits das Hemd abgestreift, die Zahnbürste kreiste durch den Mund. Er zuckte nur mit den Schultern, drückte den Wiedergabeknopf. Sein Arm sank herunter, der Schaum lief ihm über das Kinn. Unglaube lähmte ihn.

Claudia hier, hallo Jan. Entschuldige bitte den späten Anruf, aber es ist sehr wichtig. Kannst du mich zurückrufen ... es darf auch morgen Vormittag sein?

23. Kapitel

Jan wollte immer noch nicht glauben, dass Claudia, deren Existenz er unbedingt aus seinem Gedächtnis, seinem Herzen streichen wollte, ihn nun sprechen wollte. Sandra wirkte seit diesem Anruf verändert, was er ihr nicht verdenken konnte. Sie ging mit keinem Wort auf den Anruf ein. Sie nahm das Anliegen lediglich zur Kenntnis, drehte sich wortlos um, und bereitete sich im Bad auf die Nacht vor. Noch lange lagen sie nebeneinander, jeder vom anderen wissend, dass er wach war, seinen Gedanken nachhing. Enttäuschung breitete sich in Jan aus. *War jetzt auf einen Schlag alles zerstört, was er als bewältigt eingestuft hatte. Sandra hatte in den letzten Tagen keine Zweifel an seiner Liebe geäußert. Sie beide waren auf einem guten Weg. Wurde diese Wunde wieder aufgerissen? Sollten bewusst Zweifel gestreut werden?*

Selbst am nächsten Morgen war die Atmosphäre noch angespannt. Die Frage stand unausgesprochen im Raum, wie das anstehende Gespräch die Beziehung belasten könnte. Ungewöhnlich lange vertiefte sich Sandra in den Kulturteil der Zeitung. Die Anspannung war unerträglich.

»Wir müssen reden, Sandra. Dieses Schweigen macht es nicht besser. Du bist dir hoffentlich darüber im Klaren, dass nicht ich es war, der ein Gespräch mit Claudia suchte ... das kam von ihr. Es muss ja auch nichts bedeuten, kann völlig harmlos sein. Du wirst sehen, dass sich dadurch nichts zwischen uns ändern wird. Ich habe längst mit dieser Zeit abgeschlossen. Wir dürfen in diesen Anruf nichts reininterpretieren, was uns schaden könnte.«

»Warum versuchst du, mir schon im Vorfeld alles schön zu reden, dich zu entschuldigen. Warte ab, was sich da ergibt. Überlasse es mir, zu beurteilen, was ich davon zu halten habe. Mit keinem Wort habe ich dir einen Vorwurf gemacht. Ruf sie an und bewerte neu. Ich werde jede deiner Entscheidungen akzeptieren ... du aber auch meine.«

»Aber genau das ist es ja, Liebes. Du schweigst, du lässt dich auf keine Diskussion ein. Das ist nicht fair.«

»Fair? Was ist fair? Du vergisst, dass ich durch die Hölle gehen muss, seitdem wir zusammen sind. Es wäre verlogen, wenn ich behaupten würde, dass ich die Zeit mit dir nicht genieße. Ich meine die, wenn wir ungestört sind. Du bist ein gutes Heilmittel gegen meine Einsamkeit. Aber auf der Packung stand nicht ein Wort von den Nebenwirkungen. Ich will heute nicht beurteilen, was letztendlich belastender ist, die Restliebe zu Claudia oder diese Attacken einer Wahnsinnigen. Die Möglichkeit besteht ja immerhin, dass beides auf eine Person zurückzuführen ist.«

»Was tust du da? Du verurteilst Claudia schon jetzt, obwohl noch nichts bewiesen ist. Ich kenne sie viele Jahre, kann sie besser beurteilen, als jeder andere. Sie wäre zu solchen Grausamkeiten niemals fähig.«

Sandras Miene war ausdruckslos. Lange sah sie Jan an. Sie senkte den Blick in die Zeitung.

»Siehst du? Genau das meine ich. Ruf sie an.«

Die Mittagssonne hatte die Luft angewärmt, sodass Sandra ihr Buch sogar im Schatten der Terrasse lesen konnte. Jan hielt das

Telefon unentschlossen in der Hand, immer wieder zweifelte er daran, das Richtige zu tun. Der Augenblick kam, an dem er die Rückruftaste drückte. Das Freizeichen dröhnte in seinen Ohren. Die Versuchung war groß, das Gespräch abzubrechen, bevor es begonnen hatte.

»Hülpert KG, Sie sprechen mit Claudia Hellmann. Was kann ich für Sie tun?«

Es bot sich an diesem Punkt die letzte Gelegenheit, wieder einzuhängen und das Problem zu umgehen. Jan hatte die Luft angehalten, die er jetzt geräuschvoll wieder freigab.

»Jan hier. Du wolltest mich sprechen? Worum geht es?«

Die Überraschung am anderen Ende dauerte nur einen kurzen Moment. Claudia flüsterte mit jemandem, bevor sie sich wieder meldete.

»Entschuldige, aber ich musste einer Kollegin noch etwas erklären. Jetzt habe ich einen Augenblick Zeit für dich. Du wirst ja sicher darüber informiert worden sein, dass ich ins Präsidium einbestellt wurde und eine Aussage machen musste. Besser gesagt, ich sollte ein Alibi für bestimmte Tage abliefern. Ausgerechnet Martin führte diese Vernehmung. Ist doch schon komisch, wie sich alte Fäden wieder zusammenfügen. Was er mir nicht klar genug sagte, worum es konkret in dem Fall geht. Er behauptete, dass er darüber Stillschweigen bewahren müsste, da die Ermittlungen nicht gefährdet werden dürften. Bin ich eine Verdächtige? Wenn ja, wobei? Kannst wenigstens du mir was dazu sagen? Es scheint sich ja um dich zu drehen. Muss ich mir Sorgen machen? Hast du was Ungesetzliches getan?«

Die Fragen prasselten auf ihn ein. Fieberhaft überlegte er, was Claudia wissen durfte. Wie weit sollte er ihr Einblick in sein Privatleben gewähren?

»Das darfst du nicht überbewerten. Im Augenblick versucht mich jemand, auf übelste Weise zu verleumden. Dabei sind Fakten verbreitet worden, die bis in unsere Zeit hinein reichen. Sehr intime Geschichten. Jetzt geht die Polizei routinemäßig an die Sache ran. Alle, die davon wissen konnten, werden vernommen. Man grenzt den möglichen Täterkreis ein. Mach dir darüber keinen Kopf. Wie geht es dir überhaupt? Hast du deine Firma gewechselt?«

»Mir geht es gut. Aber wechsel bitte nicht das Thema. Wenn dich jemand verleumdet, warum muss ich dann nachweisen, was ich an bestimmten Tagen an welchem Ort getan habe? Bitte beleidige nicht meine Intelligenz. Da steckt doch mehr dahinter. Ich habe das Recht, alles zu erfahren. Jetzt und hier verlange ich, dass ...«

»Du verlangst? Ist das dein Ernst? Du hättest das Recht noch vor sechs Jahren gehabt, zu einer Zeit, als wir zusammen waren ... als ich dich noch liebte. Dieses Recht hast du in dem Augenblick mit Füßen getreten, als du mich von jetzt auf gleich hast sitzenlassen ... ohne mir, übrigens bis heute, einen Grund dafür zu nennen. Spätestens an dem Tag, an dem der Richter das Scheidungsurteil sprach, hast du für dein Leben die alleinige Verantwortung übernommen. Ja, ich gebe zu, es war schwer für mich. Doch jetzt bin ich frei von all dem, was mich lange verzweifeln ließ. An das Alleinsein habe ich mich gewöhnt. Niemand versucht, mich umzuprogrammieren. Ich

kann mein Leben selbstbestimmt führen. Und weißt du was? ...
Ich bin glücklich dabei.«

Einen Augenblick glaubte Jan, dass Claudia eingehängt hatte. Doch das Atmen zeigte ihm, dass sie noch zuhörte.

»Bist du fertig? Was willst du mir erzählen? Dass du absolut solo lebst? Du kannst doch gar nicht alleine sein. Du brauchst doch eine Partnerin wie die Luft zum Atmen. Jeden Moment lauerst du darauf, für sie da zu sein, sie zu verwöhnen. Du sitzt in ihrem Nacken, willst alles für sie tun. Ich glaube, dass es sich die meisten Frauen genauso wünschen. Für sie bist du der absolute Traumpartner. Doch Jan ... du nimmst dem Menschen neben dir die Luft zum Atmen. So zumindest ging es mir. Ja, du hast mich sicher geliebt, aber du hast mich auch mit deiner Hingabe erstickt. Ich konnte das einfach nicht mehr ertragen, wollte wieder frei sein.

Man berichtete mir, dass es da schon eine Frau in deinem Leben gibt. Du darfst nicht glauben, dass mir das nicht zugetragen wird. Das geschieht, ob ich es will oder nicht. Die stille Post funktioniert immer.«

»Wenn du über alles informiert bist, warum dann dieser Anruf? Willst du jetzt, nach dieser langen Zeit, Keile treiben? Eigentlich war es gut, dass du angerufen hast. Jetzt kenne ich die Gründe deines Abschieds, obwohl ich sie zugegebenermaßen nicht nachvollziehen kann. Aber das ist ja auch nicht mehr wichtig. Wir haben beide einen Weg gefunden, das Leben in den Griff zu bekommen. Damit wollen wir es belassen. Ich wünsche dir Glück auf deinem Weg. Nur bitte, halte dich aus meinem Leben heraus.«

Sein Puls raste, als er das Gespräch unterbrach. Jan versuchte, das Zittern seiner Hände unter Kontrolle zu bekommen, was ihm nur bedingt gelang. Lange ruhte sein Blick auf Sandras Rücken. Sie blätterte in ihrem Roman. Sandra ergriff Jans Hand, als er zögernd ihre Schulter umfasste. Den Kopf neigte sie zur Seite, schloss zufrieden ihre Augen, während er ihren Hals küsste.

»Siehst du, es war doch nicht so schlimm. Du hast dich tapfer geschlagen. Ich will nicht verhehlen, dass ich durch die offenstehende Tür zumindest das mithören konnte, was du gesagt hast. Das war nicht gewollt, das musst du mir glauben. Alles, was sie sagte, ist für mich nicht von Belang. Setz dich zu mir ... Jan, ich liebe dich.«

24. Kapitel

Der Computer fuhr hoch und öffnete Jans Email-Programm. Sandra hielt das Bad besetzt. In der Zeit wollte er seine Nachrichten checken. Eine fiel ihm sofort ins Auge, da sie unter den Favoriten deutlich gekennzeichnet war.

Hallo Jan. Sei so lieb und schicke mir eine Liste deiner Lesetermine, die du für dieses Jahr fest vereinbart hast. Ich muss die mit den neuen Verlags-Lesungen koordinieren. Gruß Vanessa

Schlagartig wurde ihm bewusst, dass er das bisher Helen überlassen hatte, es war nicht seine Welt. Das Administrative gab er gerne in fremde Hände.

»Hi, Helen. Geht es dir gut? Habe einige Tage nichts von dir gehört. Brauche unbedingt deine Hilfe. Vanessa hat mir eine Anfrage geschickt. Ich muss ihr mitteilen, welche Lesetermine ich noch in diesem Jahr vereinbart habe. Da bin ich nicht im Thema. Kannst du mir die Daten auf meinen Rechner schicken?«

»Na, ist es jetzt endlich soweit? Musst du deinem Arbeitgeber einen Arbeitsnachweis liefern? Um auf deine erste Frage zu antworten. Mir geht es gut. Du hast dich aber auch rar gemacht. Ich hoffe, dass du dich nicht endgültig von alten Freunden verabschiedest.«

»Was willst du mir damit andeuten? Du weißt doch genau, was hier in der letzten Zeit los war, oder nicht? Da bleibt nur wenig Zeit für Vergnügen.«

»Entschuldige, Jan,« lenkte Helen ein, »natürlich verstehe ich das. Hatte heute nur einen beschissenen Tag. Habe bereits den Paketdienst angeraunzt, weil er mich früh aus den Federn geholt hat. War nicht so gemeint. Wir sollten uns mal wieder sehen, vielleicht zum Kaffee bei Alessia. Übrigens, den nächsten Lesetermin hast du Übermorgen. Den habe ich für ... warte kurz ... also, für neunzehn Uhr verabredet. Das war doch diese Geschichte mit der türkischen Gemeinschaft in Meschede. Wann holst du mich ab?«

»Ich würde sagen, dass wir so um fünfzehn Uhr vorbeikommen, ist das früh genug?«

»Wir? Was heißt ... wir?«

»Sandra muss auf jeden Fall mitkommen. Ich kann sie nicht hier im Haus lassen. Viel zu gefährlich. Sie kann dir als Buchkennerin doch zur Hand gehen.«

Jan wartete geduldig auf eine Reaktion.

»Ich schicke dir die Lesungs-Termine rüber.«

Das Rauschen zeigte, dass sie die Verbindung unterbrochen hatte.

Der schwarze Audi bog kurz nach ihnen auf dem Parkplatz vor dem Schulungsgebäude der türkischen Gemeinde ein. Jan war nicht entgangen, dass ihnen der Wagen vom Haus an permanent folgte. Die anfängliche Unruhe wich einem Gefühl der Sicherheit. Jan ging, während er die Herrentoilette aufsuchte, ein letztes Mal den Text seiner Begrüßungsrede durch. Den Mann, der neben ihm ebenfalls vor dem Pissoir stand, nahm er erst in dem Augenblick richtig wahr, als der ihn ansprach. Der Schreck fuhr Jan durch die Glieder.

»Wer ist die Frau neben Frau Heuer?«

Die Frage stellte er völlig emotionslos, ohne Jan dabei anzusehen. Seine Augen fixierten einen Aufkleber, der eine dieser unverzichtbaren Lebensweisheiten zeigte, die häufig auf den Herrentoiletten dieser Welt zu finden waren. Jans Puls beruhigte sich, als er erkannte, dass sein Beschützer neben ihm stand.

»Das ist eine ehemalige Nachbarin, die mir seit vielen Jahren bei den Lesungen eine große Hilfe ist. Übrigens ist sie mit dem ermittelnden Kommissar verheiratet. Beide sind enge Freunde von uns, keine Gefahr.«

Wortlos schritt der Mann zum Waschbecken, wusch die Hände. Jan betrachtete ihn. Hin und wieder tauchten diese Männer in seinen Romanen auf, klischeehaft dargestellt. Die Realität zeigte Jan, dass er ein völlig falsches Bild geschaffen hatte. Kein schwarzer Anzug, kein Borsalino-Hut, keine von Schulterhalftern ausgebeulte Jacke. Neben ihm stand ein Mann, der in der Menge unterging. Der Volksmund würde ihm ein Dutzendgesicht bescheinigen. Keiner würde ihn exakt beschreiben können, selbst wenn er im Theater stundenlang neben ihm saß. Ein Niemand, ein Mensch, der in der Masse verschwand. Jan war nicht einmal davon überzeugt, dass es sich um einen Italiener handelte. Er entdeckte ihn später in der letzten Reihe sitzend. Sein Blick wanderte unauffällig über die Köpfe der Zuhörer.

Sandra und Helen sortierten die Bücher auf dem langen Tisch. Ein hohes Transparent zeigte neben dem lebensgroßen Bild des Autors jetzt auch das Logo des Verlages. Den Veranstaltern war es wichtig, dass die Besucher nach der

Lesung in einen Dialog eintraten. Dafür waren türkische Spezialitäten und Getränke aufgetischt worden, an denen sich jeder in den Pausen bedienen durfte. Die beiden Frauen unterhielten sich angeregt, nippten dabei an ihrem Cay.

In der Begrüßungsrede des Vorsitzenden informierte dieser über Ziele des Förder-Vereins. Später stellte er Jan Hellmann, den Gastautoren vor. Bewusst hatte Jan Textpassagen herausgesucht, die Sexualität und blutige Darstellung von Gewalt ausließen. Er wusste, dass es im Beisein muslimischer Frauen unerwünscht war, solche Szenen öffentlich darzustellen. Das respektierte er, obwohl der überwiegende Teil der Zuhörer nicht dem Islam zuzuordnen war.

Da Jan ein Buch herausgesucht hatte, das den Kindesmissbrauch anprangerte, erlebte er anschließend eine kontrovers geführte Diskussion. Gleichzeitig versuchte er, die Frage zu erörtern, ob Täter in bestimmten Fällen auch ein Opfer sein können. In diesem Kreis, in dem die Familie heilig war, kamen erstaunliche Emotionen auf. Auf der Heimfahrt setzte er die Diskussion, die er schon mit Helen während des Schreibens geführt hatte, fort. Die Gefahr, in denen sie schwebten, trat in den Hintergrund.

In dem Augenblick, in dem er Helen aussteigen ließ, parkte Martin hinter ihnen ein. Er klopfte an Jans Autoscheibe.

»Viel gibt es nicht zu berichten. Im Augenblick ist zu sagen: Still ruht der See. Es wäre ja gut, wenn es so bliebe. Doch das ist kaum vorstellbar. Jemand, der so viel Zeit und Mühen investierte, wird nicht alles hinwerfen. Da kommt noch was. Eine Neuigkeit habe ich für dich aber trotzdem. Wir haben diese Petra Schober noch einmal vorgeladen. Ich habe dir ja gesagt, dass sie eventuell hinter dieser Fotogeschichte stecken könnte. Habe ihr ein wenig Druck unter dem hübschen Hintern gemacht. Sie hat mir abgenommen, dass wir die Handynummer ermittelt haben, die ganz eindeutig ihr zugeordnet werden konnte. Da ist sie zusammengebrochen, hat die Geschichte zugegeben. Allerdings hat sie geschworen, dass sie das mit dem Foto nur veranstaltet hat, weil Frau Heuer fies über sie gelästert hätte. Ich nehme ihr das ab. Alles andere bringt diese Frau nicht auf die Beine. Ich habe sie verwarnt. Mehr können wir nicht tun, da sie gegen kein geltendes Recht verstieß. Wir bleiben dran. Euch beiden eine gute Nacht.«

»Die Bewachung ist doch noch nicht aufgehoben, oder?«

»Die bleibt noch eine Weile. Der Alte macht aber langsam Druck. Er meint, dass wir die Kosten nicht mehr rechtfertigen können, da bisher lediglich Sachschaden angerichtet wurde. Tolle Argumentation, nicht wahr? Da müssen erst Leichenberge entstehen, um einen Grund zu liefern.« Martin lehnte sich ins Auto. »Oh, entschuldige, Sandra. Ich vergaß, dass ...«

»Kein Problem, Martin. Ich habe schon verstanden. Wir danken dir für dein Engagement. Es lässt mich ruhiger schlafen, wenn du den Fall weiter verfolgst. Jan macht mir immer wieder neuen Mut, wenn er über deinen persönlichen Einsatz spricht.«

»Dafür sind Freunde da, Sandra. Und außerdem ist es mein Job, für den ich bezahlt werde. Ich muss ins Bett, war viel los heute.«

Helen verschwand fast neben diesem Riesen, als er seinen Arm um sie legte. Noch lange ruhte Jans Blick auf der Haustür, die hinter beiden ins Schloss fiel. Es tat gut, zu wissen, auf solche Freunde zählen zu dürfen.

25. Kapitel

Vanessa eilte ihnen schon im Empfangsbereich entgegen. Sie hatte das Fahrzeug auf dem Parkplatz einfahren sehen. Sie versuchte erst gar nicht, ihre Erregung zu verbergen, drückte Jan und Sandra in ihr Büro. Sie öffnete die Schreibtischschublade, in der sie den Umschlag deponierte.

»Das macht mich fertig. War es schlimm, dass ich euch so früh aus dem Bett geholt habe? Ich hielt es nicht mehr aus, nachdem ich die Post durchgesehen habe. Das kann nur von dieser Verrückten kommen. Wer sonst schreibt dir ohne Absender einen Brief? Brauner, dünner Umschlag, der Zusatz nur persönlich ... da wurde mir klar, dass ...«

»Es ist in Ordnung, Vanessa. Alles ist gut. Du hast ihn geöffnet?«

Sie schrak zurück.

»Bist du verrückt, Jan? Das halten meine Nerven nicht aus. Allein der Gedanke daran, treibt mir Gänsehaut über den Rücken. Wer von euch möchte ...?«

Sandra wirkte äußerlich selbstsicher, als sie zum Schreibtisch ging. Sie nahm den Umschlag auf, den ihr Vanessa mit einem Lineal zuschob. Jan zweifelte, ob er ihr das in ihrer derzeitigen Gemütsverfassung zumuten durfte. Er trat heran, beobachtete sie von der Seite. Das Geräusch durchschnitt die Stille des Raumes, als der Brieföffner sich unter das Papier schob. Jan reichte ihr ein Papiertaschentuch, mit dem sie den weißen Briefbogen herauszog. Vanessas Zähne gruben sich vor Aufregung in ihre Fäuste, die sie vor ihrem Mund hielt. Mit weit aufgerissenen Augen starrte sie auf dieses

Papier, als enthielte es den Wegeplan zur sagenumwobenen Bundeslade. Auch Jan konnte sich dieser Spannung nicht entziehen. Die zitternden Finger öffneten das Blatt. Sandra las mehrfach die Zeilen, auf die sie innerlich vorbereitet war. Ohne jegliche Regung reichte sie ihm den Brief. Jan griff danach, ohne die Augen von ihrem Gesicht zu nehmen. Vanessa hielt es nicht mehr aus, stand nun neben Jan. Sie stellte sich auf die Zehenspitzen, um jede Zeile lesen zu können. Beide erkannten die klare Drohung, die dieses Schreiben ausmachte.

Du kannst dich nicht vor mir verstecken. Ich finde dich. Keiner wird mich stoppen – weder Jan Hellmann, noch die Polizei, die dir vor der Haustür vermeintlichen Schutz vorgaukelt. Keine Macht kann mich aufhalten.

Oh Gott ... wie ich dich hasse.

Fürchte nicht den Tod selbst, nur die Art, wie er dich heimsuchen wird.

Jan ergriff Sandras eiskalte Hand, die nach ihm tastete. Er zog sie in die Arme, drückte ihr Gesicht an seine Brust. Gerne hätte er ihr Mut zugesprochen, ihr gesagt, dass alles nicht schlimm wäre. Nichts Glaubhaftes wollte über seine Lippen. Vanessa weinte, drehte ihr Gesicht zur Wand.

»Dieser Hass ... woher kommt er? Was habe ich dieser Person getan? Ich verstehe das nicht. Man droht mir einen schrecklichen Tod an, Jan. Ich will doch nur in Frieden leben. Tu etwas ... Mach dem Wahnsinn ein Ende.«

Jedes einzelne Wort drang tief in sein Bewusstsein. Ihm wurde deutlich, wie hilflos sie dem Verbrecher ausgeliefert waren. Kein noch so durchdachter Schutz schien ausreichend.

Der Täter war ihnen immer eine Länge voraus, konnte ihre nächsten Schritte voraussagen.

»Wir müssen Sandra in Sicherheit bringen. Bring sie an einen Ort, an dem sie nicht auffindbar ist. Jan, ihr Leben ist in Gefahr.«

Klar und deutlich erreichten ihn Vanessas Warnungen. Doch alle wussten, dass damit das Problem nicht auf Dauer beseitigt würde. Er zermarterte sich das Gehirn, wie dem Täter versichert werden konnte, dass es zwischen ihm und Sandra keine Gefühle, keine Beziehung gab. Es war einfach nicht möglich, die Rettung auf einer Lüge aufzubauen. Es würde zusätzliche Aggressionen schaffen, da dieses Monstrum die Wahrheit kannte.

»Es wird mir nicht lange einen Nutzen bringen, wenn ich untertauche. Der Tag wird kommen, an dem ich heimkehre. Genau dann wird diese Bestie ebenfalls da sein. Sie wird ihre Warnung in die Tat umsetzen. Dann mit angestautem Zorn. Nein, so geht das nicht.«

Als redete sie über das Wetter, machte Sandra ihren Standpunkt klar. Sie saß auf der Schreibtischkante, ließ die Beine baumeln. Sie musterte den Teppichboden, als würde der ihr die Worte vorgeben.

»Es gibt nur einen Weg, dem Horror ein Ende zu bereiten.«

»Sag es nicht. Das ist unmöglich, Sandra!«

Vanessa schüttelte ihre Freundin, sah Jan hilfesuchend an. Tränen rannen über ihr Gesicht. In Sandras Augen erkannte sie die Entschlossenheit. Von Jan konnte sie in diesem Augenblick keine Hilfe erwarten. Er starrte vor sich hin, hatte aufgegeben.

»Ich muss mich stellen. Es gibt nur diese eine Möglichkeit. Beim Lektorat eines Mafiabuches habe ich die Bezeichnung *esca* gelesen. Das Wort benutzen die italienischen Mafiajäger. Es bedeutet *Köder* oder *Lockvogel*. Wir müssen das Biest zum Äußersten treiben. Erst, wenn wir sie oder ihn aus der Deckung geholt haben, ist die Chance da. Dann muss die Polizei zufassen. Alles, was wir bisher unternommen haben, ist doch wirkungslos verpufft. Keine verräterische Blöße, kein Hinweis, nichts. Immer wieder müssen wir Rückschläge hinnehmen. Das muss ein Ende haben. Ist es nicht so, Jan?«

»Sag doch was, Jan ... rede mit ihr. Nur du kannst ihr den Wahnsinn ausreden. Ich verlange, dass ...«

Jan legte ihr einen Finger auf den Mund.

»Psssst. Ich verstehe deine Erregung, Vanessa. Aber du musst einsehen, dass sie ...«, Jan schluckte, »dass sie recht damit hat. Es gibt nur diese eine Lösung. Glaube mir, ich würde alles dafür geben, sogar mein Leben, wenn ich eine Alternative wüsste. Wir werden mit Martin einen Plan besprechen, der diesen Teufel in eine Falle lockt. Ich will wieder frei atmen ... mit Sandra. Wir haben doch ein eigenes, freies Leben verdient, verdammt.«

Vanessa begriff die tiefe Wahrheit in Jans Worten, drängte den Einwand zurück, den sie auf den Lippen spürte. Resigniert setzte sie sich, starrte aus dem Fenster. Mit der Erkenntnis wuchs die Angst um die Freundin. Ein gewagtes Spiel mit dem Feuer. In vielen ihrer verlegten Psychothriller kamen derartige Szenen vor. Fiktion, fern jeder Realität. Das alles erdachten Menschen nur zur Unterhaltung. *Hatte nun ein krankes Hirn diese Fantasien in die Realität katapultiert?* Vanessas Hass wuchs ins Grenzenlose.

»Was kann ich tun? An welcher Stelle kann ich helfen? Lasst uns dieses Tier zur Strecke bringen. Auf mich könnt ihr immer zählen.«

26. Kapitel

Die Spurensicherung hatte ihre Arbeit vor Tagen beendet. Sandra beseitigte das Chaos in ihrer Wohnung. Vanessa und Jan taten alles in ihrer Macht stehende, um ihr den Einzug erträglich zu gestalten. Bett und Schrank waren mit Folie abgeklebt. Jan wartete darauf, die Wände herrichten zu können. Pinsel in der linken, Farbeimer in der anderen Hand, beobachtete er Sandra. Sie saß am Fußende des Bettes. Ihr Blick ruhte auf der Warnung, die immer noch an den schockierenden Besuch erinnerte. Nur undeutlich waren die Umrisse des Plakatausschnittes zu sehen, der die zwei Köpfe zeigte. Diesen hatten die Beamten zur weiteren Untersuchung mitgenommen. Sie konnte nicht begreifen, welches Motiv diesen Wahnsinnigen zu diesen Taten antrieb. Sie erschrak, als sie eine Hand unter ihrer Achsel spürte. Jan schob sie wortlos aus dem Zimmer. Nach dem ersten Voranstrich schimmerten immer undeutliche Reste der Drohungen durch die Farbe.

Das Geräusch des Staubsaugers ließ nur schwach das Klingeln der Türglocke durch. Vanessa öffnete.

»Sie wünschen?«

»Mein Name ist Kahrmann, Helen Kahrmann. Ist Frau Heuer im Hause? Ich bin ...«

»Sandra? Du hast Besuch. Kannst du kurz an die Tür kommen?«

Vanessa ließ die ihr noch unbekannte Frau vor der Tür stehen, beobachtete sie jedoch aufmerksam. Sandras Kopf schob sich über ihre Schulter.

»Oh, das ist aber eine Überraschung. Kommen Sie doch rein. Vanessa, das ist die Frau vom Kommissar Kahrmann, mit der ich auf der letzten Lesung war.«

Sie nahm Helen bei der Hand, zog sie in die Diele.

»Ihr solltet vorsichtiger sein. Der Schlüssel steckte von außen in der Tür. Martin ... ich meine, mein Mann, hat mir verraten, dass hier vielleicht noch zwei Hände gebraucht würden. Da dachte ich mir ...«

»Das ist eine großartige Idee. Wir sind für jede Hilfe dankbar. Jan streicht übrigens gerade das Schlafzimmer, ganz hinten rechts. Die Tür steht offen. Ich mach uns eine Kanne Kaffee. Jetzt sind wir ja ratzfatz fertig, dann ist Party.«

Sandra nahm mit einem Verlegenheitslächeln den Schlüsselbund entgegen. Nachdem Helens Jacke ihren Platz an der Garderobe fand, eilte das Trio zum Schlafzimmer.

»Sieh mal, Jan, wen wir mitgebracht haben. Noch ein fleißiges Helferlein in dem Chaos.«

Sandra schob Helen in den Raum, in dem Jan verzweifelt versuchte, die Farbe an die Decke zu bekommen. Ein Unternehmen, dem er nicht gewachsen war. Die Unmengen weißer Farbspritzer, die sein Gesicht bis zur Unkenntlichkeit bedeckten, bewiesen das eindeutig.

»Da können Sie sich noch die verbliebenen Spuren der Schmierereien ansehen, die Jan hoffentlich bald Geschichte werden lässt«, ergänzte sie.

»Oh, der arme Mann. Da hättet ihr doch besser einen Fachmann beauftragen sollen. Kommt ihr denn mit der Farbe aus? ... ich meine ... das Gesicht.«

Nur mit Mühe konnte das Damentrio dem heranfliegenden Farbroller ausweichen. Lachend warfen sie die Tür zu. Sandra kümmerte sich um den Kaffee.

»Wollen Sie denn sofort wieder einziehen? Jan meinte, dass Sie eine Weile bei ihm wohnen. Ist das nicht gefährlich?«

Nun zuerst mal eines. Ich heiße Sandra, das ist die Verlagseignerin Vanessa Kahl. Ich finde, dass wir uns auf ein Du einigen sollten. Einverstanden?«

Allgemeines Nicken. Die Kaffeetassen klirrten beim Anstoßen, als Jan den Kopf in die Küche steckte. Er erinnerte nur noch entfernt an den gutaussehenden, erfolgreichen Autor, der die Frauenherzen mit seiner Stimme verzauberte.

»Lasst mir noch was übrig. Ich dusche mir den Mist vom Körper. Bin gleich wieder da.«

»Brauchst du Hilfe dabei?«

Sandra erzeugte mit der indiskreten Frage lautes Gekicher in der Runde. Vanessa steckte beide Zeigefinger zwischen die Lippen, pfiff ungeniert auf den Fingern.

»Ihr seid verrückt. Das wird mir hier zu gefährlich. Bis nachher.«

Sandra verschwand einen Augenblick, tauchte jedoch mit einer Flasche bewaffnet wieder auf.

»So, jetzt werden wir uns mit dem Grappa einen Kaffee Corretto mixen. Wir müssen doch den Dreierclub feiern. Prost Mädels.«

Helen sah nachdenklich ihre neue Freundin an.

»Hast du denn keine Angst? Ich meine, so ganz alleine in dieser großen Wohnung? Der könnte doch wiederkommen?«

»Dann soll er mal kommen. Der wird sich wundern, nicht wahr Vanessa?«

Helens Blick drückte pure Ratlosigkeit aus. Sie sah fragend von einer zur anderen. Sandra rückte näher heran.

»Hör zu, wir haben uns da was ausgedacht. Wenn der kommen sollte, ...«

Es dauerte doch relativ lange, bis Jan wieder bei ihnen auftauchte. Die Köpfe, die sie wie Verschwörer zusammengesteckt hatten, wendeten sich ihm zu. Sandra war diejenige, die das erstaunte Schweigen brach.

»Was ist denn mit dir passiert? Hast du Schleifpapier für das Gesicht benutzt? Die obere Hautschicht fehlt ja komplett.«

»Absolut bewundernswert, was schon ein wenig Grappa in Frauenköpfen anrichten kann. Ich opfere mich, unter Einsatz meines Lebens, für die Renovierung der Wohnung auf. Mit welchem Erfolg? Eine Horde betrunkener Frauen glaubt, diesen Einsatzwillen in den Schmutz ziehen zu müssen. Ich will auf den Arm.«

»Ohhhh, der Kleine schmollt. Schnell einen Kaffee und etwas von dem Fertigkuchen. Das kriegen wir schon wieder hin. Und heute Abend, liebe Sandra, bist du ganz lieb zu ihm.«

Vanessa legte kichernd den Arm um Helen. Sandra winkte mit niedergeschlagenen Lidern grinsend ab.

»Schluss jetzt, ihr dummen Gören. Wir müssen den Plan noch einmal durchgehen.«

27. Kapitel

»Kommissar Kahrmann? Gut, dass wir Sie noch zuhause erwischen. Das LKA hat uns die Labor-Ergebnisse im Fall Grosetzki und die Ankunftszeiten der Schiffe in Duisburg geschickt. Soll ich Ihnen die auf Ihren Rechner senden, bevor Sie zum Verhör in diese Bar fahren?«

Das passt vorzüglich. Dann bin ich auf dem letzten Stand. Ab die Post, ich drucke mir das aus.«

Er sah auf die Küchenuhr. Ihm blieb noch Zeit für ein drittes Frühstücksbrötchen.

»Helen? Da kommt ein Bericht aus dem Amt. Kannst du mir den ausdrucken und in der Diele auf den Tisch legen? Du bist doch bestimmt gerade am Rechner, oder?«

»Geht klar, Schatz«, klang es aus dem Arbeitszimmer. »die Datei kommt gerade rein.«

Martin warf den Mantel über. Er stopfte die Unterlagen in seine Mappe, die er stets bei sich trug. Die Kollegen im Präsidium machten sich schon darüber lustig. Niemals verließ er das Amt ohne diese abgegriffene Ledermappe. Es liefen schon Wetten, was sich wohl darin befinden könnte. Die Liste wurde heimlich geführt. Doch keiner bewies bisher den Mut, die Tasche zu öffnen.

»Es kann heute später werden. Wir sind im Fall Grosetzki in der Endphase. Heute Abend ist Zugriff am Duisburger Hafen. Dann nehmen wir die Scheißbande hoch. Da sollen drei Tonnen Drogen in Containern ankommen, stell dir das mal vor. Die Kollegen vom Drogendezernat stehen Gewehr bei Fuß, um gleichzeitig die Hintermänner zu kassieren. Gleichzeitig läuft die Aktion mit Jan. Was machst du?«

»Bin mir noch nicht sicher, ob ich ins Kino gehe. Alle sprechen von diesem SM-Film, er heißt glaube ich, *Fifty Shades of Grey.* Vielleicht kann ich ja was lernen.«

Nachdenklich verließ Martin das Haus. Er war in diesem Augenblick nicht sicher, wie ernst Helen das meinte. Er erlebte häufig, dass Menschen tief in ihrem Inneren Sehnsüchte unterdrücken, die unerwartet den Weg heraus finden. Ein Lächeln überzog sein Gesicht, als er sich vorstellte, wie seine konservative Helen das Thema verarbeitete. Besonders die praktische Umsetzung machte ihn neugierig. Er sah sich bereits in Kabelbindern ans Bett gefesselt vor ihr liegen, die Augen gierig auf seinen Schritt gerichtet. Martin schüttelte den Kopf. Das Schild der verruchten Bar tauchte vor ihm auf.

Die Männer aus Martins Team verstanden es, unauffällig Jans Haus zu betreten. Einige suchten den Weg über das freie Feld hinter dem Garten. Kein Nachbar bemerkte die Aktivitäten im Haus. Winzige Kameras fanden ihren Platz, Mikrofone zeichneten jeden Laut auf. Die Zentrale war ebenso eingebunden, wie die zwei unauffälligen Einsatzfahrzeuge. Diese parkten einsatzbereit in den Nebenstraßen, damit die Männer sofort zugreifen konnten.

Martin saß mit einer Kollegin in der Küche, die eine frappierende Ähnlichkeit mit Sandra aufwies. Dazu hatte sich ein männlicher Kollege gesellt, der gut als Jan Hellmanns Double durchgegangen wäre. Beide erhielten letzte

Anweisungen für ihren Einsatz. Martin leerte seinen Kaffeebecher in einem Zug.

»Sie benehmen sich völlig normal, damit das klar ist. Versuchen Sie, wie ein verliebtes Paar zu wirken, das sich einen netten Abend macht.«

Das unverschämte Grinsen des Kollegen war weder der Kollegin, noch dem Kommissar entgangen.

»Das soll nicht heißen, lieber Kollege Schnölzer, dass Sie das allzu wörtlich nehmen sollen. Denken Sie daran, dass alles auf der Festplatte landet. Und das Team hat immer ein Auge auf euch. Sie können sich also nur blamieren. Außerdem hat Ihre Frau schon um eine Kopie gebeten. Stellen Sie sich einfach vor, Kollegin Palmer hat heute Kopfschmerzen, es geht ihr nicht so richtig gut ... na, Sie wissen schon, oder?«

Die entstehende Verlegenheitsröte der Beamtin übersah er großzügig. Sämtliche Verbindungen erhielten ein letztes Check-up, bevor die Mannschaft das Haus unauffällig verließ. Als Letzter quälte Martin seinen imposanten Body durch den Rhododendron, der Jan Hellmanns Garten eingrenzte. Das Haus lag in tiefem Frieden. Die Dämmerung zog über die Felder, warf erste dunkle Schatten auf den Rasen. Die Terrassentür stand einen Spalt geöffnet, um nicht nur die Abendluft in die Räume zu lassen.

Das Paar saß engumschlungen auf der Couch. Beide folgten einer Quizsendung im Fernsehen. Ein flüchtiger Betrachter konnte die Waffen nicht erkennen, die sie unter den Zierkissen versteckt hielten. Der Traubensaft, den sie aus edlen Weinkelchen tranken, gaukelte die Vorbereitung auf einen vergnüglichen Abend vor. Ihre Sinne waren geschärft, kein Geräusch entging ihnen. Das nervenaufreibende Warten auf die Bestie begann.

»Warum sind Sie so sicher, dass es genau heute passiert, Kahrmann? Ich will für Sie hoffen, dass der gewaltige Aufwand nicht umsonst war. Man wird mir sonst die Ei.. ich meine die Ohren abschneiden. Der Alte macht mir die Hölle heiß wegen der Kosten der Überwachung. Der sieht nur einen teuren Freundschaftsdienst. Na, so ganz Unrecht hat er nicht.«
    »Herr Kriminalrat, wir sähen doch beschissen aus, wenn da was schiefgeht. Ich sehe schon die Schlagzeile in der Presse.
    Geliebte eines bekannten Autors stirbt durch die Hand einer Stalkerin. Polizei sah tatenlos zu.
    Macht sich bestimmt gut. Ich würde die Pressekonferenz nicht leiten. Das sage ich Ihnen. Ich fände es besser so.
    Mord an Freundin eines bekannten Autors durch kluge Aktion der Polizei verhindert.«
    »Ja ja, ist ja gut Kahrmann. Aber wie genau soll das in dem Haus ablaufen. Ich habe das nur am Rande mitbekommen?«
    Kriminalrat Scholz stützte die Hände auf Kahrmanns Schreibtischkante ab. Wie immer fiel die einzige verbliebene Haarsträhne über die Stirn. Er trug im Präsidium den Spitznamen Blasius, da er ständig darum bemüht war, dieses Resthaar aus der Stirn zu pusten. Martin wartete diesen Augenblick ab, bevor er berichtete.
    »Wir wollen das Biest zu einem Fehler verleiten, sonst laufen wir noch ewig hinterher. Das bedeutet, dass wir ein

Lockmittel verwenden. Eine Reaktion kam bisher immer, wenn das Pärchen besonders eng zusammenrückte. Da muss eine Menge Eifersucht im Spiel sein. Das möchte ich für unsere Zwecke nutzen. Wir haben das Gerücht gestreut, dass Hellmann und Frau Heuer spätestens Morgen nach Kalabrien reisen. Heimliche Trauung und so weiter. Ein Freund lässt sie in seinem Ferienhaus die Flitterwochen verleben. Die Adresse bleibt geheim. Wir gehen davon aus, dass die Täterin vor Wut kochen wird. Natürlich kennt jeder den augenblicklichen Aufenthaltsort der beiden. Ich habe zwei Beamte dort einquartiert, die deren Rolle übernehmen. In Wahrheit warten unsere vermeintlichen Opfer in Frau Heuers Wohnung ab. Die haben wir erstmal aus der Schusslinie. Jetzt müssen wir abwarten, was passiert.«

»Kahrmann, hören Sie. Der Plan klingt ja einleuchtend, aber eines sage ich Ihnen schon jetzt. Wenn da bis morgen Abend nichts passiert, brechen wir ab. Das Spiel wird mir zu teuer. Verdammt, wir tun ja so, als würde Frau Merkel und die Staatssicherheit bedroht. Da gibt es bestimmt noch andere Möglichkeiten, die weniger Kosten verursachen. Halten Sie mich bitte auf dem Laufenden.«

Scholz blies noch ein letztes Mal die Stirn frei und verließ das Büro. Martin Kahrmann kannte die Marotten und Ansichten seines Vorgesetzten. Er wusste aber auch, dass er seine Methoden am Ende immer vor der obersten Führung deckte. Der Aktenberg auf dem Schreibtisch erinnerte ihn daran, dass die Welt ein übler Sumpf war.

28. Kapitel

Der sich katzengleich bewegende Schatten nutzte jede Deckung, die der Weg zum Haus anbot. Den erleuchteten Fenstern des achten Stockwerkes galt seine Aufmerksamkeit. Die Strumpfmaske ließ nur Augen, Mund und Nase erkennen. Die Nacht, ein perfekter Verbündeter, der die dunkelgekleidete Gestalt mit der Umgebung verschmelzen ließ. Der sonntägliche Tatort, der über die Mattscheiben flimmerte, erstickte jede Aktivität im Haus. Den Stoffbeutel an den Körper gedrückt, erreichte der Schatten den Aufzug. Hier war das Risiko hoch, entdeckt zu werden. Bevor die Aufzugtür öffnete, entfernte der Vermummte für einen kurzen Moment die Maske.

Surrend schloss die Tür. Der Handschuh glitt über die Tastatur. Die Ziffer acht leuchtete grellrot auf. Leicht ruckelnd setzte sich der Aufzug in Bewegung. Der dunkle Flur verschmolz wieder mit der Gestalt. Die Tür zum Außengang öffnete einen Spalt, gab dem ungebetenen Besucher den Weg frei. Geräuschlos glitt die Gestalt zur Eingangstür der letzten Wohnung, beobachtete durch das Flurfenster das Geschehen. Die zu Schlitzen verengten Augen nahmen jede Kleinigkeit auf. Ein diabolisches Lächeln zeichnete sich unter der Maske ab. Nach und nach erloschen die Lichter in den Räumen.

Nur das Mondlicht ließ die Person erahnen, die zusammengesunken, wartend auf dem Boden saß. Die Zeit der Rache war gekommen.

Martin mochte diese Nachtstunden, in denen er ungestört die Fälle bearbeiten konnte, die Hektik des Tagesbetriebes fehlte.

Heute schoben seine Kollegen Schäfer und Klöppel ebenfalls Überstunden. Mehrere Aktionen liefen in dieser Nacht parallel, sodass Kommissar Kahrmann für jede Unterstützung dankbar war. Immer wieder kreisten die Gedanken um die möglichen Geschehnisse in Jans Haus. Eine innere Stimme warnte ihn. Oft hatte sie ihn vor Gefahren bewahrt, die nicht vorhersehbar erschienen. *Was habe ich übersehen?* Er blätterte in der Akte Grosetzki, da er davon ausging, in dieser Nacht den entscheidenden Schlag zu landen. Unangenehm war nur der Gedanke an den irrsinnigen Schreibkram, der ihm bevorstand.

Zum wiederholten Mal sah er die Listen durch, die die Ankunft der Frachter aufzeigten. Er konnte nicht erklären, was ihn genau an diesen Papieren derart fesselte, bis ihn die Erkenntnis wie ein Donnerschlag traf. Fieberhaft suchte er nach der Akte Hellmann, schlug sie auf. Seine Finger wühlten in den Unterlagen, suchten ein bestimmtes Papier. Der Puls raste. Endlich riss er es aus dem Stapel, seine Pupillen irrten über die Blätter, verglichen sie. *Genau das war es. Warum ist mir das nicht sofort aufgefallen?*

Der Drehstuhl knallte gegen die Rückwand, als er aufsprang, nach der Jacke griff. Seine Stimme ließ die beiden Beamten im Nebenzimmer ihr leise geführtes Gespräch unterbrechen.

»Schäfer, Klöppel, herkommen. Sofort die Aktion in Hellmanns Haus abbrechen. Die Einsatzwagen auf der Stelle zur Heuer-Wohnung abkommandieren. Glotzen Sie mich nicht an, tun sie, was ich Ihnen gesagt habe. Ich bin schon auf dem Weg dorthin. Klöppel, Sie bleiben erstmal weiter an der Grosetzki-Sache!«

Die Bürotür blieb weit offenstehen, als Kahrmann durch den Flur nach unten sprintete. Das Blaulicht verlieh den Straßenzügen, durch die er sein Fahrzeug jagte, etwas Gespenstisches. Die Angst, zu spät anzukommen, bereitete ihm die größte Sorge. Martin vergaß jede Vorsicht, wenn er rote Ampeln passierte, das wilde Hupen der Autofahrer ignorierte er. *Ich muss es schaffen ... bitte.*

»Was ist denn in den Chef gefahren? So aufgewühlt habe ich den noch nie erlebt. Kannst du dir einen Reim drauf machen?

Schäfer stand längst an Martins Schreibtisch. Lange betrachtete er die offenliegenden Akten, bis es auch ihm dämmerte. Klöppel stand neben ihm, suchte ebenfalls nach dem Auslöser.

»Da! Oh Gott, ich habs.«

Schäfers Finger zeigte auf einen Warnzettel, der vom Täter an Sandra Heuer verschickt worden war. Die andere Hand wies auf die Listen der Schiffs-Anlegezeiten.

»Scheiße. Da muss man erstmal drauf kommen. Die hat er doch bei ... Mist. Hast du die Kollegen benachrichtigt?«

»Passiert sofort. Verdammte Scheiße. Kahrmann ist da jetzt alleine hin. Die sollen sich beeilen. Mach denen Feuer unterm Arsch!«

Geduldig blieb das Schattenwesen ohne jede Regung in der Ecke des Ganges sitzen. Die Augen ruhten auf der gegenüberliegenden Absperrung des Ganges, die Lider zuckten nur in großen Abständen. Innere Kälte erfüllte den gesamten

271

Körper. Ein Seitenblick zeigte, dass die Fenster nach wie vor unbeleuchtet blieben. Die Zeit war reif für den entscheidenden Schlag.

Der Schlüssel glitt ohne jegliches Geräusch ins Schloss. Der Duft von Gebratenem erfüllte immer noch die Räume, das Ticken einer Uhr durchdrang die absolute Stille. Die weichen Sohlen und der hohe Flor der Auslegeware dämpften die Schritte. Wie ein Geist schwebte der Eindringling durch die Diele, bewegte sich Richtung Schlafzimmer. Der dunkle Schatten zeichnete sich in der Türfüllung, kaum erkennbar, aber umso bedrohlicher gegen den Hintergrund ab. Er betrachtete hasserfüllt die innige Umarmung, in der Sandra und Jan ruhten. Die Hand glitt in den Stoffbeutel, fand das Etui.

Die Spritze spürte Jan erst in dem Augenblick, als das Betäubungsmittel bereits die Adern durchströmte. Die Wirkung trat in Sekunden ein, lähmte ihn. Das Letzte, was er wahrnahm, waren Augen, die ihn hinter einer Maske triumphierend anblitzten. Sandra drehte sich auf die andere Seite. Dabei entging ihr, dass der Eindringling um das Bett herum schlich, sie lange betrachtete.

Kabelbinder in den Händen warteten darauf, ihr Werk tun zu dürfen. Als Sandra den Schmerz in den Gelenken spürte, waren die Arme längst bewegungsunfähig auf dem Rücken zusammengebunden. Den Schmerzensschrei erstickte sofort ein Klebeband über den Lippen. Verzweifelt versuchte sie, aufzustehen, nach dem Gegner zu treten. Der Schatten beobachtete wortlos, wie Sandras Kopf heftig gegen die Nachtkonsole stieß. Sekundenlang blieb sie benommen neben dem Bett liegen, die Augen weit aufgerissen. Das Grauen hielt sie endgültig in den Klauen. Nur schemenhaft erkannte sie eine Person, die regungslos am Ende des Bettes wartete. Verzweifelt drückte Sandra ihren Oberkörper gegen das Nachtschränkchen. Sie versuchte, sich in eine sitzende Stellung zu bringen. Der Schmerz zog in Wellen durch ihren Körper, drohte ihr die Sinne zu rauben. *Ich darf jetzt nicht ohnmächtig werden. Dann habe ich verloren. Jan, hilf mir bitte ... wo bist du?*

Wie eine Statue, absolut bewegungslos, beobachtete das schwarze Etwas die Szene. Der eingeschränkte Blutkreislauf in Sandras Hände führte zu einem Kribbeln. Die Angst zog durch ihren Körper, schuf Panik, die sie in Besitz nehmen wollte. Die Schreie drangen nur als dumpfes Geräusch durch das Panzerband, das ihr das Atmen fast unmöglich machte. Schon als Kind litt sie unter einer chronischen Nebenhöhlenentzündung, die ihr das Luftholen durch die Nase erschwerte. Die Kabelbinder schnitten tiefer in die blutenden Gelenke. Die Angst, das einschießende Adrenalin, erstickte den gröbsten Schmerz, sodass sie weiter daran zerrte. Die Person, der sie diesen Horror verdankte, bewegte nicht einen Muskel ... sie beobachtete nur, schien ihre Qualen zu genießen.

Sandras Augen durchdrangen die Dunkelheit, nahmen Einzelheiten nun deutlicher wahr. Sie Spiegelkommode zeigte ihr den Rücken des Eindringlings. Ihr Atem drohte auszusetzen. Sie musste ihre Fantasie nicht übermäßig bemühen, um zu erkennen, welche Aufgabe der Plastikfolie zugedacht war. Der Klebestreifen reduzierte den Schrei, der ihre Verzweiflung ausdrückte, auf ein kaum hörbares Grunzen.

Sandras unnatürlich weit aufgerissene Augen suchten Jan. Sie fand nur ein entspanntes Gesicht, das auf dem Kissen ruhte. *Jan, bitte ... öffne um Himmelswillen die Augen! Ich will nicht sterben ... nicht so. Oh Gott, hilf mir.*

Die Angst verlieh ihr unbändige Kraft. Sie drückte ihren Körper an der Konsole hoch, ließ zu, dass die aufgearbeiteten Dekorleisten tiefe Wunden in ihren Rücken rissen. Der Pyjama saugte gierig das austretende Blut auf. Der Täter beobachtete ihr Bemühen ohne jede Regung. Als Sandra endlich stand, hatte sie Mühe, das Beben ihrer Beine unter Kontrolle zu bringen. Sie drohte, wieder einzuknicken. *Gott im Himmel, gib mir Kraft. Hol mich bitte aus diesem Alptraum. Lass nicht zu, dass ich so leide.*

Sandras Furcht wuchs, als der Schatten auf das Bett zukam, sich neben Jan stellte.

Was tust du da? Willst du auch ihn töten? Bitte, lieber Gott ... verschone wenigstens ihn.

Der Maskierte legte die Hand auf Jans Haar. Fast liebevoll strich er darüber. Als er den Kopf senkte, schien er Hellmann etwas ins Ohr zu flüstern. Die Augen richteten sich starr auf Sandra. Die Hand, die zuvor auf dem Rücken lag, entfaltete nun endgültig den Plastikbeutel. Katzengleich schob sich der Killer über das Bett, schlich auf Sandra zu. Die Augen fixierten das Opfer.

Sandras Verstand rief immer wieder *Lauf weg ... lauf aus dem Zimmer!* Die Beine gehorchten dem Befehl nicht mehr. Mit rasendem Puls sah sie das Verderben auf sich zukriechen, unfähig, eine Bewegung zu machen. Ein leises Stöhnen, das

Jan ausstieß, stoppte den Mörder einen Augenblick. Sandra riss es augenblicklich in die Realität zurück, beseitigte für einen kurzen Moment die Starre. Das reichte aus. Sie versuchte, die offene Tür zu erreichen.

Einem Raubtier gleich, sprang das Wesen vom Bett. Es trat in der Sekunde vor die Tür, als Sandra durch die Öffnung flüchten wollte. Der Aufprall ihres Kopfes an der Türkante raubte ihr fast die Sinne. Sie blieb schwankend stehen. Das austretende Blut brannte in ihrem rechten Auge, ohne dass sie etwas dagegen unternehmen konnte. In ihrer Verzweiflung trat sie wild um sich, traf den Gegner mit der Fußspitze unterhalb der Rippen. Mit einem wilden Aufschrei prallte er gegen den Heizkörper.

Sandra spurtete los, sie versuchte, die halb offenstehende Wohnungstür zu erreichen. In der Sekunde, in der sie mit den gebundenen Händen den Türgriff berührte, zerrte eine Hand an ihrem Haar, riss sie brutal zurück. Die Eingangstür flog auf, gab den Blick frei auf einen Himmel, aus dem jetzt der Regen strömte. Wieder versuchte sie, um Hilfe zu schreien. Vergeblich. Mit letzter Kraft hielt sie sich auf den Beinen, konnte aber nicht verhindern, dass sich das Plastik unerbittlich über ihr Gesicht schob. Warmer Urin bahnte sich unkontrolliert den Weg entlang der Beine. Mit letzter Kraft warf sie sich auf den Gegner. Beide prallten hart an das Geländer, das sie als letzte Barriere vor dem Sturz in die todbringende Tiefe bewahrte. Während Sandra versuchte, das weitere Herabziehen der Folie zu verhindern, zerrte ihr Gegner weiter daran. Ein Kampf auf Leben und Tod tobte in schwindelerregender Höhe.

Kahrmanns Hand schlug auf die Hupe. Er versuchte dadurch, einen Stau aufzulösen, der hinter einem Unfall entstand. Brutal riss er das Lenkrad herum, wechselte auf den Gehsteig. Er trieb sein Fahrzeug an schimpfenden Menschen vorbei, die sich durch gewagte Sprünge retteten. Nur noch wenige hundert Meter, bis zum Ziel. Der Wagen schleuderte um die letzte Kurve, prallte gegen die Bordsteinkante, bevor er zitternd zum Stehen kam. Martin ließ die Tür offenstehen, als er auf das Haus zueilte. Als wäre er gegen eine Wand gelaufen, stoppte er. Der Schuss hallte deutlich nach. Er versuchte, die Richtung zu erkennen, aus der geschossen wurde. Er wurde durch einen Schatten abgelenkt, der sich in sein Blickfeld drängte. Der löste sich von der obersten Barriere des Hauses, stürzte lautlos herab. Erst der Aufprall löste Martins Starre. Mit gewaltigem Spurt eilte er zu dem Punkt, an dem er den Körper vermutete. Er blieb neben dem blutenden Etwas stehen, das einmal ein menschliches Wesen war, das noch vor wenigen Augenblicken atmen, lachen konnte. Wie in Zeitlupe sank er auf die Knie. Seine Hand zögerte, die Kapuze vom Gesicht zu streifen. Mit letzter Verzweiflung fasste er zu. Seinen Schmerz schrie er in die Nacht hinaus.

Als die Einsatzfahrzeuge nur Sekunden später am Tatort eintrafen, nahm niemand Notiz von dem unauffälligen Fremden, der sich in seinen dunklen Audi setzte und in dem Dunkel der Nacht verschwand.

Sanitäter bemühten sich um Sandra, die neben Jan auf dem Bett lag. Sie hielt fest seine Hand umschlungen, den Blick starr auf sein Gesicht gerichtet. Der Arzt, der ihre Wunden notdürftig versorgt hatte, war bemüht, Jan wieder in die Realität zurückzuholen. Sandra weigerte sich, ohne ihn in die Klinik gebracht zu werden. Wieder einmal waren ihre Räume angefüllt mit Ermittlungsbeamte.

Martin Kahrmann weigerte sich lange, die Tote freizugeben, musste gewaltsam weggezerrt werden. Er wollte um keinen Preis die Wohnung betreten. Stumm saß er hinter dem Steuer seines Fahrzeugs.

Klöppel und Schäfer hielten sich nicht ohne Grund in seiner Nähe auf. Es war nicht einzuschätzen, wie der Chef auf den Tod seiner Frau reagieren würde.

»Ob wir jemals herausfinden werden, wer da geschossen hat? Das muss ja schrecklich für den Boss sein.«

»Hör zu Klöppel. Ich kann seinen Schmerz verstehen. Klar, er hat seine Frau verloren, an der er gehangen hat. Aber eines dürfen wir nicht vergessen. Sie wurde zur Mörderin, zumindest beinahe. Hätte die Kugel nicht getroffen, wäre eine Unschuldige auf grausamste Art gestorben. Ihr Motiv wird wohl immer ein Geheimnis bleiben. Du siehst, dass du niemals alles über einen Menschen wissen kannst. Jeder hat ein Geheimnis, das er mit sich herumträgt. Scheiße, der Blasius kommt.«

»Wo ist Kahrmann, ich kann ihn nirgendwo finden? Wer von Ihnen, meine Herren, kann mir einen kurzen Bericht liefern. Was ist hier eigentlich geschehen? Und was mich besonders interessiert, warum ausgerechnet hier?«

»Zur ersten Frage, Herr Scholz. Der Chef sitzt in seinem Fahrzeug. Der braucht noch eine Weile, bis er ansprechbar ist. Seine Frau ...«

»Ja, ja, ich weiß. Weiter.«

Schäfer suchte den Blickkontakt mit Klöppel, bevor er weiter berichtete.

»... Hauptkommissar Kahrmann entdeckte mehr durch Zufall, dass auf den Blättern, die ihm seine Frau zuhause für den Grosetzki-Fall ausdruckte, die gleichen Schmutzstreifen auftauchten, wie auf den Warnhinweisen im Fall Heuer. Da kann es uns nicht wundern, dass der Täter, also Frau Kahrmann, immer bei den Ermittlungen auf dem aktuellen Stand war. Sie wusste sehr gut, wie sie Spuren vermeiden konnte, die sie überführt hätten.«

»Nun ja, das ist schlimm, meine Herren. Doch ich habe erfahren, dass sie auf dem Gang da oben erschossen wurde. Hat Kahrmann etwa selbst ...?«

»Nein, um Gottes Willen, Chef. Ich glaube, dann hätte er sich selber anschließend ... Nein, das wissen wir noch nicht. Unsere Leute sind schon unterwegs. Die holen in der Nachbarschaft die Menschen aus den Betten und befragen sie. Ehrlich gesagt ... da sehe ich keine großen Chancen. Zumindest glaube ich nicht, dass jemand was gesehen hat. Da können wir nur hoffen, dass unser Labor was bei der verwendeten Munition herausfindet.«

Kriminalrat Scholz nickte. Er sah zu Kahrmanns Wagen rüber, setzte sich in Bewegung. Inspektor Klöppel zupfte am Ärmel des Vorgesetzten.

»Entschuldigen Sie, Herr Kriminalrat. Das würde ich an Ihrer Stelle jetzt nicht tun. Geben Sie ihm Zeit. Er könnte etwas sagen oder tun, was er später bereut. Wir bleiben bei ihm.«

Auf dem regennassen Lack von Kahrmanns Wagen spiegelte sich noch Stunden später das flackernde Licht der Polizeifahrzeuge.

Du Dreckskerl! Warum hast du uns das angetan? Das werde ich dir niemals verzeihen, Hellmann!

Keinem vernünftigen Menschen wird es
einfallen, Tintenflecken mit Tinte,
Ölflecken mit Öl wegwaschen zu wollen.
Nur Blut soll immer wieder mit Blut
abgewaschen werden.

Bertha von Suttner

Der erste Thriller des Autors erschien bereits im Januar 2015 als E-Book und Taschenbuch. Er hält den Leser gefangen in einer ungemein fesselnden Story. Wortwitz, Sex & Crime schaffen reine Lesesucht.

Als Taschenbuch und Ebook

www.haraldschmidt-ebooks.de

Inhalt

Die beschauliche Idylle des Sauerlandes möchte der aus Kanada stammende Schriftsteller Patrick Schreiber eigentlich nutzen, um Depressionen und Alkoholprobleme in den Griff zu bekommen. Der Herbstwald offenbart ihm allerdings ein schreckliches Geheimnis und einen Serienmörder, der ihm weit überlegen scheint. Mit Gewalt wird er in einen Sog aus Mord, Lynchjustiz und Intrigen gezogen. Um diese ungewöhnlich brutalen Frauenmorde aufzuklären, schaltet sich der bärbeißige LKA-Mann Franz Kalkove ein.

Fehlende Spuren lassen die Ermittlungen lange ins Leere laufen. Weitere Morde können dadurch geschehen. Die Dorfgemeinschaft entpuppt sich als trügerische Fassade. Erst als sich diese beiden eigenwilligen Typen solidarisieren, scheint eine Lösung dieses Falles möglich. Dazu müssen Schreiber und eine alte Liebe aber erst durch eine wahre Hölle gehen.

Mit Wortwitz wird der Leser durch das Geschehen geführt, ohne dennoch auf den erwarteten Grusel verzichten zu müssen. Nach der Lektüre wird man die kleinen Orte und Wälder rund um das sauerländische Winterberg mit ganz anderen Augen sehen. Nichts wird mehr so sein wie vorher.

Ein weiterer Thriller, der im Mai 2015 erschien, fesselt den Leser durch eine Story, die besonders Eltern unter die Haut geht. Kindesmisshandlung und ein Serienmörder, der es auf Jungen abgesehen hat, bringen eine Familie an den Rand des Ertragbaren.

Als Taschenbuch und Ebook in Online-Shops und im Buchhandel

www.haraldschmidt-ebooks.de

Inhalt

Täglich gibt es in Deutschland etwa vierzig Fälle von Kindesmissbrauch. Die Dunkelziffer ist jedoch höher, denn viele Opfer und ihre Angehörigen schweigen, aus Scham, aus Angst. Heilt die Zeit diese Wunden? Kann der Mensch erlittenes Leid vergessen? Tina muss sehr bitter erfahren, was es bedeutet, wenn Gespenster der Vergangenheit lebendig werden. Wohlbehütet aufgewachsen, begegnen ihr plötzlich Grausamkeiten, die sie sich nie hätte vorstellen können. Die Gräueltaten eines Sexualtäters verknüpfen sich unaufhaltsam mit dem Schicksal ihrer Familie.

Ein Thriller, der nicht loslässt. Er nimmt den Leser mit in eine Welt, die direkt neben uns existiert. Eine Welt, mit der viele Menschen selbst Erfahrungen sammeln mussten und es aus unterschiedlichsten Gründen totschweigen.

Der Autor möchte mit seiner Geschichte nachdenklich machen und zu Diskussionen anregen. Gibt es hier nur Schwarz und Weiß, nur Gut und Böse?

Eine Geschichte, frei erfunden, doch grausam nah an der Realität.

Misshandlung an Frauen, die Sehnsucht nach wahrer Liebe, selbstlose Aufopferung und Trennungsschmerz weben eine tragische Romanze, die das Herz berührt.

Als Taschenbuch und Ebook in Online-Shops und im Buchhandel

www.haraldschmidt-ebooks.de

Inhalt:

Als Nicole Manfred Kirchner begegnet, glaubt sie, den Richtigen für ein bleibendes Glück gefunden zu haben. Als das Monster die Maske fallen lässt, ist es schon zu spät. Nicole muss einen sehr hohen Preis bezahlen: Sexueller Missbrauch, grausame Misshandlung und kriminelle Machenschaften treiben Nicole fast in den Freitod.

Ihr Weg kreuzt den eines älteren Mannes. Nun erfährt sie, dass es auch Menschen gibt, die Hilfsbereitschaft und Freundschaft über ihre eigene Sehnsucht nach Liebe stellen. Doch Manfred Kirchner ist nicht der Mann, der sein Opfer so schnell aus den Klauen lässt. Das Schicksal treibt ein makabres Spiel und zwingt zwei Menschen an die Grenze des Zumutbaren.

Wird Nicole sich befreien können? Erkennt sie das wahre Glück und greift danach? Kennt das Glück wirklich kein Erbarmen?

Der Autor lässt den Leser wie schon in seinen beiden vorangegangenen Romanen tief in die dunklen Seiten des menschlichen Zusammenlebens eintauchen und bietet viel Stoff für Diskussionen. Ein ergreifender Frauenroman, der für Männer nicht geeignet ist. Sie würden das Buch und den Autor hassen.

Eine beklemmende Vorstellung, dass mein eigenes Kind durch einen von mir selbst verschuldeten Unfall schwer verletzt wird. Wie gehe ich mit dieser Schuld um? Wie reagiere ich, wenn die bisher vollkommene Beziehung zur Partnerin plötzlich in Frage gestellt wird? Überwindet die wahre Liebe auch solche Prüfungen?

Als Taschenbuch und Ebook in Online-Shops und im Buchhandel

www.haraldschmidt-ebooks.de

Inhalt

Vera und Peter Sobier genießen mit ihrem zwölfjährigen Sohn Patrick ein sorgenfreies Familienglück. Das endet abrupt, als der erfolgreiche Rechtsanwalt einen folgenschweren Verkehrsunfall verursacht. Patrick erleidet ein Schädel-/Hirn-Trauma und fällt in ein Koma. Peter Sobier kommt mit leichten Verletzungen davon und sucht verzweifelt einen Weg, mit seiner schweren Schuld leben zu können. Die Liebe zu Vera wird auf eine harte Probe gestellt.

Die härteste Zerreißprobe ihres Lebens fordert den Eltern alles ab, denn das Schicksal kann grausam sein. Verzweiflung, Glaubenskonflikte und Hoffnungslosigkeit zerfressen den Geist des Vaters. Außergewöhnliche Signale, die der Sohn aus seiner finsteren Welt aussendet, verändern die Sicht aller Beteiligten.

Wird die Liebe der Eltern den vielen Prüfungen standhalten?

Hat Patrick eine Chance, jemals wieder zurück ins Leben zu finden?

Die Geschichte eines kalabrischen Jungen, der vor der Rache der heimischen Mafia-Gruppierung, der Ndrangheta nach Deutschland fliehen muss.

Basierend auf tatsächlichen Begebenheiten.

Als Taschenbuch und Ebook in allen Online-Shops und im Buchhandel erhältlich.

www.haraldschmidt-ebooks.de

Inhalt

Als der vierzehnjährige Claudio ungewollt durch einen Freund in die Drogengeschäfte der ›Organisation‹ hineingezogen wird, beginnt sein Leidensweg. Verrat und Misstrauen bringen ihn in allergrößte Gefahr. Zu seiner eigenen Sicherheit muss er Kalabrien, Familie und Freunde verlassen. Auf sich selbst gestellt, begibt er sich auf den steinigen Weg nach Deutschland. Hier hofft er, sich aus dem Netz der Mafia, der Ndrangheta, befreien zu können.

Doch das Leben zeigt ihm mit aller Härte, was es bedeutet, der Vergangenheit entfliehen zu wollen.

Kann Claudio untertauchen in einer für ihn völlig fremden Welt?

Wird er eine Zukunft mit eigener Familie aufbauen können?

Findet er ›LA DOLCE VITA‹ auch in Deutschland?

Inspiriert von einer wahren Geschichte, schildert der Roman in ungeschönten Bildern, wie das Verbrechen versucht, ein Leben zu zerstören.

Ein Sumpf von Gewalt, Drogen und Korruption, aber auch tiefe Freundschaften begleiten den Jungen auf der Suche nach einer neuen Heimat.

Der Alltag sorgt viel zu oft dafür, dass uns Sorgen und Nöte auch in der Freizeit beschäftigen. Dann heißt es abschalten, den Kopf frei bekommen.

Folgen wir dem sympathischen Junggesellen auf seiner Reise ins Glück. Diese verrückte Geschichte begleitet einen unerfahrenen Single auf seinem ziemlich außergewöhnlichen Weg, der ihn auch das Paradies erleben lässt.

Als Taschenbuch und Ebook in allen Buchhandlungen und Online-Shops.

www.haraldschmidt-ebooks.de

Inhalt:

Alfred Reimann, dreiunddreißig, Single, gut aussehend, Jungfrau.

Bis heute lief das Leben des liebenswerten Finanzbeamten und seiner Teddydame Bienchen in geordneten Bahnen. Noch weiß er nicht, dass sich dieser Zustand mit dem Einzug der süßen Nachbarin Verena ändern wird. Ein glücklicher Umstand führt sie zusammen.

Seine Mutter ist davon alles andere als begeistert, denn in ihren Augen wollen junge Frauen wie Verena nur das Eine. Und dieses Chaos wird sie zu verhindern wissen!

Mithilfe von Verena und dem kauzigen Pfarrer Hollerberg stolpert Alfred in das eine oder andere Abenteuer. Ob er auf den Reisen sein Glück findet, bleibt abzuwarten ... Ein rasanter Liebesroman mit dem gewissen Schmunzelfaktor.